插图本

名著名译
丛 书

小东西

插图本名著名译丛书

Le Petit Chose

Alphonse Daudet

〔法〕都德——著
桂裕芳——译

人民文学出版社
PEOPLE'S LITERATURE PUBLISHING HOUSE

Alphonse Daudet
LE PETIT CHOSE
根据 JC Lattès,1988 年版译出

图书在版编目(CIP)数据

小东西/(法)阿尔封斯·都德著;桂裕芳译.—北京:人民文学出版社,2021
(插图本名著名译丛书)
ISBN 978-7-02-015417-3

Ⅰ.①小… Ⅱ.①阿…②桂… Ⅲ.①长篇小说—法国—近代 Ⅳ.①I565.44

中国版本图书馆 CIP 数据核字(2019)第 163412 号

责任编辑　刘　彦
装帧设计　刘　静
责任印制　任　祎

出版发行　人民文学出版社
社　　址　北京市朝内大街 166 号
邮政编码　100705

印　　刷　三河市宏盛印务有限公司
经　　销　全国新华书店等

字　　数　188 千字
开　　本　880 毫米×1230 毫米　1/32
印　　张　8.625　插页 3
印　　数　1—5000
版　　次　2021 年 4 月北京第 1 版
印　　次　2021 年 4 月第 1 次印刷

书　　号　978-7-02-015417-3
定　　价　30.00 元

出版说明

人民文学出版社自上世纪五十年代建社之初即致力于外国文学名著出版，延请国内一流学者论证选题，优选专长译者担纲翻译，先后出版了“外国文学名著丛书”“世界文学名著文库”“二十世纪外国文学丛书”“名著名译插图本”等大型丛书和外国著名作家的文集、选集等，这些作品得到了几代读者的认可。丰子恺、朱生豪、傅雷、杨绛、汝龙、梅益、叶君健等翻译家，以优美传神的译文，再现了原著风格，为这些不朽之作增添了色彩。

2015 年，精装本“名著名译丛书”出版，继续得到读者肯定。为了惠及更多读者，我们推出平装版“插图本名著名译丛书”，配以古斯塔夫·多雷、约翰·吉尔伯特、乔治·克鲁克香克、托尼·若阿诺、弗朗茨·施塔森等各国插画家的精彩插图，同时录制了有声书。衷心希望新一代读者朋友能喜爱这套书。

人民文学出版社

2018 年 1 月

前　言

中国读者也许对法国作家阿尔封斯·都德的名字并不感到陌生，因为凡是上过小学的人一定读过他写的《最后一课》。它篇幅不长，文字朴实无华，却以真挚感人的爱国热情令读者难以忘怀，仿佛听见都德一颗赤诚的法国心在怦怦跳动。这正是都德作品的特点：以情动人。

阿尔封斯·都德于一八四〇年五月十三日出生在法国南部普罗旺斯地区的尼姆城。这座城市在古罗马帝国时期曾辉煌一时，至今仍保存不少古罗马遗迹。附近地区盛产桑树，丝绸业比较发达。都德的父亲经营一家丝绸披巾厂。母亲是大家闺秀，生有十七个儿女，夭折了十三个，因此常常以泪洗面，向上天哭诉，并阅读大量书籍以求得安慰。一八一五至一八四八年在法国是经济倒退的时期。一八三〇年上台的大资产阶级国王路易-菲利浦既与正统派的贵族僧侣斗争，又与主张共和的小资产阶级斗争，政局不稳，处于经济危机中的社会动荡不安。都德父亲的工厂也不太平，工人罢工，两次火灾，加上受一位马赛客户的蒙骗，工厂只好宣布倒闭，全家人背井离乡，去里昂另谋生计。都德在里昂继续上学，但备受歧视，因为有钱人家子弟穿的是上衣，而他只能像工人孩子一样穿罩衣。老师也不喜欢这个近视眼的穷孩子，不屑于称他的名字，只是叫他"小东西"。这便是都德的童年——不幸的童年。

都德十五岁时便不得不独立谋生，在一所学校当学监，备受虐待和蔑视。两年后在哥哥欧内斯特的帮助下去到巴黎，靠抄写书稿为生，生活极为艰苦，但对文学的兴趣丝毫未减，充满幻想的浪漫气质一如既往。一八五八年，都德发表诗集《恋爱的女人们》，获得好评，开始为几家报纸撰稿，与此同时他当上了一位公爵的三等秘书，这个职位使他的生活稳定下来。一八六二年他与别人合写的剧本《最后的偶像》在奥代翁剧场上演，此时他又发表了戏剧集。但真正奠定都德文学地位的创作还是自一八六四年开始。

一八六四年，他离开阴沉沉的巴黎，回到阳光灿烂的故乡普罗旺斯，与著名的普罗旺斯诗人米斯特拉(一九〇四年诺贝尔文学奖得主)交往，这位诗人被拉马丁誉为"今日真正的荷马式诗人"的同乡给都德最大的启迪是：写普罗旺斯文学。于是都德在普罗旺斯住下来，熟悉和观察那里传统的家庭、风土人情、语言习惯、人们的眼泪和微笑，运用抒情散文式的笔触讲述一个个故事，发表在报刊上，一八六五年结集成册，取名为《磨坊文札》。它充分显示了都德作为南方短篇小说作家的才华与魅力。其中一篇后来被他改写为三幕剧《阿尔城的姑娘》，曾在奥代翁剧场上演，后又被音乐家比才配乐。

一八六七年都德结婚。妻子是位曾写过诗的才女，婚后成为都德在创作上的密友与第一位读者。

一八六八年，小说《小东西》问世，扩大了都德的读者群。一八七二年的《达拉斯贡的达达兰》使用了拉伯雷式的夸张手法。主人公自命不凡，自认为是狩猎英雄，但由于无知、笨拙与傲慢，闹出了不少笑话。行文中的风趣和诙谐活脱脱地表现了南方人的气质。一八七三年都德又发表了以一八七〇年普法战争为题材的短篇集《月曜日故事集》，其中不乏名篇，《最后一课》即是该集的第一篇。

此后他几乎每年发表一部作品，其中大部分为巴黎风俗画，涉及各个阶层，例如工商界(《小弗莱蒙与大黎斯内》，一八七四)、工人(《雅克》,一八七六)、政界(《努马·卢梅斯当》,一八八〇)、学生(《萨芙》,一八八四)、文学界(《不朽者》,一八八八)等等。

一八八四年都德患脊髓炎,痛苦异常,在进行水疗的同时,如实记下病情的发展,并仍笔耕不倦,发表了《塔拉斯贡港》《小堂区》《家庭赡养者》等等,而且从不错过任何一场戏剧首演式。一八九七年十二月十六日,他在饭桌上谈论次日即将进行的戏剧彩排时,骤然去世,享年五十七岁。

都德在创作上的座右铭是"根据自然",他与自然主义大师、他的同龄人左拉过从甚密。他笔下的人物大都有其生活原型,或是由他本人直接从生活中撷取,或是通过他人(包括他妻子)的讲述,然而他不属于自然主义流派,因为他在观察时并不像左拉那样理智、冷静和客观,而是带着感情的色彩。他的风格在不同作品中也有所不同,例如《小弗莱蒙与大黎斯内》就更像戏剧,《萨芙》中用了大量的心理描写。但总的说来,他笔下的世界具有富于人性的温和色彩,一边是善、美、真和弱者,一边是恶、丑、假和强者,而他无论是在赞美还是在批判时都带着揶揄的微笑。

长篇小说《小东西》是半自传性的作品,以主人公第一人称的自述为主,也插入叙述者的第三人称。故事很简单,不涉及重大的社会内容,也没有哲学思考,讲的只是小东西的遭遇。前半部是都德本人的经历,其中痛苦多于欢乐,眼泪多于微笑;后半部除了哥哥雅克以外,全部是虚构的。不纯的情爱与纯洁的爱情构成了冲突的主线(和《萨芙》一样),前者使主人公丧失了尊严,成为可笑的玩物,后者使他恢复自尊与自信,为重整家业而努力。作者所表达的家庭伦理观十分鲜明:只有纯洁的爱情才能建立健康的家庭,而家庭亲情是人生中不可或缺的精神支柱。这是初涉世事时幼稚可笑,甚至想入非非的主人公从亲身经历中得出的感悟。

都德凭着得天独厚的敏感气质，用清新明快的文字描写一个个场景和氛围，一切都显得那么温情，字里行间跳动的是一颗敏感的心，难怪都德曾自称为“奇妙的感觉机器”。

桂裕芳

目　次

上　篇

下　篇

献给保尔·达洛兹[1]

以表示我的感激与友情

阿·都德

① 保尔·达洛兹(1829—1887),都德好友,一八六六年十一月至一八六七年十月,《小东西》在他创办的《世界箴言晚报》上连载。

上　　篇

一　工厂

一八……年五月十三日，我出生在朗格多克地区的一座城市里。和法国南方的所有城市一样，那里阳光充足，尘土也不少，还有一座加尔默罗会修道院和两三处古罗马建筑物。

我父亲埃塞特先生当时做头巾生意，在城门口有一家大工厂，工厂的一角还有一栋住所，这座可爱的住所坐落在悬铃木的浓荫之中，与作坊车间隔着一座大花园。我就是在那里出生的，也是在那里度过了我生命中唯一美好的幼年时光，因此，花园、工厂和悬铃木在我那充满感激的记忆中留下了无法磨灭的印象。当父母破产，我不得不和这些东西告别时，我真是依依不舍，仿佛它们是人。

我首先必须说，我的出世没有给埃塞特商号带来好运。厨娘老阿努后来常常对我讲，当时我父亲正出差在外，他同时得知两个消息：我的出生和一位马赛客户卷走了四万多法郎后销声匿迹。埃塞特先生既高兴又沮丧，不知该为马赛客户的逃跑而哭泣呢还是为小达尼埃尔的光临而高兴……应该哭泣，亲爱的埃塞特先生，应该双倍地哭泣。

的确如此：我是父母的灾星。从我出生时起，难以想象的灾难一个接着一个。最初是马赛客户，接着是一年里发生了两次火灾，然后是织机女工闹罢工，然后是和巴蒂斯特舅舅的不和，然后是与颜料商那场劳民伤财的官司，然后，最后是一八……年的革命，它给了我们致命的一击。

从此刻起，工厂陷入困境，车间里的人逐渐稀少，每个星期都有一台织机停转，每个月都减少一张印花台面。眼看着生命慢慢地、日复一日逐渐地离开我们的工厂，仿佛离开病人的身体一样，这真叫人难过。有一天，人们不再去三楼的大厅了。另一天，院子尽头的门被封闭了。这种情景持续了两年，在两年中工厂奄奄一息。终于有一天，工人们不来了，车间的钟不敲了，井上的转盘不再吱嘎作响，用来漂洗织物的大池子里的水纹丝不动，不久以后，整个厂子里只剩下埃塞特先生和太太、老阿努、哥哥雅克和我，还有稍远处看管车间的门房科隆布和他的儿子小红崽。

完了，我们破产了。

那时我六七岁，体弱多病，因此父母不想送我去上学。母亲只教我读和写，以及几个西班牙字和两三首吉他曲子，由于弹吉他，我在家里被视为小神童。这种教育体制使我从不跨出家门，因此我目睹了埃塞特商号濒死时的种种细节。我承认自己对那幅景象无动于衷，甚至觉得破产倒闭也有令人十分愉快的一面，我可以自由自在地在整个工厂里蹦蹦跳跳，而从前有工人上班时，只有星期天我才能这样做。我很认真地对红崽说："工厂现在属于我了，它是给我玩的。"而小红崽也信以为真。这个小傻瓜，我说什么他都信。

然而，在家里，并非所有人都如此轻松地对待这次溃败。埃塞特先生突然变得很可怕；他性格外向，容易激动、暴躁和夸张，动不动就大吼大叫和摔东西，但人品极好，只是喜欢动手，言语粗鲁，非得使周围的人胆战心惊不可。厄运没有使他灰心丧气，反而使他脾气更大。从早到晚，他始终怒气冲天，这团怒火不知向谁发泄，于是便针对一切，太阳、干燥的风、雅克、老阿努、革命，呵！特别是革命！……听父亲的口气，给我们带来麻烦的这场一八……年的革命就是专门针对我们的。革命党在埃塞特家里当然不会被奉若神明。天知道我们当时是怎样议论这些先生的……他们是父亲的眼中钉。即使在今天,每当埃塞特老爸爸(愿上帝别夺走他)感到痛风病发作,艰难地在长椅上躺下时,我们还听见他皱着眉头说:“呵!这些革命党!……”

在我谈到的那个时期,埃塞特先生还没有得痛风病,破产的痛苦使他变得可怕,谁也不敢靠近他。每两个星期就得给他放两次血。他周围的人都噤若寒蝉。饭桌上,我们要面包时也压低声音。我们甚至不敢在他面前哭泣,所以,他一走开,整个屋子便是一片呜咽声;母亲、老阿努、哥哥雅克,还有来探望我们的另一个当神父的大哥,所有的人都呜咽起来。母亲是因为看到埃塞特先生不幸而哭,这可以理解;神父和老阿努是因为见到埃塞特太太哭而哭;至于雅克哩,他比我只大两岁,年纪太小还不理解我们的不幸,他哭是出于需要,为了取乐。

哥哥雅克可是一个古怪的孩子!他真有流泪的天赋!从我记事时起,他总是两眼发红、泪流满面的。傍晚、清晨、白天、黑夜,在教室、在家中、散步时,他总在哭,无处不在哭。人们问他:“你怎么了?”他一面抽噎一面回答:“没事。”而奇怪的是他的确没有事。他哭泣就像我们擤鼻涕一样,只不过更频繁而已。有时埃塞特先生很恼火,对我母亲说:“这孩子真可笑,你瞧瞧他!……真是一条河。”埃塞特太太温柔地回答说:“有什么办法呢,朋友。等他长大就好了,我像他这么大时也是这样。”雅克一天天长大,甚至长得很大了,但这一点依然如故。这个古怪孩子无缘无故地泪如雨下的怪癖甚至越来越厉害,因此父母的伤心事对他来说倒是好运……他成天尽兴地哭,没有人来问他:“你怎么了?”

总之,对雅克和我来说,破产也有它可爱的一面。

我可是十分快乐。再没有人管我了。趁此机会,我整天和红崽去荒寂的车间里玩,我们的脚步声在那里回响,就像在教堂一样,我们还去小径上长满野草的、被废置的大院子里玩。看门人科隆布的儿子小红崽是个胖男孩,约十二三岁,体壮如牛,像狗一样忠心耿耿,像驴一样蠢头蠢脑，特别引人注目的是他那一头浓密的红发，因此才得了红崽这个别名。不过，我要告诉你们，在我眼中，红崽并不是红崽。他一会儿是我忠实的星期五，一会儿是野人部落，一会儿是反叛的船员，总之我愿意他是什么他就是什么。那时我自己也不叫达尼埃尔·埃塞特了，而是那个身穿兽皮的怪人，我刚读过他的遇险记，我就是鲁滨孙主人。多么甜蜜的狂热！晚上吃过饭后，我重读《鲁滨孙漂流记》，熟记心中，白天我就扮演他，演得如醉如痴，周围的一切都被我纳入戏中。工厂不再是工厂，而是我的荒岛。呵！多么荒凉！水池成了大洋，花园充当原始森林。悬铃木上有一堆蝉，它们也是剧中人物，只是自己不知道罢了。

红崽也没想到他的角色如此重要。如果有人问他鲁滨孙是谁，他准会张口结舌。但我要说他演起来时全心投入，就模仿野人的吼叫声而言，没有谁能比得上他。他是从哪里学来的？我不知道。他从喉头深处发出野人的吼叫，一面摇晃着那一头浓浓的红发，最勇敢的人见了也会发抖。我本人，鲁滨孙，有时也心惊肉跳，不得不低声对他说："别这么大吼，红崽，你吓着我了。"

红崽对模仿野人吼叫十分在行，不幸的是，他对街头顽童的粗话和渎神的话更是在行。我一面玩，一面也学会了他那些词，于是有一天，在饭桌上，我也不知道怎样从嘴里蹦出一句可怕的脏话来。一片愕然！"你是从哪里学来的？在哪里听见的？"这可是件大事，埃塞特先生立刻说要送我去管教所，当神父的大哥说首先得送我去忏悔，因为我已经到了懂事的年龄。于是他们领我去忏悔。这事可不简单！我必须从意识的各个角落里搜集出一大堆在那里待了七年的小孽种。多么繁重的工作！我有两夜没有睡觉，因为有一大筐见鬼的罪孽，我将小罪放在最上面，但也没用，其他的罪也能看见。我跪在小橡木橱里，将这一切告诉方济各会的改革派神父，感到自己会因恐惧和羞愧而死去……

结束了。我不再和红崽一起玩。我现在知道，圣保罗说过，神父也告诉过我，我知道魔鬼像狮子一样时时在我们身旁转悠，quaerens quem devoret①。呵！这个 quaerens quem devoret 给我留下多么深的印象！我也知道这个诡计多端的魔鬼随时改头换面来引诱我们，于是我认定它藏在红崽先生身上，好让我说亵渎天主的话。因此，我一回到工厂就告诉星期五此后他不要来了。不幸的星期五！这项专横的命令使他十分伤心，但他毫无怨言地听从了。有时我看见他站在门房门口，靠车间那个方向。他忧愁地站在那里，一发现我在看他，便傻傻地摇晃着红色头发，发出最可怕的吼声来打动我。但是他越吼叫，我便离他越远。我发觉他真像那头著名的狮子在寻找人。我对他喊道："走开！我厌恶你。"

红崽这样吼叫了几天。后来有一天，他父亲被他在家中的吼声吵烦了，打发他去学手艺的地方吼叫，此后我再没有见到他。

我对鲁滨孙的热情丝毫未减。正巧在这个时候，舅父巴蒂斯特突然玩腻了他那只鹦鹉，将它给了我。它便替代了星期五。我将它放在一只漂亮的笼子里，放在我过冬小屋的深处，于是我比从前更是鲁滨孙，整天和这只有趣的飞禽单独相处，教它说："鲁滨孙！可怜的鲁滨孙！"你们想得到吗？巴蒂斯特舅舅因为受不了鹦鹉的喋喋不休而将它送给了我，但到了我这里它却一直不声不响，就连"可怜的鲁滨孙"也不说，我没法让它说一个字。尽管如此，我依然很爱它，十分细心地照料它。

我和鹦鹉就这样生活在严峻的孤独中，直到一天早上发生了一件极不平常的事。那天我很早就走出小屋，全副武装地去我的岛上探

① 拉丁文，出自《圣经·新约》彼得前书第五章："如同吼叫的狮子……寻求可吃的人。"

险……突然间，我看见三四个人朝我这边走来，一面指指画画，一面大声说话。公正的天主呀！有人来到了我的岛上！我刚来得及躲到一丛夹竹桃后面，而且，不瞒你说，趴在地上……那几个人就从我旁边过去了，没有看见我……我好像听出看门人科隆布的声音，它使我稍稍放心，但这也不管用！等他们一走远，我便从躲藏处出来，远远地跟在后面，想看看到底是什么事……

这些陌生人在我的岛上待了很久，仔仔细细地从这头看到那头。我见他们走进我的山洞，用手杖探探我的海洋有多深。他们时不时地站住，东张西望……我就怕他们发现了我的住所……老天爷，那我会怎么样！幸好没有出事，半小时后他们便走了，根本没有想到岛上有人住。他们一走，我便跑进一间小屋里闭门不出，一直在想这是些什么人，他们来做什么。

他们来做什么，唉！……很快我就知道了。

晚饭时，埃塞特先生郑重地宣布工厂已经卖出去了，一个月内我们全家去里昂，以后就住在那里。

晴天一声霹雳。天似乎塌下来了。工厂被卖出去了！……怎么！……那我的小岛、山洞和小屋呢！

唉！小岛、山洞、小屋，埃塞特先生把它们都卖出去了；我不得不离开这一切。老天爷！我流了多少眼泪！……

在一个月里，家里人给玻璃镜和餐具打包，我独自在亲爱的工厂里走来走去，满怀忧伤，你们会想我再没有心情来玩了……呵！不！……我去到每个角落里坐下来，瞧着四周的东西，和它们说话，就仿佛它们是人……我对悬铃木说："再见了，亲爱的朋友们。"对水池说："结束了，我们再也见不着了。"花园深处有一株石榴树，美丽的红色花朵在阳光下怒放。我哽咽着对石榴树说："给我一朵花吧。"它给了我。我将花贴在胸前作为纪念。我很忧愁。

然而，在这种痛苦中，有两件事使我开心，首先是我想到能坐船了，其次是家里允许我把鹦鹉带走。我对自己说，鲁滨孙也是在有几分相似的情况下离开孤岛的……这给了我勇气。

出发的日子终于到了。埃塞特先生一星期前就去了里昂，先将笨重的家具运去，因此我跟雅克、母亲和老阿努一起走。当神父的大哥不走，但将我们送到博凯尔驿车站，守门人科隆布也来送行。他推着一辆装满箱子的双轮车走在我们前面。神父大哥挽着埃塞特夫人的手臂走在他后面。

唉！可怜的神父，从此我再没有见到他！

走在他后面的是老阿努，一手提着一把蓝色的大伞，一手牵着雅克，雅克很高兴去里昂，但仍然在呜咽……最后，走在末尾的是达尼埃尔·埃塞特，他庄严地提着鹦鹉笼子，一步一回头地看着亲爱的工厂。

这行人渐渐走远，石榴树尽力伸出花园围墙，好再一次看看他们……达尼埃尔·埃塞特激动不已，偷偷地用指尖向所有的石榴抛去亲吻……

一八〇〇年九月三十日，我离开了我的岛。

二　巴巴罗特[①]

呵，童年的事物，你们给我留下多么深的印象！罗讷河上的航行仿佛是昨天的事！我还能看见那条船、乘客和船员，我还能听见转轮声和汽笛声。船长叫热尼埃斯，厨师领班叫蒙泰利马尔。这些事是忘不了的。

船航行了三天。这三天我都在甲板上，只有吃饭睡觉时才下来。其余的时间我走到船头靠船锚的地方。那里有一个大钟，进港时就敲钟。我坐在钟旁那一大堆缆绳中间，将鹦鹉笼放在两腿间，向四面观望。罗讷河很宽，几乎望不到边。可我愿意它更宽，愿意它的名字是海洋。阳光灿烂，水波碧绿。一些大船顺流而下。一些内河船船员骑着骡子从我们旁边涉水而过，一面还唱着歌。有时，我们的船沿着一个长满灯芯草和柳树的、草木茂盛的小岛行驶。我心里想："呵！一个荒岛！"我目不转睛地看着它……

第三天傍晚，我以为要来暴风雨了。天空突然阴暗下来，河面上起了浓雾，人们在船头点燃了一盏大灯，面对这么多征兆，我真的开始激动起来……正在此时，我身旁有人说："里昂到了！"那只大钟也同时敲了起来。里昂到了。

在浓雾中，我隐隐约约看见两岸上有灯光闪烁。我们驶过一座桥，

---

① 这是南方对一种黑色大昆虫的称呼，北方称为蟑螂，学名为蜚蠊。——原注

然后又是一座桥,船上的大烟囱管每次都深深弯下来,吐出一阵阵呛人的浓烟……船上乱哄哄的,旅客们忙着找自己的箱子,水手们在暗处滚动木桶,一面说着粗话。下雨了……

我急忙去船尾找母亲、雅克和老阿努,于是我们四个人挤在阿努的那把大伞下面,这时船正靠岸,乘客开始下船了。

说实在的,如果不是埃塞特先生来解救我们,我们是永远也出不来的。他摸索着朝我们走来,一面喊道:"什么人? 什么人?"我们听见这熟悉的"什么人",齐声回答"是朋友",感到说不出的宽慰、快乐……埃塞特先生灵巧地亲吻我们,一手牵着哥哥,一手牵着我,对女人们说:"跟着我!"然后便开步走了……呵! 他真是男子汉! ……

我们步履艰难。天黑了,甲板很滑。每走一步都要撞着箱子……突然间,从船头传来一个忧伤而刺耳的声音:"鲁滨孙! 鲁滨孙!"

"呵! 我的天!"我喊道,想从父亲手中抽回我的手,父亲以为我滑了一下,将我抓得更紧。

又传来了那个声音,更刺耳也更悲切:"鲁滨孙! 可怜的鲁滨孙!"我再一次努力抽出我的手,喊道:"我的鹦鹉,我的鹦鹉!"

"它现在开口了?"雅克问道。

当然啦! 一里外都能听见……慌乱中我把它忘在那里了,忘在船头,靠近铁锚的地方,它正是从那里拼命唤我的:"鲁滨孙! 鲁滨孙! 可怜的鲁滨孙!"

可惜我们已走远了。船长热尼埃斯喊道:"快走!"

"明天我们再来找它吧,"埃塞特先生说,"船上的东西是丢不了的!"说完便把我拖走了,尽管我在流泪。可怜哪! 第二天,我们派人去找,没有找到……你们想想我是多么绝望:没有了星期五! 没有了鹦鹉! 再也玩不成鲁滨孙了! 再说,即使有再好的愿望,怎样能在朗泰尔街那座又脏又潮的五楼上营造一个荒岛呢?

啊！多么难看的房子！我一辈子都能看见它：黏糊糊的楼梯、像井一样的院子；看门人是鞋匠，小铺子靠在水泵旁……丑陋至极！

我们抵达的那天晚上，老阿努在厨房里安置东西时，发出一声恐慌的叫喊：

"巴巴罗特！巴巴罗特！"

我们奔了过去。可怕的情景！……厨房里爬满了这些可恶的虫子，餐具橱上、墙上、抽屉里、壁炉台上、食橱里，到处都是！我们无意中就踩死了它们。呸！阿努消灭了不少，可是她消灭得越多，来得也越多。它们从洗碗池的洞口钻出来，我们堵上了洞口，但是第二天晚上，它们又从另一处钻出来，又不知是从哪里来的。我们不得不弄一只猫来专门对付它们，于是每天夜里厨房就成了可怕的杀戮场所。

从第一天晚上起，巴巴罗特就使我仇恨里昂，第二天更糟糕。必须改变习惯，吃饭的钟点也变了……面包的形状也和我们家乡的不同，叫"王冠面包"。名字真怪！

老阿努去肉店买"炭火烤肉"时，肉案伙计当面笑她，这个野人竟不知道什么是"炭火烤肉"……呵！我很厌烦……

星期天，为了开开心，我们全家带上雨伞去罗讷河边散步。我们本能地总是朝南，朝珀拉什方向走。母亲比我更思乡，她说："我觉得离老家近一点了。"散步时我们也很沉闷。埃塞特先生在责骂，雅克一直像在哭，我总是走在后面。不知为什么，我不好意思上街，大概是因为我们穷吧。

一个月以后，老阿努病倒了。是雾气害了她，我们不得不把她送回南方。这位可怜的女人十分喜欢我母亲，迟疑着不想离开我们，恳求我们别让她走，她保证不会死的。我们不得不强迫她上了船。回到南方后，她感到绝望便嫁了人。

阿努走后，我们没有再雇女仆，我觉得这真是太悲惨了……看门人的妻子上来帮我们干粗活，母亲守着炉子，从前我那么喜欢亲吻的她那双美丽白嫩的手如今被火熏烤，至于采购，那是雅克的事。人们让他挽上一个大篮子，对他说："你去买这个，买那个。"于是他就买这个买那个，干得很好，不过仍然似乎在哭。

可怜的雅克！他也不快活。埃塞特先生讨厌他永远眼泪汪汪，常常打他耳光……我们整天听见他在叫："雅克，你是笨蛋！雅克，你是头蠢驴！"事实是可怜的雅克一见到父亲就不知所措了。他极力忍住眼泪，显得很难看。恐惧使他发呆。埃塞特先生是他的灾星。请听听关于水罐的这场戏：

一天晚上，我们正要吃饭时发觉家里一滴水也没有了。

"我去打水吧。"雅克这个好孩子说。

于是他拿起水罐，就是那个大粗陶罐。

埃塞特先生耸耸肩说：

"要是雅克去，水罐一定会打破，肯定的。"

"你明白吧，雅克，"埃塞特太太平静地说，"你明白吧，别把它摔碎了，千万要小心。"

埃塞特先生又说道：

"呵！你说也是白说，他总会摔碎的。"

此时，响起雅克忧伤的声音：

"可您为什么愿意我摔碎它呢？"

"我不是愿意你摔碎它，我是说你准会摔碎。"埃塞特先生用不容分辩的口气回答说。

雅克也不分辩，激动地拿起水罐急忙走了出去，仿佛在表示：

"嗯！我准会摔碎，好，咱们走着瞧！"

五分钟、十分钟过去了，雅克还没有回来。埃塞特太太开始坐立不安了：

“但愿他没有出什么事吧?”

“当然,他能出什么事呢?”埃塞特先生暴躁地说,“他打碎了水罐,不敢回来。”

埃塞特先生虽然看上去很暴躁,却是世上最好的人,他一面说,一面起身开门,看看雅克出了什么事。他不用走远,雅克站在楼梯平台上,站在家门口,两手空空,默默地发呆。他一见埃塞特先生便脸色发白,用令人难受的、微弱的,呵,十分微弱的声音说:“我把它摔碎了!”……他把水罐摔碎了……

在埃塞特的家史里,我们称这件事为“水罐故事”。

我们到里昂大约两个月以后,父母开始考虑我们的学业。父亲想送我们上学,但学费太贵。“要是送他们去唱经班学校呢?”埃塞特太太说,“那里的孩子们也很不错的。”父亲觉得这是个好主意,离我们最近的是圣尼齐埃教堂,于是我们就上了圣尼齐埃教堂的唱经班学校。

唱经班学校可真有趣!它不像别的学校那样往我们头脑里灌希腊文和拉丁文,而是教我们如何辅助大小弥撒,如何唱赞美诗、屈膝跪拜,如何优美地摇吊炉奉香,这可不是容易的事。每天断断续续地用几个小时来背动词,读“简史”,但这只是次要的。我们首先是为教堂服务。米库神父每周至少一次在抽鼻烟时郑重其事地说:“明天上午不上课,先生们。我们要做葬礼弥撒。”

我们做葬礼弥撒!真是高兴!接着是洗礼、婚礼、接待主教、给病人送临终圣体。呵!临终圣体,能护送它是多么荣耀的事……教士捧着圣体和圣油,头顶上是一个红丝绒的小华盖,唱诗班的两个孩子撑着华盖,另外两个孩子提着金色大灯陪伴左右,第五个孩子摇着木铃走在前面。通常这是我的任务……圣体所到之处,男人脱帽,女人画十字。经过哨所时,哨兵喊道:“取枪!”士兵们奔过来排好队。军官下令:“持枪致敬!单腿跪下!”枪声在响,还有致敬的鼓声。我将木铃摇了三次,像连呼三遍的圣哉颂歌一样,然后我们走了过去。

唱经班学校可真有趣。每人都有一小格柜子,里面装着教士的全套行头:带着长尾的黑长袍,白长衣,浆得硬硬的宽袖白色法衣,黑丝袜,两顶教士圆帽——一顶是呢的,一顶是丝绒的,用小白珠镶边的领巾,总之,该有的都有了。

这套服装似乎很适合我。埃塞特太太说:"他穿上去真漂亮。"不幸我个子太矮,这使我很丧气。你们想想,我踮起脚也只不过和看门人卡迪弗先生的白色中筒袜一样高,何况我还那么柔弱!……有一次做弥撒,我挪动那本大福音书时,沉甸甸的书让我整个人跌倒在祭台的台阶上。书架被摔破,弥撒也中断了。那天是圣灵降临节。多么丢人!……除了身材矮小给我带来的小小不便以外,我对自己的命运十分满意,晚上上床时,雅克和我常常彼此说:"总之,唱经班很有趣。"可惜我们在那里没有待很久。家里的一位朋友在南方当学区区长,有一天他来信说如果父亲想为一个儿子在里昂的学校申请走读生的助学金,他可以提供。

"这是为了达尼埃尔。"埃塞特先生说。

"那雅克呢?"母亲问道。

"呵!雅克!我把他留在身边,他对我会很有用的。再说,我发觉他对做生意感兴趣。我们让他成为商人。"

说实在话,我不知道埃塞特先生是怎样发现雅克对做生意感兴趣的。当时这个可怜的孩子只对眼泪感兴趣;如果征求他意见的话……可是他们没有找他商量,也没有找我商量。

来到学校,使我惊奇的是只有我一个人穿着罩衣。在里昂,有钱人家的孩子是不穿罩衣的,只有被称作 gones 的街头儿童才穿罩衣。我有一件小方格罩衣,那还是从工厂时期留下来的。我穿着罩衣,神气就像街头顽童。我走进教室时,学生们都嘲笑我。"瞧,他穿着罩衣!"老师扮了一个鬼脸，立刻就厌恶我了。自那时起，他和我说话时，总是很勉强，一副鄙视的神气。他从不叫我名字，总是说："喂，那边，你，小东西！"然而我和他说过一百次我的名字是达尼埃尔·埃—塞—特……最后，同学们都叫我"小东西"，这个绰号便留了下来……该诅咒的罩衣！……

不仅是罩衣使我与其他孩子不同。别的孩子有漂亮的黄皮书包、发出香味的黄杨木墨水瓶、硬皮练习本和每页下面有许多注解的新书，而我的书是从河边的旧书摊买来的，破旧发霉，有一股陈腐的气味，书皮总是残破不全，有时还缺了几页。雅克尽其所能地用硬纸片和稠稠的糨糊把它们粘上，糨糊太多，有一股臭味。他还给我做了一个书包，上面有数不清的口袋，很方便，但是糨糊太多。粘粘贴贴，做书皮已经成为雅克的癖好了，就像流泪的癖好一样。火炉前总有他那一堆小糨糊罐，他只要能从商店里溜出来片刻，便粘呀、贴呀、上硬纸片呀。其余的时间，他背着一包包东西上街，在父亲口授下写信，去采购食品，总之是与买卖打交道。

至于我呢，既然我靠的是助学金，我穿着罩衣，我叫"小东西"，那么我必须比别人付出双倍的努力才能和他们平起平坐，于是，小东西鼓起勇气认真用起劲来。

好样的小东西！至今我还看见他在冬天，在没有生火的房间里，坐在桌前念书，腿上裹着一床毯子。在室外，冷霜扑打在玻璃窗上。埃塞特先生正在商店里口授信件：

本月8日的大函已经收到。

雅克用哭咧咧的声音重复：

"本月8日的大函已经收到。"

有时,房间的门被轻轻推开,进来的是埃塞特太太,她踮起脚走近小东西。嘘!

“你在用功?”她低声说。

“是的,母亲。”

“你不冷吗?”

“呵!不冷!”

小东西在撒谎,其实他很冷。

于是埃塞特太太带着毛线活儿在他身边坐下来,待上好几个钟头,一面低声数针脚,时不时地还深深叹气。

可怜的埃塞特太太!她一直在怀念她再没有机会看到的亲爱的故乡……唉!但她不久就又见到故乡了,这是她的不幸,是我们大家的不幸……

三　他死了！为他祈祷吧！

这是七月份的一个星期一。

这天放学时，我被同学拉着去玩捉人游戏，等我下决心回家时，时间已经很晚了。我将书系在腰上，嘴里叼着帽子，一口气从泰罗广场跑回朗泰尔街。我特别害怕父亲，因此在楼梯上稍稍喘口气，好编一个故事来解释为什么回来晚了。想好了，我便鼓起勇气按门铃。

来开门的是埃塞特先生本人。“你回来这么晚！”他说。我开始战战兢兢地撒谎，但那个亲爱的人没有让我讲完就将我抱在胸前，默默地、久久地亲吻我。

我原以为会被狠狠地训一顿，因此对这种欢迎感到吃惊，头一个念头就是圣尼齐埃教堂的神父来家里吃饭了。根据经验我知道在这种时候父亲是从不责骂我们的。但是，我走进饭厅里发现自己想错了。饭桌上只有两套餐具，是父亲和我的。

“母亲呢？雅克呢？”我惊奇地问道。

埃塞特先生一反常态，温柔地说：

“你母亲和雅克走了，达尼埃尔，你的神父大哥病得很重。”

他见我脸色发白，用几乎轻松的声音安慰我：

“病得很重，只是一种说法而已。我们收到信说神父病倒了，你了解你母亲，她要去，于是我让雅克陪她……总之，不会有事的！现在你坐下，我们吃饭吧，我饿得要死。”

我一言不发地坐了下来，但内心十分难过，我想到大哥病重，眼泪难以抑制。我们相对无言，愁闷地吃着饭。埃塞特先生吃得很快，大口喝酒，然后突然停下，若有所思……我哩，我坐在餐桌尽头，一动不动，惊慌失措；我回想神父从前来工厂时给我讲的好听的故事，我又看见他勇敢地挽起道袍跨越水池。我还记得他头一次主持弥撒的情景，那天全家人都去了。他转身对着我们，举起双臂，柔声说 Dominus vobiscum①，他那么美，以致埃塞特太太高兴得哭了起来！……而现在我想象他病在床上(呵！有点什么东西告诉我他病得很重)，而且，使我更难受的是我内心深处有一个声音在叫喊："天主在惩罚你，这都怪你！你本该直接回家！你不该撒谎！"天主为了惩罚他而让他哥哥去死，这个可怕的念头缠住小东西，他灰心绝望地想："再也不干了！永远不在放学以后玩捉人游戏了。"

晚饭后，我们点上灯度过睡觉前的时光。埃塞特先生在撒着饭屑的桌布上摊开他的大账本，大声算账。捕蟑螂的猫菲内在桌子四周转来转去，凄凉地叫着……我推开窗子，靠在窗沿上……

天黑了，空气很闷……我听见下面有人在门前说笑，远处传来卢瓦亚斯要塞的鼓声……我在那里已经待了一会儿，满心忧愁，漫不经心地看着黑夜，这时门铃急剧响了起来，使我猛然离开窗口。我惊恐地看着父亲，他脸上仿佛闪过和我同样的焦虑和恐惧。门铃声也使他害怕了。

"有人在按门铃！"他低声对我说。

"您待着，父亲，我去。"于是我奔向门口。

门外站着一个人，隐隐约约地站在暗处，他递给我一个东西，我迟疑着不敢接过来。

"电报！"他说。

---

① 拉丁文：愿天主与你同在。

“电报！老天爷！为什么来电报?”

我战战兢兢地接了过来,赶紧关门,但是那人用脚挡着门,冷冷地说:

“得签字。”

得签字！我不知道,因为这是我收到的第一份电报。

“是谁,达尼埃尔?”埃塞特先生说,声音在颤抖。

我回答说:

“没什么！是一个穷人！……”我打手势让那人等着,赶紧跑进卧室,将钢笔胡乱地在墨水里蘸蘸,然后又回来。

那人说:

“在这里签字。”

在楼梯昏黄的灯光下,小东西用颤抖的手签了字,然后关上门,将电报藏在罩衣下走了回来。

呵！是的,我将你藏在罩衣下,不祥的电报！我不愿意让埃塞特先生看见你,因为我预先就知道你会宣布某件可怕的事,我拆开你时,你也不会告诉我什么新消息,明白吗,电报?你要告诉我的事,我的心早已猜到。

“刚才是个穷人?”父亲盯着我问道。

“是个穷人。”我不动声色地回答,而且,为了消除他的疑虑,我又回到窗口。

我在那里待了一会儿,既不动也不说话,紧紧藏在胸前的那张纸使我感到灼热。

有时我试图冷静下来,鼓起勇气,心里想:“你知道什么?也许是好消息哩。也许电报里说他已经痊愈了……”但我内心感到不会是这样,我在欺骗自己,电报不会说他痊愈了。

我终于决定回到卧室去看个究竟。我慢慢地,若无其事地走出餐厅,可是一进房间便急不可耐地点上灯！我拆开这封噩耗电报时,两手

颤抖得多么厉害！拆开了以后，我热泪滚滚！……我反复看了无数遍，总希望我看错了，可是，唉，我真可怜！我将电报看了一遍又一遍，将它翻过来覆过去，却无法让它改变它最初的话语，也就是我早知道的话：

他死了！为他祈祷吧！

我站在那里，对着这张打开的电报哭泣，不知这样待了多久。我只记得当时眼睛很疼，我在走出房间以前，将脸放在水里浸了很久。然后我回到餐厅，紧张的小手捏着那封该诅咒一千遍的电报。

现在我该怎么办呢？怎样向父亲宣布这个可怕的消息呢？刚才我幼稚得多么可笑，竟想将这个消息保密。早晚他不是总会知道的吗？真是荒唐！要是我接过电报直接走去交给他，我们就会一同拆开，那现在一切都知道了。

我心中自言自语，一面走近餐桌，在埃塞特先生旁边，就在他旁边坐下。可怜的人已经合上了账本，用笔杆上的羽须逗菲内玩，轻轻戳摸小猫的白嘴。见他如此逗乐，我心中难过。他那张和善的脸被朦胧的灯光照着，时不时兴奋地笑着，我真想对他说：“呵！不，别笑了，别笑了，求求您。”

我手中拿着电报，忧愁地看着埃塞特先生，他抬起了头。我们四目相视，我不知他在我的眼神里看见了什么，但我知道他的脸色突然变了，从胸中迸出一声呼叫，用令人心碎的声音说：“他死了，是吧？”电报从我手中落到地上，我抽泣着扑到他怀中，我们互相搂抱着昏昏地哭了很久，而菲内在我们脚旁抓那封电报玩，那封使我们泪如雨下的、可怕的死讯电报。

你们听着，我这不是撒谎。这件事已经过去很久了，我如此挚爱的、亲爱的神父已经在地下安息很久了。可是，即使在今天，我每次收到电报，打开它时，都不免带着一丝恐惧，仿佛我将看到的是“他死了”，应该“为他祈祷”。

四　红本子

在绘有朴素彩画的旧祈祷书中，七彩圣母的每个脸颊上都有一道深深的皱纹，画家用这道神圣的疤痕来表示："瞧瞧她流了多少泪！……"这道皱纹——眼泪的皱纹——我发誓在埃塞特太太消瘦的脸上也见到过。她埋葬了儿子，又回到了里昂。

可怜的母亲，从这天起她就不再微笑了，总是穿着黑衣，满面愁容，衣着和心灵都在服丧，服重丧，而且永远不脱下黑纱……此外，埃塞特家中没有任何变化，只是稍稍凄凉而已。圣尼齐埃教堂的神父为我大哥做了几次安魂弥撒。人们用父亲赶车时的旧罩衣给孩子们改了两件黑衣服，接着生活，愁闷的生活又开始了。

亲爱的神父死去已有一段时间了，一天晚上，睡觉的时候，我惊奇地看见雅克将房门上了双锁，还仔仔细细地将门缝堵死，然后朝我走来，手指伸到嘴唇边让我别出声，一副既庄严又神秘的模样。

我得告诉你们，朋友雅克从南方回来以后，奇怪地改变了习惯。首先，他不哭了，或者几乎不哭了，这是人们不太相信的事。其次他对粘贴硬纸的疯狂癖好也几乎消失了。小糨糊罐时不时地还在火上烤烤，但他已经没有那么大的劲头了。你现在如果需要书包，得跪下求他……简直难以想象！埃塞特太太要的帽盒，竟在他那里放了一星期还没有做出来……家里人谁也没有觉察到什么，但是我看得很清楚：雅克有点什么事。好几次我发现他在商店里自言自语，指指画画。夜里他也不睡觉，我听见他在嘀嘀咕咕，然后突然跳下床，在房间里大步走了起来……这一切很反常，我一想到它就害怕，雅克仿佛要发疯了。

因此，这天晚上，当我看见他给房门上两道锁时，我又想到他疯了，不禁骇然。可怜的雅克！他没有发觉我的态度，严肃地用双手握住我的双手，说道：

“达尼埃尔，我要告诉你一件秘密，但你必须发誓绝不说出去。”

我立刻明白，雅克并没有发疯。我毫不迟疑地回答：

“我发誓，雅克。”

“那好，你不知道吧！……嘘！……我在写诗，一首长诗。”

“写诗，雅克！你，你写诗！”

雅克没有回答，从外衣下抽出一个大大的红本，硬纸封面是他自己做的，封皮上方是他那漂亮的笔迹：

宗教！宗教！

十二节长诗

埃塞特（雅克）著

真是了不起，我几乎晕了过去。

你们明白吗？……雅克，我哥哥雅克，十三岁的孩子，喜欢哭鼻子和糨糊罐的雅克，在写十二节的长诗《宗教！宗教！》！

而且谁也没有想到！人们继续派他挽着篮子去买菜！他父亲更是经常对他喊道：“雅克，你是一头蠢驴！……”

呵！可怜的、亲爱的埃塞特（雅克）！要是我有胆量，我会高兴地跳起来搂住你的脖子，但是我不敢……你们想想看！《宗教！宗教！》，十二节长诗！……然而，我不得不说这首十二节长诗远远没有完成，我甚至想只有第一节的头四句写出来了，不过，你们知道，这种作品的开头是最难写的，埃塞特（雅克）说得很对："现在已经写了头四句，剩下的就算不了什么，只是迟早的事。"①

可惜！埃塞特（雅克）认为只是迟早的事，他却始终没有完成……有什么办法呢？诗歌有自己的命运，而十二节长诗《宗教！宗教！》的命运就是注定不是十二节。尽管诗人费尽心血，他到了前四句诗就止步不前了。这是命中注定……可怜的小伙子忍无可忍，终于抛弃了诗歌，将缪斯打发走了（当时还称作缪司）。从当天起，他又开始抽泣，火前又出现了小糨糊罐……那个红本子呢？……呵！红本子也有它的命运。

雅克对我说："我把它给你，你想写什么都行。"你们知道我用来写了什么吗？……我的诗！真的！小东西的诗。雅克把他的毛病传给了我。

现在，如果读者允许，我们趁小东西正在推敲韵脚之际，一步越过他生活中的四五个年头。我想赶紧到达一八……年的某个春天，埃塞特一家还记得那段日子。家庭里总有这样的重要日期的。

此外，我略而不谈的那段生活，读者不知道也无关紧要。总是老一套，眼泪和贫困！生意不好，拖欠房租，债主们来吵闹，母亲卖掉了自己的钻石，银器进了当铺，床单有破洞，裤子打上了补丁，各种各样的困窘，每天每时的屈辱，永远是"明天怎么办？"执达员蛮横无礼地按门铃，看门人在我们走过时讥笑，然后是借钱，然后是拒付证书，然后是……然后是……

到了一八……年。

---

① 下面就是这四句诗，那天晚上它们十分工整地写在红本的第一页上，字体圆圆的："宗教！宗教！/高贵的字眼！奥妙！/感人和孤独的声音！/怜悯！怜悯！"你们可别笑，这费了他九牛二虎的力气。——原注

这一年,小东西读完哲学班①。

如果我记得不错,小东西当时自命不凡,仿佛自己真是哲学家和诗人,而他还没有近卫队骑兵的靴子高,嘴上一根毛都没有。

一天早上,小东西这位大哲学家正准备上学时,父亲埃塞特先生在店铺里叫他,等他一进来便粗鲁地说:

"达尼埃尔,把你的书扔进火里吧,你不上学了。"

说完,埃塞特先生便在店铺里大步走了起来,沉默无语,看上去十分激动,小东西也是,当然……沉默了很久以后,父亲埃塞特先生才继续说:

"达尼埃尔,孩子,我要告诉你一个坏消息……呵!很坏的消息……我们一家人必须分开,我告诉你为什么。"

此刻,从店铺半掩的门后传来一声呜咽,令人心碎的呜咽。

"雅克,你是一头蠢驴!"埃塞特先生叫着。他没有回过头去,继续对我说:

"八年前,我们被革命党弄得倾家荡产,来到里昂,当时我希望靠勤劳工作来重整家业,但真是见了鬼!我们完全陷在债务里了,越来越穷……现在是彻底完了,我们掉进了泥坑……既然你们现在都已长大,只有一个办法可以摆脱,那就是卖掉剩下的东西,各自谋生去吧。"

看不见的雅克又发出一声呜咽,打断了埃塞特先生的话,但他本人也很激动,没有生气,只是示意达尼埃尔关上门。等门关上以后,他接着说:

"我是这样决定的:在未出现新情况以前,你母亲去南方住在她兄弟巴蒂斯特舅舅那里。雅克留在里昂,他在当铺找到一份小差事。我

---

① 即中学最后一年。

呢，我去酿酒公司当旅行推销员……至于你，可怜的孩子，你也必须自谋生路……刚巧我接到学区区长的信，有一个学监的空缺；在这里！你看看！”

小东西接过信。

“看来，”他一面读信一面说，“我一分钟也不能耽搁了。”

“明天就动身。”

“好的，我明天走……”

于是，小东西叠好信交还给父亲，手并不颤抖。你们瞧，他是大哲学家了。

这时，埃塞特太太走进店铺，接着是畏畏缩缩的雅克……两人都走到小东西身边，默默地亲吻他。他们昨天晚上就知道了这件事。

“给他收拾箱子吧！”埃塞特先生生硬地说，“他明天早上就坐船走。”

埃塞特太太深深叹了口气，雅克抽噎了一下，一切就都表达了。在这个家庭里，人们开始适应了不幸！

这个难忘的日子的第二天，全家人送小东西上船。出于奇怪的巧合，这正是六年前送埃塞特一家来里昂的那条船，船长是热尼埃斯，厨师领班是蒙泰利马尔！我们自然而然地想起了阿努的雨伞、鲁滨孙的鹦鹉以及上岸时的几件趣事……这些回忆稍稍冲淡了离愁，埃塞特太太凄苦的嘴上露出了一丝笑容。

突然间钟响了。该走了。

小东西挣脱了朋友们的拥抱，勇敢地走过跳板……

“要快活些！”父亲喊道。

“可别生病！”埃塞特太太说。

雅克想说什么，但说不出来，他哭得太厉害了。

小东西可没有哭。正如我刚才说的那样，他是位大哲学家，而哲学家肯定是不动感情的……

但是,天知道他多么爱他们,爱这些隐没在他身后浓雾中的亲爱的人。天知道为了他们,他乐于献出满腔鲜血、全部生命……可是有什么办法呢?离开里昂的快乐、轮船的晃动、旅行的兴奋、自感成为大人——自由的、成年的、独自旅行的、自谋生路的大人——的骄傲,这一切使小东西感到陶醉,以致他没有像应该做的那样去想那三个亲爱的人,他们正站在罗讷河码头上哭泣……

呵!这三个人不是哲学家!他们用充满不安和温情的目光注视着轮船喘着粗气远去,现在那缕青烟像天边的燕子一样模糊,可他们还在挥手喊:"再见!再见!"

此时,哲学家先生正两手揣在口袋里,扬着头在甲板上来回走。他轻轻地吹口哨,将痰吐得远远的,逼近看着女士们,视察机舱,像胖子一样晃着肩,自以为潇洒。船还未到维埃纳,他就告诉了厨师领班蒙泰利马尔和两个厨房学徒说他在学区任职,而且赚不少钱……这些先生恭维他,他也扬扬得意。

有一次,我们的哲学家从船头走到船尾散步时,在船头靠近大钟的地方踩到一捆缆绳。六年前,鲁滨孙曾来这里坐了好几个小时,鹦鹉被放在两腿之间。这捆缆绳使他大笑,还有几分脸红。

"我到处带着那个漆成蓝色的大鸟笼和那只古怪的鹦鹉,多么可笑呀!"他想道。

可怜的哲学家!他想不到自己一生都要可笑地带着那只漆成蓝色的鸟笼——幻想的颜色,带着那只绿鹦鹉——希望的颜色。

唉!就在我写这些话的此刻,倒霉的孩子仍然带着那个蓝色大鸟笼。不过,笼子栅栏上的蓝色已日渐剥落,鹦鹉身上四分之三的羽毛已经脱落,真可怜。

……小东西抵达家乡后的第一件事,就是去区长先生居住的学区。

这位任学区区长的埃塞特先生的朋友是一位身材高大、容貌端正的老者。他瘦削而敏捷，没有一丝学究气，也没有任何类似的派头。他热情地接待了小埃塞特。然而，当小东西被引进办公室时，这个好人不免做了一个吃惊的动作。

“呵！天哪！”他说道，“他多矮呀！”

事实是小东西是可笑地矮，再说，神气又那么年轻、瘦弱！……

区长的惊叹对小东西是可怕的打击。他在想：“他们不会要我了！”他开始全身颤抖起来。

幸好，区长仿佛猜到了这个可怜的小脑瓜在想什么，又接着说：“走过来，孩子……我们让你当学监……由于你的年龄、你的身材和面孔，这个职务对你比对别人更困难……不过，既然必须这样，既然你必须谋生，亲爱的孩子，我们会做最妥善的安排。先安排你去一所简陋的大学校……派你去离这里几里路的一所市镇学校，它在萨尔朗德的山区……你在那里学会当大人，在工作中得到锻炼，长大成人，蓄胡子，然后，等你长出胡子，我们再看！”

区长先生一面说，一面给萨尔朗德学校校长写信，向他介绍这位受恩宠者。信写好了，他交给小东西，叫他当天就动身。他还提出几点明智的建议，然后友好地拍拍小东西的脸颊就打发他走了，同时保证会时时关心他。

于是小东西满心欢喜，三步并作两步地跑下学区大楼那古老的楼梯，一口气跑去预订去萨尔朗德的车票。

驿车要到下午才走，还得等四个小时！……小东西借此机会在广场上晒晒阳光，向同乡们亮亮相。完成了这第一项义务以后，他想吃点东西，便去寻找一家他付得起钱的小酒馆……他在军营正对面看见了一家干干净净、擦得铮亮的小酒馆，漂亮的招牌还是崭新的：

周游法国行会会友之家

“这对我合适。”小东西心里想。犹豫片刻以后——他这是头一次上饭馆——他坚决地推开了小酒店的门。

店里暂时没有顾客。墙用石灰水刷过……几把橡木椅子……在墙角里有几根行会会友用的长拐杖,上面缠着彩色丝带,拐杖头是包铜的……柜台上有一个胖子在打鼾,脑袋垂在报纸上。

“喂!有人吗?”小东西叫道,一面像常上饭馆的人一样用拳头敲着桌子。

这一点声音惊醒不了柜台上的胖子,但是老板娘从后间里跑了出来……她一见“巧合”天使给她领来的新客人便大叫起来:

“天哪!是达尼埃尔先生!”

“阿努!我的老阿努!”小东西回答说。于是他们抱在了一起……

呵!老天爷!是阿努,那位老阿努。这位埃塞特家从前的女仆现在是小酒馆老板,行会会友之母,在柜台那边打鼾的胖子是她的丈夫让·佩罗……这个好阿努不知有多高兴!看见达尼埃尔先生,她有多么高兴!她使劲亲他,抱他,让他喘不过气来!

在她感情奔放的此刻,柜台上的男人醒了过来。

妻子对这位陌生的年轻人如此热情最初使他感到几分惊讶,后来,他知道这位年轻人就是达尼埃尔·埃塞特先生后,高兴得脸发红,对这位显赫的客人十分殷勤。

“您吃过饭了吗,达尼埃尔先生?”

“没有呵,亲爱的佩罗……我就是进来吃饭的。”

天赐良机!……达尼埃尔先生还没有吃饭!……快点,快点。老阿努奔向厨房,让·佩罗赶紧去酒窖,据行会会友们说,这个酒窖可不同一般。

转瞬之间，餐具已经备好，餐桌上摆上了菜馔。小东西只需坐下来开吃……阿努站在左边给他切面包条蘸鸡蛋吃，那是当天的鸡蛋，像奶油一样洁白柔嫩……让·佩罗站在右边给他倒陈年的教皇新宫酒，它像一把红宝石倒进杯里……小东西十分高兴，放开肚子又吃又喝，一面吃喝还一面讲他刚走进教育界，从此可以体体面面地谋生了。他说"体体面面地谋生"时，那副得意的神气！老阿努欣喜若狂。

让·佩罗却不那么狂热。既然达尼埃尔先生有能力谋生，那么谋生就是再自然不过的事了。让·佩罗本人在达尼埃尔先生那么大时，已经在社会上闯荡了四五年，不向家里要一分钱了……就是嘛！让·佩罗在达尼埃尔先生这个年纪时早已是大人了！……

当然，可敬的酒馆老板没有把这些想法说出来。居然将让·佩罗和达尼埃尔·埃塞特相比！……阿努是不会容忍的。

此时，小东西在继续进餐。他在说，他在喝，他在吃，他兴奋起来，眼睛闪着光，两颊发红……喂，佩罗师傅，再去拿几只杯子。小东西想碰杯……让·佩罗取来几只杯子，他们碰杯……首先是为埃塞特太太，然后是为埃塞特先生，然后是为雅克，为达尼埃尔，为老阿努，为老阿努的丈夫，为学区……还为什么？……

两个小时就这样在痛饮和闲聊中过去了。他们谈到色彩阴暗的过去和玫瑰色的未来。他们回忆起工厂、里昂、朗泰尔街、可怜的神父，他们多么爱他……

小东西突然站起身要走。

"这就走!"老阿努忧愁地说。

小东西表示道歉。在离开此地以前，他还要去拜访城里一个人，非常重要的拜访……很可惜！在这里多么愉快，还有那么多话要说！……既然如此，既然达尼埃尔先生还要去拜访城里一个人，那么

"周游法国"行会的朋友们就不再挽留他了……"一路顺风,达尼埃尔先生!愿天主指引您,亲爱的少爷!"让·佩罗和妻子的祝福一直伴送他到街心。

你们知道小东西想在离去前拜访的那个城里的人是谁吗?……是工厂,从前他如此热爱,如此怀念的工厂!……是花园、车间、高大的悬铃木,所有的童年朋友,幼年的一切欢乐……有什么办法呢?这是人心的偏爱,爱他所能爱的东西,哪怕是树木,哪怕是石头,哪怕是工厂……何况书上还说,回到英国的老鲁滨孙再次出海,航行了不知几千里去看他的荒岛。

因此,小东西走几步去看自己的荒岛就不足为奇了。

高大悬铃木纷繁的枝梢越过屋顶,认出了朝它们飞奔过来的老朋友。树木远远地就向他打招呼,而且相互倾斜,仿佛在相互告知:"达尼埃尔·埃塞特来了!达尼埃尔·埃塞特回来了!"

他加快脚步,加快脚步,然而,来到工厂前,他惊呆地站住了……

灰色的大墙,墙头没有任何夹竹桃或石榴树的枝叶……没有窗户,没有天窗,没有车间,这是一个小教堂。大门上方是一个用红色的粗陶土做的大十字架,周围有几个拉丁字!……

呵痛苦!工厂不再是工厂,它成了男人不得入内的加尔默罗会修道院。

五　谋生

萨尔朗德是塞文山区的一个小城，坐落在一个狭窄的山谷中，四周是像高墙一样耸立的山峰。这里出太阳时便成了火炉，刮北风时便成了冰窖……

我抵达的那天晚上，从清晨起就刮起了强劲的北风。虽然时值春天，坐在驿车顶上的小东西在进城时就感到寒气侵入骨髓。

街道阴暗荒凉……练兵场上有几个人在灯光昏暗的办公室前来回踱步，他们在等车。

我从驿车顶层一下来，便让人领我去学校，一分钟也没有耽搁。我急于就职。

学校离练兵场不远。为我扛箱子的人领我穿过两三条静静的大街，在一座大房子前面站住了，那里的一切似乎已死去多年。

"就是这里。"他说，一面掀起巨大的门环……

门环重重地、重重地落了下来……大门自己开了……我们走了进去……

我在门厅的暗处等了一会儿。那人将我的箱子放在地上，我付了钱，他马上就走了……巨大的门在他身后沉沉地、沉沉地关上……不久，一位睡眼惺忪的看门人提着一盏大灯走近我，无精打采地问道：

"你大概是新生吧？"

他把我当作学生了……我挺直身子说：

“我不是学生，我是学监，领我去见校长吧……”

看门人似乎吃了一惊，他掀了一下帽子，让我去门房里待一分钟。此刻校长先生和学生们在教堂里。等晚祷一结束，他就领我去见校长。

门房里的人刚吃完饭。一个留着黄色小胡子、高大英俊的男人在品尝一小杯烧酒，身边是一位体弱瘦削的小女人，面色蜡黄，褪了色的头巾一直遮到耳朵。

“什么事，卡萨涅先生？”留小胡子的人问。

“这是新来的学监，”看门人指着我说，“先生个子小，我最初以为他是学生哩。”

“的确，”留小胡子的人从酒杯上方瞧着我说，“我们这里有些学生比先生高得多，年纪也大得多……比如大韦荣。”

“还有克鲁扎。”看门人补充说。

“还有苏贝罗尔……”女人说。

于是他们开始低声说话，只顾喝他们可恶的烧酒，用眼瞟我……外面传来北风的吼声和学生们在教堂里背诵祷文的尖细声音。

突然响起了钟声，门厅里传来杂沓的脚步声。

“晚祷结束了，”卡萨涅先生起身说，“我们上楼去见校长吧。”

他拿起灯，我跟在后面。

学校似乎很大……没完没了的走廊、大门厅、带雕花铁栏杆的宽大楼梯……这一切都古老，阴暗，被烟熏黑了……看门人告诉我在八九年以前，这里是海军学校，学生多达八百人，而且都是最大的贵族。

他刚讲完这段珍贵的历史时，我们已来到校长办公室门前……卡萨涅先生轻轻推开钉着软垫的双层门，在护壁板上敲了两下。

一个声音说：“进来！”我们走了进去。

这是一间挂着绿色帷幔的、又宽又大的办公室。在最里边的一张长桌前，校长正在昏黄的灯光下写东西，灯罩拉得低低的。

“校长先生，”看门人把我推到他前面说道，“这位是来接替塞里埃尔先生的新学监。”

“很好。”校长继续写，一面说道。

看门人点点头出去了。我独自站在办公室中央，手里扭动着帽子。

校长写完信，朝我转过身来，我便仔细打量他：苍白瘦削的小脸，没有颜色的眼睛显得冷漠。他也将灯罩提高，架上夹鼻眼镜，好细细观察我。

“这是个孩子呀！”他从椅子上蹦了起来，惊呼道，“我要个孩子来做什么？”

小东西立刻恐惧万分，他已经看到自己流落街头，无依无靠……他勉强结结巴巴地说了两三个字，将给校长的介绍信交给他。

校长接过信，一读再读，叠起来又打开，重新读一遍，最后对我说，由于学区区长的特别推荐和我体面的家庭，他同意接受我，虽然我年纪太轻使他担心。接着他长篇大论地谈我的新责任是如何重要，但我已经听不进去了。对我而言，最重要的是我没有被辞退……没有被辞退，我很高兴，高兴得发狂，真希望校长有一千只手让我吻遍。

一阵可怕的哐哐声打断了我的热情。我急忙回头，看见一位蓄着红颊髯的高个子，他刚刚进来，但我们没有听见，他是总学监。

他像 Ecce homo① 一样头斜在肩上，带着最温柔的笑容瞧着我，一面摇晃挂在食指上的那串大大小小的钥匙。他的微笑本该引起我的好感，但是那串发出哐当哐当的可怕声音的钥匙令我害怕。

“维奥先生，”校长说，“这是刚来接替塞里埃尔先生的人。”

维奥先生露出世上最温柔的微笑，但他那串钥匙却在晃动，仿佛在讽刺和邪恶地说：“这个小家伙接替塞里埃尔先生，算了吧！算了吧！”

---

① 拉丁文，指头戴荆棘冠冕、手持芦苇权杖的耶稣像。

校长和我一样明白钥匙的语言，叹了口气说："我知道塞里埃尔先生的离职对我们是个损失，几乎无法挽回的损失，（此时钥匙真像在呜咽……）但是我相信，如果维奥先生愿意特别指导这位新学监，将关于教育的宝贵思想传授与他的话，那么，学校的秩序和纪律就不会因为塞里埃尔先生的离去而受到太大的损失。"

维奥先生始终面带笑容，神气和蔼，他回答说他会亲切待我，乐于帮我出主意；然而，那串钥匙对我却不亲切。它们在晃动，狂暴地发出刺耳的声音："小家伙，你要敢动就当心。"

"埃塞特先生，你可以走了。"校长最后说，"今晚你还是住旅店……明天早上八点钟来……去吧……"

于是他威严地一摆手，打发了我。

维奥先生比刚才更笑眯眯，更和气，将我送到门口，但是在与我分别时，往我手里塞了一个小本子。

"这是学校的校规，"他说，"你读一读，想一想……"

然后他打开门，在我身后又关上，仍然晃动着钥匙，那态度……哐当！哐当！哐当！

这些先生忘记给我照路了……我在漆黑一片的大走廊里摸索了一会儿，摸着墙找路。每隔一段距离，从高窗的栅栏间照进微弱的月光，帮我辨明方向。突然间，在黑暗的走道里，出现了一个闪亮的光点，朝我走来……我又走了几步，光越来越强，走近了我，从我身边过去，远去，消失了，仿佛是幻象，然而，尽管它来去匆匆，我却看得一清二楚。

你们想想这是两个女人，啊不，两个影子……一个是布满皱纹、驼背干瘪的老女人，硕大的眼镜遮住了她半边脸，另一个年轻、苗条，像幽灵一样纤弱，但长着一双幽灵所没有的黑眼睛，很大，很黑，很黑……老女人拿着一盏小铜灯，黑眼睛的女人手里什么也没有……两个黑影默默地快步从我身边过去，没有看见我，它们消失很久了我仍然站在原处,既受到迷惑又感到恐惧。

我又继续摸索着往前走,但是心跳得很快,在黑暗中,我眼前始终有那个戴眼镜的可怕的妖婆和她身旁的黑眼睛……

我得找地方过夜,这可不是容易的事。幸好,我看见那个留小胡子的男人在门房小屋门口抽烟斗,他立刻答应帮忙,提出领我去一家很好的小旅店,那里既不贵,我又将受到王公般的接待。你们想想,我当然很高兴地接受了……

留小胡子的男人看上去是老好人。在路上他告诉我他叫罗歇,在萨尔朗德学校教授马术、击剑和体操,他曾在非洲轻骑兵里服役很长时间。这使我觉得他很可亲。小孩子总是喜欢士兵的。我们在旅店门前再三握手告别,明确表示我们将成为朋友。

现在,读者们,我要向你们坦白一件事。

小东西独自待在寒冷的房间里,待在这张陌生而平庸的旅店床前,远离他所爱的人们。他的心爆裂了,于是这位大哲学家像孩子一样哭了起来。生活现在使他感到恐惧,他感到自己在生活面前软弱无力,于是就哭泣,哭泣……突然,在眼泪中,出现了他家庭的形象,房子空空的,亲人们天各一方,母亲去这里,父亲去那里……没有了房屋!没有了家!于是,小东西想到共同的苦难,忘了自己的忧伤,勇敢地下了大决心:靠他一个人的努力来重建家业,使埃塞特一家人重新相聚。他为自己的生活找到这个高尚的目的,很是得意,便擦去与男人,与家业重建者不相配的眼泪,一分钟也不耽搁,读起了维奥先生的校规,好了解自己的新职责。

这些规则是订立者维奥先生怀着深情亲手抄写的。这是一本真正的论著,有条不紊地分为三部分:

1. 学监对上级的职责;

2. 学监对同事的职责;

3. 学监对学生的职责。

所有的情况都考虑到了，从打碎玻璃窗直到自习时举起双手。对学监生活的各个细节也做了规定，从工资数目直到每顿饭所享用的半瓶葡萄酒。

在规则的最后是一篇漂亮的雄辩文章，一篇论述本规则如何有益的演说词。小东西对维奥先生的作品十分尊重，但没有力量坚持到底，正当看到演说词最美的段落，他却睡着了……

那一夜我睡得不好。上千个稀奇古怪的梦干扰了我的睡眠……有时是维奥先生那串可怕的钥匙，我仿佛听见它们在哐当、哐当、哐当！有时是戴眼镜的妖婆，她来坐在我床头，使我猛然惊醒，还有时是黑眼睛——呵，它们真黑！——它们待在我床脚，用奇怪的固执神气瞧着我……

第二天八点钟时，我去到学校。维奥先生手里拿着那串钥匙站在门口，监视走读生到校。他用最和气的微笑迎接我，说道：

"你在门廊里等一等。等学生们都回来了，我介绍你见见同事。"

我在门廊里走来走去地等待，对上气不接下气跑来的教师先生们深深地鞠躬，只有一位先生向我还礼，他是教士，哲学教师。维奥先生对我说："一个怪人。"……但我立刻喜欢上了这个怪人。

钟响了。教室里坐满了学生……四五位二十五岁到三十岁的大小伙子蹦蹦跳跳地来到门廊。他们衣着简陋，面孔粗俗，一看见维奥先生就呆呆地站住了。

"先生们，"总监指着我说，"这是你们的新同事，达尼埃尔·埃塞特先生。"

说完，他做了一个屈膝礼的长动作就走了，始终面带笑容，始终歪着头，始终在晃动那串可怕的钥匙。

我和同事们默默地相视片刻。

其中最高最胖的人首先开口，他就是塞里埃尔先生，我将接替的、有名的塞里埃尔先生。

“有意思!”他快活地大声说，“真该说‘学监复学监，各不相同’①了。”

他是指我们在身材上惊人的区别。人们大笑起来，真是大笑，我第一个笑，但我告诉你们，小东西愿意把灵魂出卖给魔鬼，只要能长高几寸。

“没关系，”胖塞里埃尔向我伸出手说，“我们虽然长得不一般高，但总可以在一起喝几杯吧……和我们一起来吧，同事……去巴尔贝特咖啡馆喝告别的潘趣酒，我请客，希望你也来……碰碰杯就熟悉了。”

他不等我回答，夹起我的手臂将我拖了出来。

这些新同事领我去的巴尔贝特咖啡馆坐落在练兵场上。驻军的下级军官们常去光顾，因此一走进去就令我感到惊奇的是衣帽钩上挂着那么多军帽和腰带……

这一天，塞里埃尔的离去和告别酒引来了全体常客……进咖啡馆时，塞里埃尔将我介绍给下级军官，他们诚恳地欢迎我，不过说实在的，小东西的到来并未引起轰动，我羞涩地躲在店堂的角落里，很快就被人们遗忘了……他们正往杯里斟满酒时，胖塞里埃尔来到我身边坐下，他已脱去了礼服，嘴里叼着一个长长的陶制烟斗，上面刻着几个瓷字，那是他的名字。每一位学监在这家咖啡馆里都有这样一个烟斗。

“怎么样，同事?”胖塞里埃尔对我说，“你瞧，这一行也有开心的时光……总之，你头一个职位就在萨尔朗德，算是走运了。首先，巴尔贝特咖啡馆的苦艾酒再好不过，还有，那个鬼地方也不太坏。”

鬼地方就是学校。

---

① 法文谚语：日复一日，各不相同。

“你会负责小班，可以任意指挥这些小家伙。你应该瞧瞧我是怎样训练他们的！校长并不坏，同事们也都是好小伙子，只有老太婆和维奥老爹……”

“什么老太婆?”我战栗地问道。

“呵！过不久你就会认识她了！不论白天黑夜，她总戴着一副大眼镜，时时刻刻地在学校里转悠……她是校长的姑姑，管财务。呵！坏蛋！我们没有统统饿死，这可不是她的功劳。”

按照塞里埃尔给我的描述，我认出了那位戴眼镜的妖婆，不禁脸红起来。我多次想打断这位同事，问他:“那么黑眼睛呢?”但是我不敢。在巴尔贝特咖啡馆谈黑眼睛！……算了吧！……

此时，潘趣酒在传来传去，空杯子又斟满了酒，斟满酒的杯子又空了，祝酒干杯，呵！呵！嗳！嗳！弹子棒在舞动，人们推推搡搡，高声大笑，做同音异义的文字游戏，倾诉心里话……

小东西渐渐地不那么胆怯了，从角落里走出来，手里拿着酒杯，在咖啡馆里转，说话的声音也提高了。

此刻，下级军官们成了他的朋友。他无耻地告诉一位下级军官，说自己出身于豪富之家，由于干了年轻人的蠢事便被赶出家门，他当学监是为了谋生，但是他想自己不会在学校待很久……你明白，出身于这样一个富有的家庭！……

呵！要是里昂的亲人们此刻听见他这样说，他们会做何感想呢！

然而，我们这些人就是这样！巴尔贝特咖啡馆的人听说我是被逐出家门的富家子弟，是胡闹的坏家伙，而不像他们可能想象的那样是因为家穷而被迫从事教育的可怜人，于是众人就另眼看我。最老的下级军官甚至屈尊和我说话，不仅如此，在分手时，我前晚结识的朋友，那位击剑教师罗歇，竟站起来为达尼埃尔·埃塞特干杯。你们可以想象小东西是如何得意！

为达尼埃尔·埃塞特干杯是散席的信号。十点差一刻,该回学校了。

挂着钥匙的人在门口等我们。

“塞里埃尔先生,”他对因告别酒而踉踉跄跄的胖同事说,“你最后一次领学生去自习,等他们一进自习室,校长先生和我就来介绍新学监。”

果然,几分钟以后,校长、维奥先生和我这个新学监就郑重其事地走进了自习室。

全体起立。

校长向学生们介绍我,讲得稍稍过多,但态度十分庄重,然后他就退席了,后面跟着越来越有几分醉意的胖塞里埃尔。维奥先生留在最后。他没有讲话,但是哐当、哐当、哐当响的钥匙在替他说话,而且声音可怕,哐当!哐当!哐当!咄咄逼人,以致所有的学生都将头藏在课桌的盖子下面,就连新学监本人也心惊肉跳。

等可怕的钥匙一出去,一堆狡黠的面孔就从课桌盖下露了出来,将笔杆上的羽须凑到嘴边,一双双亮晶晶的小眼睛嘲讽地、惊愕地盯着我,课桌之间是窃窃私语声。

我有几分慌乱,慢慢地走上讲台的台阶,尽力用冷酷的眼光扫过四周,然后提高声音,在桌子上重重地敲了两下,喊道:

“学习吧,先生们,学习吧!”

小东西就这样开始了学监工作。

六　小班[①]

这些学生心眼并不坏，坏的是其他人。这些学生从未伤害过我，我也很喜欢他们，因为他们还没有染上学校的习性，从他们的眼光里就能洞察他们的心灵。

我从不惩罚他们。何必呢？能惩罚小鸟吗？……当他们大声叽叽喳喳时，我只要喊一声“安静！”我的大鸟笼就立即安静下来，至少能维持五分钟。

班上最大的孩子十一岁。想想，才十一岁！而胖塞里埃尔还得意地说能任意指挥他们！……

我可不愿意任意指挥他们。我尽力做到永远和和气气，就是这样。

有时，当他们很听话时，我就给他们讲故事……听故事！……多快活呀！快点，快点，他们合上本子，合上书，将墨水瓶、直尺、笔杆一股脑地塞进课桌，然后，两臂交叉地枕在桌子上，瞪大眼睛听。我为他们编了五六个神奇故事：“知了的起家”“让·拉潘[②]的不幸”，等等。和今天一样，当时我在文学日历上最喜爱的圣人是拉封丹这位好好先生，我的小说其实只是对他的寓言的注解，只不过掺进了我本人的一点经历。故事里总有一只像小东西一样被迫谋生的可怜的蟋蟀，还有像埃塞特

① 在带插图的埃泽尔版中，本章及后面第七章都归入第五章。——原注

② 拉潘（lapin）作为普通名词是兔子。

（雅克）一样一边抽泣一边粘贴的瓢虫。故事使我的孩子们很开心，也使我很开心。可惜维奥先生不愿意我们这样开心。

这个挂着钥匙的可怕的人每星期在学校里视察三四次，看看一切是否按规则进行……有一天，正当让·拉潘的故事讲到最感人处时，维奥先生来到了我们的自习室。大家一见他来都吓了一跳。学生们惊慌失措，面面相觑。讲故事的人突然停住了。让·拉潘目瞪口呆，一只爪子待在半空，恐惧地竖起大耳朵。

满面笑容的维奥先生站在我的讲台前，用惊奇的眼光慢慢扫过空空的课桌面。他没有说话，但那串钥匙在严厉地晃动："哐当！哐当！哐当！这些怪家伙，这儿都不念书了！"

我战战兢兢地想安抚那串可怕的钥匙，结结巴巴地说：

"这些先生这几天很用功，我想奖励他们，给他们讲个小故事。"

维奥先生没有回答，微笑着点点头，最后一次让钥匙发出责骂声，走出去了。

傍晚，在四点钟的休息时，他朝我走来，依然满面笑容，依然沉默不语，递给我那本规则，他翻到第十二页，即"学监对学生的职责"。

我明白不能再讲故事，从此就不再讲了。

在几天里我无法安慰这些孩子，他们思念让·拉潘，我因无法将它还给他们而十分伤心。我是多么喜欢这些孩子呀！我们从不分开。学校截然分为三个区：大班、中班和小班，每个区有每个区的院子、宿舍和自习室。因此我的学生属于我，完全属于我。我仿佛有三十五个孩子。

此外，我没有一个朋友。维奥先生对我微笑，休息时拉住我的手臂，在规则方面指点我，但尽管如此，我不喜欢他，不可能喜欢他。他那串钥匙叫我害怕。校长哩，我从来就见不着。教师们瞧不起小东西，傲慢地对待他。至于同事们，挂钥匙的人似乎对我表示的好意引起了他们的反感，还有，自从前次被介绍给下级军官以后，我没有再去巴尔贝特咖啡馆，而这一点是这些好人所不能原谅的。

就连看门人卡萨涅和剑术教师罗歇也反对我，特别是剑术教师，他好像对我有一肚子怨恨。每当我从他身边走过时，他总是翻着白眼，恶狠狠地捻着小胡子，仿佛要用剑来劈砍百来个阿拉伯人似的。有一次，他盯着我，一面大声对卡萨涅说他不喜欢密探。卡萨涅没有回答，但那神气表示他也不喜欢密探……他们讲的是什么密探？……这使我想了很久。

面对普遍的反感，我勇敢地下了决心。我和中班的学监同住一间小房，它在四楼，在房顶下面。学生们上课时我就躲在那里。由于这位同事整天泡在巴尔贝特咖啡馆里，房间就属于我了，这是我的房间，我的安身之处。

我一回去就将门上了双锁，将我的箱子——房间里没有椅子——拖到一张布满墨迹和刻满文字的旧办公桌前，将所有的书在桌上摊开，工作吧！……

当时正是春天……我一抬头就见到湛蓝的天空和庭院里枝叶茂盛的大树。室外一片宁静。时不时地传来学生单调的背书声，教师生气的叫声，麻雀在树丛中的争吵声……接着一切归于寂静，学校似乎在沉睡。

小东西可没有睡觉，甚至也不在做梦，做梦只是一种可爱的睡觉方式。他在用功，勤奋地用功，往头脑里灌希腊文和拉丁文，脑子都快炸开了。

有时正当他干这枯燥无味的苦差事时，一根神秘的手指在敲门。

“是谁？”

“是我，缪斯，你从前的朋友，红本子夫人，快给我开门，小东西。”

然而小东西绝不开门。真的是缪斯！

让红本子见鬼去吧！此刻最重要的是做大量的希腊文翻译，通过学士学位考试，被任命当教师，尽快地为埃塞特一家人重建一个崭新而漂亮的家。

为家庭学习的思想给予我极大的勇气，使我的生活变得愉快，就连房间也变得漂亮了……呵！顶楼！亲爱的顶楼！我在你的四堵墙间度过了多么美妙的时光！我在那里多么勤奋！我感到自己多么勇敢！……不幸的生活！为什么我不再是当时那个小东西呢！……

总之，当时我显然有些愉快的时光。

也有不愉快的时光。每周两次，星期日和星期四，我得领学生们出去散步，这对我是折磨。

通常我们是去“草原”，那是离城半法里远的一片大绿地，它像绿毯一样铺展在山脚下……几株粗壮的栗树、两三家涂成黄色的小咖啡馆、绿草中流动的泉水，这一切看上去轻快而迷人……三个班级分开去到那里，但是到了草原以后，他们就聚在一起，由一位学监看管，那位学监总是我。我的两位同事让大孩子请他们去附近的咖啡馆大吃一顿，从来没有人邀请我，所以我待在那里看管学生……在这么美丽的地方干这么艰难的差事！

我多么愿意躺在青草上、栗树的树荫下，陶醉在欧百里香的芬芳中，听着小泉吟唱！……然而，不行，我必须监视、喊叫、惩罚……我得看管整个学校。真可怕……

但最可怕的还不是在草原看管学生，而是领着我那一队小班的学生穿过城市。别的队伍步伐整齐，像老兵一样踏着脚，仿佛在鼓声中齐步走，而我的学生却对这些漂亮的事情一窍不通。他们不排队，手牵手地走，一路上叽叽喳喳。我一再喊：“保持距离！”但毫无用处，他们不明白我的意思，仍然乱糟糟的。

我对排头的几个人还算满意。他们个子最高，最认真，还穿着制服上装，但是队尾却是一团糟！混乱不堪！一群头发蓬乱、两手肮脏、裤子被撕成破片、吵吵闹闹的孩子！……我不敢看他们。

“Desinit in piscem①。”维奥先生微笑地对我说，他有时也很风趣。事实是这个队尾看上去十分狼狈。

和这样的队伍走在萨尔朗德的大街上，特别是在星期天，你们知道我是多么沮丧吗？钟声齐鸣，街上全是人，有去参加晚祷的、住寄宿学校的小姐，有戴粉红软帽的女帽商，有身着珠灰色长裤的雅士……我不得不穿着破旧衣服，领着这支可笑的队伍穿过这一切，真叫我无地自容……

我每周两次领着这些头发蓬乱的淘气鬼上街，其中一个孩子，一个半寄宿生，长得很丑，衣服破旧，最令我难堪。

你们不妨想象一个可怕的小丑八怪，那么矮小，真是滑稽可笑，此外他还粗俗、肮脏、头发蓬乱、衣冠不整。发出一股阴沟的气味，而且，最糟的是他长着可怕的罗圈腿。

如果能管他叫学生的话，那么在学校的注册单上是从来找不到这种学生的。他使学校丢脸。

我哩，我也很厌恶他。在出去散步的日子，我看见他在队尾像小鸭子一样摇摇摆摆地走，真想为了队伍的体面狠狠踢他几脚，把他踢走。

由于他腿脚不便，我们给他起了个绰号：邦邦。他当然不是出身于贵族家庭，这从他的言语举止，特别是他在当地的交往便能一目了然。

萨尔朗德所有的顽童都是他的朋友。

由于有了他，我们每次出去，后面总跟着一大群淘气鬼，他们在队尾翻筋斗，喊着邦邦的名字，用手指着他，朝他扔栗子壳，还做其他种种滑稽的怪相。学生们看着很开心，但是我却不笑，每个星期我都交给校长一份详细的报告，汇报学生邦邦所引起的种种混乱。

---

① 拉丁文：虎头蛇尾。

可惜，我的报告未引起回音，我不得不和邦邦先生一同上街，他比以前更脏，更癞。

一个星期日，阳光灿烂、晴空万里的节日，他来参加散步了，那副模样令大家惊愕不已，你们永远也想象不到：两手脏脏的，鞋子上没有鞋带，连头发上都是泥，外裤也被撕得所剩无几……简直是怪物。

最可笑的是，那天他家里人打发他来时，给他打扮得十分漂亮，头发比往日梳得更整齐，直挺挺地上过发蜡，领带结也令人感到母亲手指的痕迹。但是来学校的路上有许多阴沟……

邦邦在每个沟里都打过滚。

他若无其事地安然微笑，走进了队伍，这时我厌恶地愤然大叫：

"你滚！"

邦邦以为我在开玩笑，继续微笑。这一天他还以为自己很漂亮！

我再次对他叫道："你滚！你滚！"

他用忧愁和顺从的神气看着我，眼光在乞求，但我毫不留情，队伍出发了，留下他孤零零地待在街中心。

我以为这整整一天就摆脱他了，然而，队伍出城时，从队尾传来笑声和低语声，我回过头去。

邦邦严肃地跟在队伍后面，离我们四五步远。

"加快步子。"我对队伍最前面的两个人说。

学生们明白这是在戏弄癞子，于是队伍走得飞快。

我们时不时地回头瞧瞧邦邦能否跟上，我们大笑，他已经落得很远了，像拳头一样大的身影在大路的尘土中、在糕点汽水商贩中间小步快跑。

这个疯子几乎和我们同时到达草原，不过他累得面色苍白，可怜地拖着腿走路。

我心软了，对自己的残忍感到几分羞愧，便轻轻地将他叫到身边。

他穿着一件褪了色的小红格罩衣，就像小东西上里昂学校时的罩衣。

我立刻认出了这件罩衣，心里想："你这个混蛋，不害臊吗？你这么折磨的人正是你自己，正是小东西。"我心里在流泪，开始由衷地喜爱这个可怜的穷孩子。

邦邦的两腿很疼，便坐在地上。我去到他身边坐下。我和他说话……给他买了一个橘子……我真愿意为他洗脚……

从这天起，邦邦就成了我的朋友。关于他，我知道了许多令人感动的事……

他父亲是马蹄铁匠。他到处听说受教育的好处，于是这个可怜的人便节衣缩食送儿子去学校当半寄宿生。可是，唉！邦邦不是上学的料，他在学校没学到什么。

他上学的第一天，人们就给了他画直杠的示范，对他说："你画画直杠吧！"于是邦邦就画直杠，画了一年。老天爷，那是什么直杠呀！……弯弯扭扭，又脏又跛，一瘸一拐，邦邦的直杠……

没有人照管他，他不属于任何班级，往往是看见哪个教室开着门就走进去。有一天有人发现他在哲学班上画直杠……这个邦邦真是怪学生。

我有时看见他在自习室。他全身伏在一张纸上，流着汗，喘着气，伸着舌头，双手拿着笔用力画，仿佛想穿透桌子……每画一道直杠，他就蘸墨水，每画完一行他就缩回舌头，搓着两手休息片刻。

我们现在成了朋友，邦邦就更认真了……

他画完一页就赶紧爬上我的讲台，一声不吭地将他的杰作递到我面前。

我亲热地拍拍他说："很好！"其实难看至极，但我不愿意使他泄气。

事实上，竖杠开始慢慢地变直了，钢笔也不再四处溅墨水了，本子上的墨迹少多了……我想我大概能教会他点东西，可惜，命运将我们拆散了。中班的学监要离开学校。

学年即将结束，因此校长不想找一位新学监，于是便让一位留着胡子的修辞班学生来看管小班，由我去负责中班。

对我来说，这是灾难。

首先，中班学生使我害怕。我在草原已经见识过，所以一想到要一直和他们相处就心中难受。

何况我还不得不离开小班学生，我那么喜爱的、亲爱的孩子们……留胡子的修辞班学生会对他们怎样呢……邦邦会怎样呢？我的确感到伤心。

孩子们见我走也恋恋不舍。那天，我上最后一次自习课，钟声响时，大家十分激动……他们都想过来亲吻我……有几个人甚至对我说了几句令我万分高兴的话，真的……

那么邦邦呢……

邦邦没有说话。但是在我走出教室时，他走了过来，满脸通红，严肃地将一个本子塞在我手里，那是他专门为我画的满是直杠的漂亮的本子。

可怜的邦邦！

七　讨厌的学监

于是我接管了中班。

那里有五十来个小坏蛋，都是脸颊鼓鼓的、十二岁到十四岁的山里孩子，他们的佃户父母发了财，便每学期花一百二十法郎送他们上学，想把他们培养成小资产者。

他们粗鲁傲慢、蛮横无理，相互之间说的是难听的塞文方言，我根本听不懂。他们几乎每个人都显得很丑，就是少年改变嗓音时期的那种丑陋，粗大的红手上长着冻疮，嗓音像感冒的公鸡，眼神迟钝……尤其是散发出一股学校的气味……他们并不熟悉我，但立刻就恨上我了。我是他们的敌人，他们讨厌的学监，自我坐上讲台那天起，我们之间就开战了，一种每时每刻、毫无间隙的激烈战争。

呵！残忍的孩子们，他们使我多么痛苦！

我很想不带怨恨地谈这些伤心事，它们毕竟已过去这么久了……可是不，我不能，就在我写字的此刻，我的手还在激动不已地颤抖。我仿佛又回到了当时。

我想他们不再想到我了。他们忘记了小东西，忘记了小东西为了装出深沉的样子而买来的那副漂亮的夹鼻眼镜……

往日的这些学生现在已是成人，庄重的成人了。苏贝罗尔大概在塞文地区的某处当公证人，韦荣（小）大概是法庭书记官，卢比是药剂师，布尚盖是兽医，他们现在有了地位，也长了肚子，总之有了该有的一切。

然而，有时当他们在俱乐部或教堂广场上相遇时，他们会回忆起那所学校，也许还会谈起我。

“喂，书记官，你还记得小埃塞特吗，就是萨尔朗德的那个讨厌的学监，留着长发、脸色苍白的家伙？我们作弄了他多少次呵！”

的确如此，先生们。你们作弄过他，你们从前的这位讨厌的学监还没有忘记……

呵！可怜的学监！他使你们大笑……你们使他哭泣……是的，哭泣……你们使他哭泣，而这使你们的恶作剧愈演愈烈……

有多少次，可怜的人受完了一天的折磨以后，蜷缩在床上，咬着毯子不让你们听见他在抽泣……

这是多么可怕呀！生活在不怀好意的人们中间，时时刻刻感到害怕，提心吊胆，时时刻刻狠着心，全副武装。惩罚是可怕的事，无意中会冤枉人。真的很可怕——怀疑，处处都看见陷阱，吃不好，睡不着，即使在休息时心里也时时在想：“呵！老天……他们现在会怎样作弄我呢？”

不，讨厌的学监达尼埃尔·埃塞特即使活上一百岁，也永远忘不了自从他接管中班以后在萨尔朗德学校所受到的一切痛苦！

不过——我不愿撒谎——换到中班以后我也有所收获，现在我能看见黑眼睛了！

每天两次课间休息时，我远远看见她在朝向中班院子的二楼窗前工作……黑眼睛在那里，更黑更大，从早到晚俯在没有止尽的缝纫活上；黑眼睛在缝纫，从不停歇。戴眼镜的老巫婆将黑眼睛姑娘从孤儿院领来——她无父无母——就是为了缝纫，成天地缝纫。一年到头，黑眼睛在缝纫，不停地缝纫，戴眼镜的可怕的巫婆在黑眼睛旁边纺纱，严厉无情地监视她。

我瞧着黑眼睛。课间休息似乎太短了。我真愿意在黑眼睛工作的有福气的窗户下度过一生。黑眼睛也知道我在那里。她有时从缝纫活上抬起眼睛,我们用目光交流,不需言语。

“你很不快活,埃塞特先生。”

“你也一样,可怜的黑眼睛。”

“我无父无母。”

“我的父母离我很远。”

“戴眼镜的巫婆很可怕,你知道。”

“孩子们使我很痛苦,算了吧。”

“鼓起勇气来,埃塞特先生!”

“鼓起勇气来,漂亮的黑眼睛!”

我们从来不说得很长。我时时担心维奥先生会晃着那串钥匙出现——哐当!哐当!哐当!——而楼上窗前的黑眼睛也有她的维奥先生。在一分钟的交谈之后,黑眼睛赶紧垂下,继续缝纫,大银框架眼镜后那冷酷的目光正在监视她。

亲爱的黑眼睛!我们总是远远地、偷偷地用眼神交谈,但是我衷心地爱黑眼睛。

还有热尔曼神父,我很喜欢他……

热尔曼神父是哲学教师,被大家视为怪人。学校里谁都怕他,连校长,连维奥先生也不例外。他寡言少语,语气生硬而粗暴,对所有的人都以“你”相称,走起路来迈着大步,昂着头,撩起道袍,将那双带扣的鞋踏得橐橐直响——像龙骑兵。他又高又壮。长期以来,我以为他很英俊,可是有一天我走近看他,发现那张英武高贵的脸上布满了可怕的麻子,弄得面目全非,没有一处没有剁痕、砍痕、长条疤痕,简直就是穿道袍的米拉波①。

神父阴沉而孤独，他住在房屋顶头的一间小屋里，就是被称作老学校的地方。从来没有人进过他的房间，除了他的两个兄弟以外，这两个惹人讨厌的无赖在我班上，神父为他们付学费……晚上，人们穿过院子上楼去宿舍时，总看见在老学校破败的黑楼高处闪着微弱苍白的灯光，这是热尔曼神父的灯。有许多清晨，我下楼去上六点钟的自习课时，透过轻雾，看见那盏小灯还亮着，热尔曼神父没有睡觉……据说他在写一本哲学大著作。

至于我，即使在与他相识以前，我也对这位古怪的神父充满好感。他那张可怕而美丽的面孔洋溢着智慧，吸引了我。只是人们向我讲述的那些古怪脾气和粗暴行径使我很害怕，所以我不敢去找他，但我还是去了，而且受益匪浅！

事情是这样发生的……

我得告诉你们当时我一头钻进哲学史里……这对小东西来说真是难上加难。

有一天，我忽然想读孔迪雅克。其实，我私下告诉你们，这位老先生根本不值一读，说他是哲学家真是笑话，他的全部哲学知识只用二十五苏的戒指底盘就装下了，但是，你们知道，人年轻时，往往对事对人有些稀奇古怪的看法。

因此我想读读孔迪雅克。无论如何我得找本孔迪雅克的书。不巧，学校图书馆根本没有他的书，萨尔朗德的图书馆连这个条目都没有！我决定去找热尔曼神父。他的兄弟曾经告诉我他房间里有两千多本书，我相信能在他那里找到我梦想的书。不过这个怪人使我害怕；但我下决心去他的小屋，因为我对这位德·孔迪雅克先生爱得入迷了。

---

① 米拉波(1749—1791)，法国著名政治演说家，脸上有麻子，以雄辩著称。

我去到他门前，两腿吓得打战……我敲了两下，很轻很轻的。

“进来！”一个巨人的声音回答说。

可怕的热尔曼神父正骑坐在一张矮椅上，他的道袍撩了起来，两腿伸开，黑丝袜下露出强劲有力地突出的肌肉。他的臂肘支在椅背上，正在阅读一本红切口的对开本，一面大声地抽着棕色的短烟斗，也就是人称“烧嘴”的那种烟斗。

“是你呀，”他几乎不抬眼睛地说，“你好！怎么样……你要什么？”

他那斩钉截铁的语气、四壁都是书的严肃景象、他骑坐的姿势和嘴里叼着的小烟斗，这一切都使我十分害怕。

我好好歹歹地终于说出我来的目的，并向他借有名的孔迪雅克的作品。

“孔迪雅克！你想读孔迪雅克，”热尔曼神父微笑地说，“多么怪的念头……你还不如和我一起抽抽烟斗呢，嗯？来！你去将挂在墙上的那个漂亮的长烟斗摘下来，点着它……你瞧瞧看，这比世界上所有的孔迪雅克都有趣。”

我红着脸，用手势谢绝了。

“你不愿意？随你便吧，小伙子……你的孔迪雅克在上面，左手第三层架子上……你可以拿去，我借给你。千万别弄坏了，不然我就割你的耳朵。”

我够着了左面第三层的孔迪雅克，准备离去，这时神父叫住了我。

“你不会学哲学吧，”他盯着我的眼睛说，“莫非你相信这东西？天方夜谭，亲爱的，纯粹是天方夜谭……你说说他们还想让我当哲学教师。我问你，教什么？子虚乌有，虚无……他们完全可以任命我为星球总监或烟斗烟雾的督察员……呵，我真倒霉！有时不得不找古怪的差事来谋生……你也有这个体会，是吧？呵！你不必脸红。我知道你不快活，可怜的讨厌的小学监，孩子们使你的日子不好过。”

热尔曼神父停了一会儿，他看上去十分生气，暴躁地将烟斗在指甲上敲敲。我哩，听见这个可敬的人对我的命运表示同情，我十分感动。我将孔迪雅克的书挡住眼睛，想遮住眼中饱含的大滴眼泪。

神父几乎马上接着说：

“对了！我忘了问你……你爱仁慈的天主吗？应该爱天主，亲爱的，应该信任他，诚心诚意祈求他，不然你永远也摆不脱困境……面对人生的重大痛苦，我看只有三个解脱办法：工作、祈祷和烟斗，短短的粗陶土烟斗，你要记住。至于哲学家，你别信他们，他们不会给你任何安慰。我是过来人，你可以相信我。”

“我相信您，神父先生。”

“现在你走吧，你让我累了……你以后要书的话，只管来拿好了。我的房门钥匙总是在房门上，哲学书籍都在左面第三层书架上……别再说了……再见。”

说到这里，他又接着看书，我出去时他甚至没有看我一眼。要说怪，他可真是怪人。

从这天起，世界上所有的哲学家都听我支配。我去热尔曼神父的房间时也不敲门，像回自己房间一样。通常我去时，热尔曼神父正在上课，房间是空的。小烟斗躺在桌子边沿上，桌上是一堆红色切口的对开书本和写满了潦草小字的文件……有时热尔曼神父也在那里！他在读书，写东西，大步地踱来踱去。进去时，我胆怯地说：

“您好，神父先生。”

在大多数情况下，他不回答……我从左边第三层架子上取下我的哲学家就走了，他仿佛根本没有感觉到我……到年底以前，我们相互没有说上二十句话，但这有什么关系呢！我内心有什么东西在告诉我我们是好朋友……

假期临近了。一天到晚都能听见学生乐队在图画室里排练波尔卡舞曲和进行曲，这是为领奖仪式准备的。波尔卡舞曲使大家都高兴。晚上，最后一堂自习课结束后，一大堆小日历便从课桌内钻了出来，每个孩子都在自己的日历上划去刚刚结束的一天：“又少了一天！”院子里堆满了搭台用的木板，人们敲打安乐椅，抖抖地毯……再没有功课，再没有纪律了。但是，直到最后，永远有对讨厌的学监的仇恨和恶作剧，可怕的恶作剧。

重要的一天终于来临。来得正是时候，我已经坚持不住了。

颁奖仪式在我那个中班的院子里举行……至今我仍看见它那花花绿绿的天棚，墙上罩着白色帷幔，高大的绿树上挂满了旗帜，在那下面是一堆杂乱的直筒高帽、军帽、筒状军帽、盔帽、绣花软帽、绣花双角帽、羽毛、饰带、绒球、翎饰……院子尽头搭起了一个长台，学校的权威人士们坐在上面酱紫色的安乐椅里……呵！面对这个讲台，我感到自己多么渺小！讲台使坐在上面的人显得多么傲慢、高不可攀！这些先生的表情与平时大不相同。

热尔曼神父也在台上，但他似乎没有意识到这一点。他仰头靠在安乐椅上，漫不经心地听邻座们讲话，目光好像在跟随枝叶后面某个虚幻烟斗的烟雾……

在讲台脚下，乐队的长号和奥斐克来管在阳光下闪闪发光，三个班的学生和压队的学监拥挤地排坐在长椅上，后面是乱糟糟的家长，二班的教师一面搀着女士们，一面喊道：“请让路，请让路！”最后是维奥先生那串淹没在人群中的钥匙，它们从院子这一头跑到那一头，朝左，朝右，这里，那里，哪里都有它们的声音：哐当！哐当！哐当！

仪式开始了。天气很热，天棚下不透风……几位面色通红的胖太太在羽饰下打盹，几位秃头先生用深红色的薄巾擦汗。一切都是红的：面孔、地毯、旗帜、安乐椅……有三个人发表演说，响起热烈的掌声，不过我没有听见。在上面，在二楼窗口，黑眼睛仍然在原处缝纫，我的心灵,我的整个心灵都飞向她……可怜的黑眼睛! 即使在今天,戴眼镜的巫婆也不让她休息。

当获得最后一等奖的最后一个学生的名字被宣布以后,乐队奏起了凯旋进行曲,于是一切都松弛了。一片嘈乱。教师们走下讲台。学生们跃过椅子去见自己的家人。人们相互拥抱,相互呼喊:“这儿! 这儿!”得奖人的姊妹骄傲地戴着她们兄弟的桂冠走了。丝绸长裙擦着椅子发出窸窣的声音……小东西站在树后,一动不动地瞧着美丽的女士们走过,他多么弱小,又为那身旧衣服感到难为情。

院子渐渐腾空了。校长和维奥先生站在大门口,亲吻走出去的孩子,对家长们深深地弯腰。

“明年再见! 明年再见!”校长面带温存的微笑说……维奥先生的钥匙也在响,充满了感情:“哐当! 哐当! 哐当! 再来呀,小朋友,明年再回来。”

孩子们满不在乎地让他们亲吻,一步就跳下了台阶。

一些孩子坐进了饰有纹章的漂亮马车,车里的母亲和姊妹收拢大裙子好腾出位置。噼! 啪! ……去城堡……我们将重新见到我们的花园、草坪、槐树下的秋千、装满珍禽的大鸟笼、水池和池中的两只天鹅,还有带栏杆的大平台,傍晚在那里吃果汁冰糕。

另一些孩子爬上自家有长凳的载人马车,坐在漂亮姑娘旁边,她们戴着白色大帽,笑起来露出白净的牙齿。佃户的女人赶车,脖子上戴着金链……抽鞭子吧,马蒂里娜! 我们回佃户庄园,吃涂黄油的面包片,喝麝香葡萄酒,成天去用诱鸟笛捕鸟,在清香的稻草里打滚!

幸福的孩子们! 他们走了,他们都走了! 呵! 要是我也能走!

八　黑眼睛

学校现在空荡荡的。所有的人都走了……大白天一群群肥老鼠从宿舍这一头冲到那一头。课桌里的墨水瓶也干了。在院里的树上，成群的麻雀兴高采烈，这些先生请来了它们在城里所有的同伴，主教府和专区政府的同伴，于是从早到晚，叽叽喳喳吵个不停。

小东西在顶楼房间里，一面工作一面听麻雀叫。出于善心，人们让他在假期里住在这里。他借此机会拼命读希腊哲学，只是房间太热，天花板太低，透不过气来……窗上没有挡风板，阳光像火炬一样照射进来，到处仿佛燃烧了起来。小梁上的石灰层裂开、脱落……由于暑热而变得沉重的大苍蝇，贴在玻璃窗上睡觉……小东西呢，努力不让自己睡觉。他的头像铅块一样沉重，眼皮在打架。

工作吧，达尼埃尔·埃塞特……必须重建家业……可是不！他不行了……书上的字在他眼前跳动，接着，书转动了起来，然后是桌子在转，房间在转。为了驱散这奇怪的昏沉，小东西站起来走了几步。他来到门前，踉踉跄跄，被困倦击倒，一下子倒在地上。

在外面，麻雀仍然在叽喳，知了在大声鼓噪，布满了白色灰尘的悬铃木在阳光下伸展着万千枝条，闪着鳞片般的树皮。

小东西做了一个怪梦，仿佛有人在敲他的房门，一个响亮的声音在叫他的名字："达尼埃尔！达尼埃尔！"他听出了这个声音。从前它叫过："雅克，你是头蠢驴！"

敲门声更紧:“达尼埃尔,我的达尼埃尔,我是你父亲,快开门呀!”

呵!可怕的噩梦!小东西想回答,想过去开门。他用手肘支起上半身,但脑子沉甸甸的,又倒下去,失去了知觉。

小东西醒过来时,惊奇地发现自己躺在一张洁白的床上,周围是蓝色的大帷幔,使这里沉在阴影中……光线很柔和,房间很安静,除了时钟的嘀嗒声和勺子在瓷器里的搅动声外,没有任何声音……小东西不知身在何处,但他的感觉很好。帷幔从中间拉开了,父亲埃塞特先生手里端着杯子朝他俯下身来,他满眼含着泪,和善地笑着。小东西以为仍然在做梦。

“是您吗,父亲?真的是您?”

“是我,我的达尼埃尔,是的,亲爱的孩子,真的是我。”

“天哪,那我是在哪里?”

“在医疗所,有一个星期了……现在你好了,你可病得不轻……”

“可是您,父亲,您是怎么来的!再亲亲我吧!呵,看见您真像是做梦。”

父亲埃塞特先生亲吻他,说道:

“好了,盖好被,听话……医生不让你说话。”

于是,为了不让孩子说话,这个好人就说个不停:

“你知道,一个星期以前,酿酒公司派我来塞文山区转转。你想我是多么高兴,有机会来看看我的达尼埃尔!我来到学校……叫你,找你……没有达尼埃尔!我让人领我去你的房间,钥匙在里面门上……我敲门,没有人!我砰的一声将门踢开,看见你躺在那里,躺在地上,烧得发烫……呵!可怜的孩子,你真病得不轻!说胡话说了五天!我一分钟也没有离开你……你胡言乱语,总是说要重建家业,什么家业,嗯?你喊着说:‘不要钥匙!将钥匙从锁眼里拿掉!’你在笑!我发誓当时我可笑不出来,老天爷！你让我夜里多么担心呀！你明白吗,维奥先生——他是维奥先生,对吧?——不让我在学校里过夜！他说这是规矩……好哇,对,规矩！我可不懂他的规矩……这个学究冲着我的脸摇晃钥匙,想吓住我。我可把他顶回去了,哼!"

小东西为埃塞特先生的大胆感到激动,接着,他很快便将维奥先生的钥匙抛到脑后了,问道:"我母亲呢?"同时伸出手臂,仿佛母亲就在近旁,可以接受亲抚似的。

"你要是不盖好,我就什么也不告诉你。"埃塞特先生生气地说,"来,盖好被子……你母亲很好,她住在巴蒂斯特舅舅那里。"

"那雅克呢?"

"雅克！他是头蠢驴！我说蠢驴,你明白,只不过说说罢了……其实雅克是个很好的孩子……你别掀被子,真见鬼……他的位置不错。他还总是哭。不过他很满意。他的上司让他当秘书……只是在上司的口授下写点什么……挺舒服的工作。"

"这么说来他一辈子都得在别人的口授下写信件了,可怜的雅克……"

小东西说这句话时开怀大笑,埃塞特先生看见他笑也笑了起来,一面埋怨他,因为那床见鬼的毯子总是掀开着……

呵！多么幸福的医疗所！小东西在蓝色的床帏中间度过了多么迷人的时光……埃塞特先生不离开他,整天守在他床头,小东西希望埃塞特先生永远别走……唉！这是不可能的！酿酒公司需要它的巡视员。必须走,必须继续在塞文山区巡视……

父亲走后,孩子独自一人,孤苦伶仃地待在静悄悄的医疗所里。他整天坐在靠近窗口的一张大安乐椅里看书。早晚由脸色发黄的卡萨涅太太给他送饭。小东西喝着汤,吮着鸡翅尖,说道:"谢谢,夫人。"没有第二句话。这个女人身上有股发烧的气味,使他讨厌,他连看也不看她。

有一天早上,他像往常一样,眼睛仍然看着书本,只是冷冷地说:“谢谢,夫人。”这时他惊奇地听见一个十分温柔的声音:“今天怎么样,达尼埃尔先生?”

小东西抬起头,你们猜猜他看见了谁……黑眼睛,黑眼睛本人正一动不动地站在他面前,微笑着……

黑眼睛告诉这位朋友黄脸女人病了,由她来送饭。黑眼睛又俯身说看见达尼埃尔先生复原了她十分高兴,然后她行了一个深深的屈膝礼便走了,说当天还要来。当天傍晚,黑眼睛确实来了,第二天早上也来了,第二天傍晚又来了。小东西喜不自禁。他祝福自己的疾病,祝福黄脸女人的疾病,祝福世上的一切疾病。要是没有人生病,他永远也不会和黑眼睛单独见面。

呵!幸福的医疗所!痊愈期的小东西坐在推近窗口的安乐椅里度过了多么迷人的时光!早上,黑眼睛的长睫毛下有许多在阳光下闪烁的金片,傍晚,黑眼睛闪着柔光,像星光一样在四周的黑暗中发光……小东西每夜都梦见黑眼睛,他再也无法入眠。天一亮他就起身准备接待黑眼睛,他有那么多知心话要对她讲!可是,等黑眼睛来时,他什么也不说……

黑眼睛对这种沉默感到很奇怪。她在医疗所里走来走去,寻找上千种借口好留在病人身边,一直盼望他开口,但是这个该死的小东西下不了决心。

不过,有几次他鼓足勇气,大胆地开口说:“小姐……”

黑眼睛立刻亮了起来,微笑地瞧着他。但是这个倒霉的人一见她笑就不知所措,用颤抖的声音接着说:“谢谢你对我的好意。”或者:“今天的汤真鲜美。”

于是黑眼睛优美地撇撇嘴,那意思是:“怎么!只是这个!”她叹口气走了。

黑眼睛走了以后，小东西灰心失望："呵！等明天一到！等明天一到我一定要和她说！"

可是第二天，一切依旧。

小东西深感自己永远没有勇气对黑眼睛讲出自己的想法，终于不再坚持，决定给她写信……一天傍晚，他要了墨水和纸，要写一封重要的信，呵！十分重要的信……黑眼睛大概猜到是什么信，黑眼睛可真机灵！……快，快，黑眼睛跑去拿墨水和纸，将它们放在病人面前，然后独自微笑着走了。

小东西开始写起来，写了整整一夜。清晨来临时，他发觉这封没完没了的信其实只包含三个字，只有三个字，你们明白吗，但这三个字是世上最有说服力的字，小东西期望它们产生最强烈的效果。

现在要当心……黑眼睛就要来了……小东西万分激动，他已事先准备好了，等黑眼睛一到就交给她……事情将会这样进行。黑眼睛进来，将汤和鸡放在桌子上。"早上好，达尼埃尔先生！……"于是他立刻勇气百倍地说："可爱的黑眼睛，这是给你的一封信。"

嘘……走道里响起了轻轻的脚步声……黑眼睛走近了……小东西手里拿着信。他的心在怦怦跳，他快死了……

门开了……多么恐怖！

出现的不是黑眼睛，而是那个巫婆，可怕的戴眼镜的巫婆。

小东西不敢问为什么，但他垂头丧气……黑眼睛为什么不来？他焦急地等待黄昏来临……唉！傍晚黑眼睛没有来，第二天也没有来，后来几天里还是没有来，永远没有再来……

黑眼睛被赶走了，被送回了孤儿院，她将在那里被关上四年，直到成年……因为黑眼睛偷了糖……

再见了，医疗所的美好时光！黑眼睛走了，更倒霉的是，学生们又回来了……嗯！什么？又开学了……呵，假期太短了！

六个星期以来，小东西头一次下楼去院子里，他显得苍白、瘦弱，比以前更是小东西……整个学校苏醒了。人们将它从上到下洗个干净。走道里湿淋淋的。维奥先生的钥匙像往常一样凶狠地摇晃。可怕的维奥先生！他利用假期往校规上又添了几条，往那串钥匙上又加了几把。小东西只能规规矩矩。

每天都有学生来……噼！啪！大门前又见到颁奖那天的载人马车和轿式马车……有几位老学生没有来，但新生取代了他们。班级重新组织了。今年和去年一样，小东西负责中班。可怜的学监已经发抖了。不过，谁知道呢？孩子们今年也许不那么坏吧。

开学的那天早上，教堂里奏出庄严的音乐。这是圣灵弥撒……Veni，Creator Spiritus①！……校长先生穿着笔挺的黑礼服，纽扣眼上挂着小小的银棕榈奖章，在他身后是身着礼袍的教师幕僚，理科教师挂的是橘色的白鼬皮饰带，文科教师挂的是白色的白鼬皮饰带。二班的教师是个轻浮的年轻人，居然戴着浅色手套和别出心裁的直筒高帽，维奥先生看上去不太高兴。Veni，Creator Spiritus！小东西夹在学生们中间，站在教堂最后面，他羡慕不已地看着那些无比威严的长袍和银棕榈奖章……他什么时候也能当上教师呢？什么时候能重建家业？唉！在那以前，还得熬多长时间，有多少苦难！Veni，Creator Spiritus！小东西感到凄凉，大风琴的声音使他想哭出来……突然，在那边，在祭坛的角落里，他看见一张被损害的漂亮面孔在对他微笑……这个微笑给小东西很大的安慰，他又看见了热尔曼神父，勇气倍增，精神为之一振……Veni，Creator Spiritus！

在圣灵弥撒以后两天，又是新的节庆，是校长的节日……这一天——自古以来便是如此——全校去草地上庆祝圣泰奥菲尔节，一面

---

① 拉丁文："来吧，创世的圣灵。"

大嚼冷肉，狂饮利穆的葡萄酒。这一次也和往常一样，校长先生为了将这个小小的家庭节庆办得有声有色，真是不计工本，这既满足了他心中的慷慨本能，又无损于学校的利益。黎明时，学生和学监们就被胡乱地塞上几辆挂着市旗的大马车，车队急速出发，后面还有两辆极大的货车，装的是成筐成筐有泡沫的葡萄酒和大篮大篮的食品……打头的第一辆车上坐的是大人物和乐队。奥斐克来管奉命大声吹奏。马鞭在飞舞，马铃叮当响，成堆的盘子与白铁饭盒相互碰撞……戴着睡帽的整个萨尔朗德城都跑到窗前观看校长的节庆车队经过。

游乐会应该在草原举行。人们一到就将桌布在草地上摊开，孩子们看见教师先生们也像普通学生一样坐在清凉的地方，坐在蝴蝶花中间，不禁笑得喘不过气来……一盘盘肉酱在传递着。瓶塞蹦了起来。眼睛里闪着火光。人们夸夸其谈……在这片热闹中，只有小东西心事重重。突然间人们见他脸红了……校长先生刚刚站起来，手里拿着一张纸："先生们，有人刚刚给我几句诗，是一位匿名诗人写给我的。我们的品达罗斯①，维奥先生，今年似乎有一位对手……这些诗对我有几分过奖了，但我还是请你们允许我念一念。"

"对，对……念吧！念吧！"

于是校长先生用授奖时的洪亮声音开始念诗……这是一首写得不坏的颂诗，韵脚悦耳，赞美了校长和各位先生。每人一朵花，就连戴眼镜的巫婆也没有被忘记。诗人称她为"食堂的天使"，可真够意思！

掌声持续了很久。几个声音要求见诗人。小东西站了起来，脸红得像石榴籽，谦虚地鞠躬。一片喝彩声。小东西成了节庆会的英雄。校长想吻抱他。年老的教师用会意的态度与他握手。二班的班级老师向他索取这首诗好刊登出来。小东西十分高兴。所有这些恭维话，再

---

① 品达罗斯（前518—前438），古希腊抒情诗人。

加上利穆葡萄酒的醉意，使他昏昏然。唯一使他稍稍清醒的是热尔曼神父，他仿佛在低声说："傻瓜！"还有对手的那串钥匙在凶狠地摇晃。

最初的兴奋过去了，校长先生拍拍手让大家安静。

"现在，维奥，轮到您了……在开玩笑的缪斯以后是严肃的缪斯。"

维奥先生郑重其事地从口袋里掏出一个内容大概极为精彩的硬皮本，开始念诗，同时斜眼瞟了一下小东西。

维奥先生的作品是牧歌，赞美校规的、维吉尔式的牧歌。学生梅纳尔克和学生多里拉斯在诗中轮流对答……在学生梅纳尔克的学校里，规则昌盛兴旺，在多里拉斯的学校里规则遭到流放……梅纳尔克讲述严格纪律的朴素乐趣，多里拉斯则讲述疯狂自由的种种欢乐。

最后，多里拉斯被击倒。他将这场角斗的奖品交到胜利者手中，于是两人齐声唱一首欢乐颂以歌颂校规。

诗念完了……死一般的寂静！在他念诗时，孩子们端着盘子跑到草原另一头，安静地吃他们的肉酱，远远地、远远地躲开学生梅纳尔克和学生多里拉斯。维奥先生从自己的位置上苦笑地瞧着他们……教师们倒是坚持住了，但谁也没有勇气鼓掌……不幸的维奥先生！真是一败涂地……校长试图安慰他："主题的确枯燥无味，先生们，但是诗人干得很不错。"

"我可认为这首诗很美！"小东西厚着脸皮说，他开始为自己的成功感到害怕……

但这种怯弱无济于事！维奥先生不愿受人安慰。他没有回答，鞠了一个躬，仍然带着冷笑……整整一天都带着冷笑。傍晚回去时，在学生们的歌声、走调的音乐声和大马车在入睡的城里滚过铺石路的轰隆声中，小东西听见对手的那串钥匙就在近旁的暗处摇晃，仿佛在狠狠地责怪他："哐当！哐当！哐当！诗人先生，我会回报你的！"

九　布夸朗事件

在圣泰奥菲尔节以后，假期就被埋葬了。

紧接下来的日子很愁闷，曲终人散。不论是教师还是学生，谁也打不起精神，只是渐渐安定下来……经过了长长的两个月假期，学校难以恢复它往日的繁忙，运作不灵，就像一座早该上弦的老时钟一样。然而，由于维奥先生的努力，一切渐入正轨。每天早上，在同一时刻，响起了同样的钟声，于是院子里的小门纷纷打开，像木制小兵一样直挺挺的孩子们两人一排在树下走，一面念着祷文，钟声又起，同样的孩子从同样的小门里回去。叮！当！起床。叮！当！睡觉。叮！当！学习。叮！当！游戏。一年到头都是如此。

呵，校规的胜利！学生梅纳尔克肯定会喜欢生活在维奥先生统治下的萨尔朗德模范学校……

只有我是这幅可爱的图画中的暗点。我那一班情况不好。这些可怕的中班学生还没有从山里收回心来，他们比以前更丑更粗，也更蛮横。我呢，我也变得乖戾了，病后我常常烦躁、生气，一点小事也忍受不了……去年我太温和，今年我太严厉……我想制服这些小坏蛋，所以，他们稍一出轨，我便惩罚全班，罚抄作业或者课后留在教室……

这个办法并不奏效。由于动不动就处罚，惩罚开始贬值，像共和四年的指券①一样不值钱……有一天,我忍无可忍。学生们全体造反,我没有武器去对付他们的骚乱。至今我还记得自己在讲台上像热锅上的蚂蚁,教室里一片叫声、哭声、埋怨声、口哨声:“出去!喔喔喔!克丝!……克丝!不要暴君!这不公平!”墨水瓶满天飞,嚼过的纸团飞到我桌上,洒了一桌,这些小魔鬼——借口提出要求——都一串串地攀着我的讲台,发出猴子般的叫声。

有时,我无法应付,向维奥先生求援。多么丢脸!自从圣泰奥菲尔节以来,这位掌管钥匙的人对我怀恨在心,我感到他对我的处境幸灾乐祸……当他手持钥匙猛然走进教室时,就像是向蛙池里扔了一块石头,刹那间各就各位,低头看书。连苍蝇飞过的声音也能听见!维奥先生在一片寂静中,来回走了一会儿,不断地摇晃那串铁钥匙,然后他嘲讽地看看我,一声不吭出去了。

我很痛苦。我的学监同事们嘲笑我。我遇见校长时,他对我也很冷淡,大概维奥先生说了些什么……此时发生了布夸朗事件,给了我致命的打击。

呵!这个布夸朗事件!我肯定它被记载在学校的年鉴里,而且萨尔朗德人至今还在议论它……我也想谈谈这个可怕的事件。该让公众知道真相了……

十五岁,大脚、大手、大眼睛,没有额头,举止像农场雇工,这便是德·布夸朗侯爵先生,他是中班院子里的霸王,是萨尔朗德学校里唯一的塞文贵族的样本。校长很看重这个学生,因为他为学校涂了一层贵族光泽。学校里的人只称他“侯爵”,大家都怕他,我受到众人的影响,对他说话时也十分委婉。

在一段时间里,我们相处得还好。

---

① 指一七八九年大革命时期发行的纸钞,一七九七年被取消。

当然，侯爵先生时不时地以某种无礼的方式看着我或回答我，这种方式使人想起了旧王朝，但我假装未加注意，因为我感到遇到了劲敌。

然而有一天，侯爵这个无赖居然在自习课上肆无忌惮地反驳我，以致我忍无可忍。

"布夸朗先生，"我尽量冷静地说，"拿起你的书，马上出去。"

小混蛋从未见过这种强制性语言，惊愕地待在座位上不动，瞪着眼睛看我。

我明白自己惹来了麻烦，但已无法后退。

"出去，布夸朗先生！"我又命令说。

学生们焦虑不安地等着……头一次鸦雀无声。

我第二次下令时，侯爵已恢复了镇静，他神气活现地说："我不出去！"

整个教室发出窃窃的赞赏声。我气愤地从讲座上站了起来。

"你不出去，先生？我们瞧着吧！"

于是我走下讲台……

上天做证当时我根本没想到使用暴力，我只想用坚决的态度去吓唬侯爵。他见我走下讲台便蔑视地冷笑起来，于是我想抓住他的衣领让他从座位上出来……

这个坏蛋在上装下藏着一把大铁尺。我刚一抬手他就在我手臂上狠狠敲了一下，痛得我叫了起来。

全教室的人在鼓掌。

"好啊！侯爵！"

我一下失去了理智，跳上了桌子，接着又跳到侯爵身上，抓住他的脖子，用脚，用手，用牙，用一切，将他从座位上拽出来，使他滚出了教室，一直滚到院子中央……这只是刹那间的事，我没想到自己会这么有劲。

学生们惊呆了。他们再也不喊:“好啊！侯爵!”他们害怕了。瘦弱的小学监居然使布夸朗,强者中之最强者就范了！多么古怪！我赢得了威信,侯爵失去了声誉。

我仍然面色苍白,激动得颤抖。当我又走上讲台时,所有的面孔赶紧俯在课桌上。这班学生被制服了。但是校长,但是维奥先生会怎样看待这件事呢？怎么！我竟敢对学生动手！而且是对布夸朗先生！对学校里的贵族！我是想让人把我赶走!

这些稍后产生的想法使我在胜利中感到不安。我也害怕起来,心里想:“侯爵肯定去告状了。”我时时刻刻等着校长走进来,整堂自习课上我战战兢兢,然而谁也没有来。

课间休息时,我看见布夸朗和别的孩子在笑闹,感到十分惊奇,但稍微放了心。这一天顺利地过去了,我想象那个家伙大概会保持缄默,我也就不害怕了。

不巧,接下来的星期四是假日。当晚侯爵先生没有回宿舍。我仿佛有预感,彻夜未眠。

第二天,上第一节自习课时,学生们瞧着布夸朗的空座位窃窃私语。我担心得要死,但没有流露出来。

将近七点钟时,门突然开了。孩子们都站了起来。

我傻了……

最先进来的是校长,接着是维奥先生,最后是一位高大的老头,他身着长礼服,扣子一直扣到下巴,带马尾衬的领子足有四指高。我不认识这个人,但我马上明白他就是老德·布夸朗先生。他一面捻着长长的小胡子,一面咕咕哝哝。

我甚至没有勇气走下讲台来迎接这几位先生,他们进来时也不向我打招呼。他们三人在教室中央站定,直到离去也没有朝我这边看一眼。

校长开了火:

“先生们，”他对学生说，“我们来是为了完成一项艰巨的、非常艰巨的使命，你们的一位学监犯了极其严重的错误，我们有责任来进行公开谴责。”

于是他开始指责，讲了足足一刻钟。所有的事实都被歪曲了。侯爵是学校里最优秀的学生，我毫无理由、毫无道理地虐待他。总之，我违背了我的全部职责。

怎样回答这些指控呢？

时不时地，我试图辩解：“对不起，校长先生……”然而校长不听我说，对我谴责到底。

在他以后，老布夸朗先生发言了，而且是怎样的发言！不折不扣的控诉状。不幸的父亲！有人几乎谋杀了他的儿子。此人扑向这个手无寸铁的可怜孩子，就像……就像……怎么说呢……像一头牛，野牛。孩子在床上已经躺了两天。两天以来他母亲泪流满面地守护他……

呵！假如对手是男人，他布夸朗先生会亲自为儿子报仇！但这只是一个可怜的小当差的。不过此人要记住：如果他再动儿子一根毫毛，他的两只耳朵就会立刻被割下来……

他讲得有声有色，学生们在偷偷地笑，维奥先生的钥匙高兴得颤抖。可怜的此人站在讲台上，气得脸发白，听着这一切辱骂，吞下这一切侮辱，不敢回答。如果此人回答，他就会被赶出学校，能去哪里呢？此人什么也没有说，但十分难过，我担保……

一个小时以后，这三位先生的辩才耗尽，便退场了，于是教室里一片喧哗，我想让大家稍稍安静，但毫无用处，学生们当面嘲笑我。布夸朗事件彻底毁了我的威信。

呵！真是可怕的事件！

全城都激动了……在小俱乐部、大俱乐部、咖啡馆、乐队，人们谈论的都是这件事。消息灵通的人讲述详情，令人毛骨悚然：这位学监仿佛成了怪物，吃人妖魔，他用闻所未闻的残酷而精细的办法来折磨那个孩子。人们谈到他时，叫他“刽子手”。

当小布夸朗对卧床感到厌烦时，父母便让他躺在长椅上，长椅放在客厅里最漂亮的地方，于是在一个星期里，没完没了的长队伍穿越这间客厅。令人感兴趣的受害者成为众人关注的对象。

人们上百次地请他讲述这件事，而这个坏蛋每次都添油加醋。母亲们发抖了，老姑娘们称他为“可怜的天使”并塞给他糖果。反对派的报纸乘机发表谴责学校的文章，为附近的一所教会学校做宣传……

总之，这个事件引起轩然大波。校长十分恼怒，他没有辞退我只是看在学区区长的面子上……唉！对我来说，其实还不如马上被辞退哩。我在学校的生活变得难以忍受。孩子们不听我的话，我一开口他们就威胁说要像布夸朗一样向父亲告状。最后我只好不管他们。

在经历这一切时，我有一个固执的想法：向布夸朗父子报仇。我眼前始终有老侯爵那张傲慢无礼的脸，我的耳朵一直因为受到恫吓而发红。此外，即使我想忘记这些侮辱，也做不到。每周两次出去散步时，队伍从主教府咖啡馆前走过，老德·布夸朗先生总是站在店门前，周围是一群没戴帽子、拿着台球杆的驻军军官。他们看见我们来，从老远处就嘲弄地笑着。等到队伍走近，听得见声音时，侯爵便高声喊：“你好，布夸朗！”一面挑衅地打量我。

“你好，父亲！”那个可憎的孩子在队伍里尖声叫着。于是军官、学生、咖啡店侍者，所有的人都哄笑起来……

“你好，布夸朗！”成了对我的折磨，我无法避免。要去草原就必须经过主教府咖啡店，而我的那位迫害者总是在那里，从不失约。

我有时发疯似的想走到他面前，对他挑衅，但出于两种原因我没有这样做，首先还是害怕被辞退，其次是害怕侯爵的长剑，侯爵当卫士时，这柄可怕的长剑曾使多少人受害。

然而,有一天,我忍无可忍,去找剑术教师罗歇,而且直截了当地告诉他我决心与侯爵较量一番。我有很久没有和罗歇说话了,他最初对我的话半信半疑,但是,等我说完,他激动万分,热情地握住我的两只手。

“好样的!达尼埃尔先生!我早就知道,你这副神气不可能是密探。不过你为什么总是和你那位维奥先生搅在一起呢?好了,你又回来了,不要再提过去了!你的手!你是一个高尚的人……现在谈谈你的事吧!你受到侮辱?好!你想要对方赔罪?很好!你对剑术一窍不通?好的!好的!很好!很好!你要我教你别被那个老笨蛋用剑刺穿了!太好了!你来练剑厅吧,六个月以后你会刺穿他的!”

听到这个善良的罗歇热情袒护我,我高兴得满面通红。我们讲好了课程,每周三个小时,也讲好了价钱,那是特价(的确是特价,后来我得知这价钱比别人的高一倍)。达成这一切协议以后,罗歇亲热地挽起我的手臂说:

“达尼埃尔先生,今天太晚,上不了第一课,不过我们还是可以去巴尔贝特咖啡馆敲定这个合同……来吧,瞧你,别孩子气了!莫非巴尔贝特咖啡馆使你害怕?来吧,见鬼!你该去去那股书生气!你会在那里找到朋友的,很好的小伙子,贵族!高贵的心灵!和他们在一起,你会很快丢掉这种对你不利的弱女子气。”

唉!我经不住引诱。我们去到巴尔贝特咖啡馆。它总是那样,吵吵嚷嚷,烟雾腾腾,到处都是茜红色的长裤,同样的挂衣钩上挂着同样的军帽,同样的腰带。

罗歇的朋友们伸出双臂欢迎我。他说得对,他们都是高贵的心灵!当他们知道我和侯爵之间的麻烦以及我的决定时,他们一个个走来与我握手说:“好样的!年轻人!很好!”

我呢,我也是高贵的心灵!我叫了潘趣酒,人们为我的胜利干杯,而且这些高贵的心灵决定我将在学年结束时杀死布夸朗侯爵先生。

十　糟糕的日子

冬天来了，这是山区的冬天，干燥、昏暗、可怕。大树上光秃秃的，地面冻得比石头还硬，学校的院子显得很凄凉。人们在天亮前就点灯起床，天很凉，盥洗室里结了冰……学生们梳洗，没完没了，不得不靠钟声来一再催促他们，学监们来回踱着步取暖，喊道："快一点，先生们……"人们好好歹歹地排成队，默默地走下灯光暗淡的大楼梯，穿过寒风刺骨的长长的走廊。

对小东西来说，这是一个糟糕的冬天！

我不再用功了。上自习课时，火炉不健康的热气使我打瞌睡。学生们上正课时，我觉得自己那间顶楼小屋很冷，便跑到巴尔贝特咖啡馆去，待在那里，最后一分钟才出来。罗歇现在是在那里给我上课。严寒将我们从练剑室赶了出来，我们在咖啡馆中央用台球杆当剑来练习，一面喝着潘趣酒。下级军官们做评论，显然所有这些高贵的心灵都将我当作朋友，而且每天教会我一种能将可怜的布夸朗侯爵置于死地的、万无一失的新剑法。他们也教我如何使苦艾酒带甜味。当这些先生玩台球时，由我来记分……

对小东西来说，这是糟糕的冬天！

一个凄冷的冬季上午，我走进巴尔贝特咖啡馆——呵，天哪，我至今还听见台球的撞击声和大瓷火炉的呼呼声——罗歇急匆匆地向我走来："就说两句话，达尼埃尔先生。"并且神秘莫测地将我领到里间。

事关爱情秘密……你们可以想象这么高大的男人向我讲心里话，我是多么得意。我仿佛也长高了几分。

事情是这样的。剑术教师这个无赖在城里某个他不愿说出名字的地方遇见了某个女人，并发疯似的爱上了她。她在萨尔朗德的地位很高——嗯！嗯！你明白——不同一般，以致剑术教师仍在怀疑自己哪来的胆量敢如此高攀。然而，尽管那女人的地位很高——如此地高，如此地……他并没有放弃赢得她的爱情的希望，甚至认为现在该写信去求爱了。可惜的是，剑术教师们往往不善于提笔。如果她只是轻佻女工，也就罢了，但她的地位如此之高，如此之……如此之……因此不能用普通文体，用优雅的诗体也不为过分。

"我明白你的意思了，"小东西会意地说，"你需要有人为你编几封情书寄给这个女人，所以想到了我。"

"一点不错。"剑术教师说。

"好吧！罗歇，我是你的人，你想什么时候开始都行，不过你得告诉我关于她的某些情况，不然我的信会像是从《尺牍大全》上抄下来的……"

剑术教师多疑地四下看看，将小胡子凑到我耳边，低声说：

"她是金发的巴黎女人，像花一样香，名字叫塞西莉亚。"

他不能说得更多，因为这个女人地位很高——如此之……——但这些情况对我已足够了，当天傍晚，在自习课上，我就给金发的塞西莉亚写了第一封信。

小东西与这个神秘女人之间的古怪通信持续了一个多月。在这一个月里，我平均每天写两封热情的信，其中有的信像拉马丁①在《致埃尔维尔》中那样温柔而朦胧，有的信像米拉博写给苏菲时那样热情澎

① 拉马丁（1790—1869），十九世纪法国著名诗人。

湃地咆哮。有的信是这样开头的:“呵塞西莉亚,有时在荒野的岩石上……”结尾是:“据说人们为之送命……我们试试吧!”有时,缪斯参加进来:

> 啊!你的嘴唇,炽热的嘴唇!
>
> 给我吧!给我吧!

今天我谈到这些信时哑然失笑,但当时小东西决没有笑,一切都是十分认真的。我写完一封信,便将它交给罗歇,让他用下级军官的漂亮字体抄一遍,他呢,收到回信后(因为那位倒霉的女人也回信!)便立刻拿来给我,我根据它们来进行操作。

总之,我喜欢这个游戏,甚至有点过了头。那位看不见的,像白丁香一样芬芳的金发女郎整日萦绕着我。有时我以为是在为自己写信,因此信中充满了我个人的知心话,对命运,对我被迫与之相处的那些卑鄙邪恶之徒的诅咒:“呵,塞西莉亚,你知道我是多么需要你的爱!”

有时,大罗歇一面捻着小胡子一面对我说:“上钩了!上钩了!……继续写吧。”这时,我隐隐地感到气恼,心想:“她怎能相信这些充满热情与伤感的杰作是这个快活的大个子,是这位郁金香方方①写的呢?”

但她相信了,她的确相信了,终于有一天,剑术教师得意扬扬地拿来他刚收到的回信:

> 今晚九时,在专区政府后面。

罗歇的成功应归功于我那些雄辩的信还是他那长长的胡子呢?女士们,我让你们来决定。总之,那天夜里,小东西在凄凉的宿舍里睡得很不安稳。他梦见自己身材高大,蓄着小胡子,巴黎的女士们——地位

---

① 法国王朝时代快活士兵的绰号。

极不一般的女士——与他约会,在专区政府后面……

最滑稽的是,第二天我得写感恩信,感谢塞西莉亚给予了我那么多幸福:“天使,你屈尊在世上度过了一夜……”

我承认,小东西写这封信时内心很是气恼。幸好通信到此中止,在一段时间里我再没有听见罗歇提起塞西莉亚,也再没有听他提起她的重要地位。

十一　我的好友剑术教师

二月十八日这天，由于夜里下过大雪，孩子们无法去院子里玩耍。早自习一结束，他们就都被乱糟糟地安置在大厅里，避开坏天气，在室内进行课间休息，等待上正课。

看管他们的是我。

所谓大厅就是旧日海军学校的体育馆。四堵光秃秃的高墙，墙上有带栅栏的小窗，随处有些被拔掉一半的铁钩，显然是梯子的痕迹，在天花板的主梁上挂着一根绳子，绳子尽头是一个巨大的铁环，它在摆来摆去。

孩子们似乎在那里玩得很起劲。他们喧哗地沿着大厅跑，扬起了灰尘。有几个人想抓住铁环，另一些人用手吊在铁环上，大声喊叫，五六个比较安静的孩子站在窗前吃面包，一面瞧着纷纷落在街上的雪，一些人拿着铲子正将雪用两轮车运走。

但这一切喧闹，我都没有听见。

我独自待在角落里，含着眼泪读信，此刻孩子们即使将体育馆完全拆了，我也不会觉察。这是雅克的信，我刚刚收到，邮戳是巴黎的——老天爷！是的，是巴黎的，信的内容如下：

亲爱的达尼埃尔：

我的信会使你很惊奇。你没有想到吧，嗯？没有想到我来巴黎已经两星期了。我没有告诉任何人，灵机一动就来了巴黎……

有什么办法呢？我十分厌倦那座可怕的城市，特别是自从你走了以后。

我随身带了三十法郎以及圣尼齐埃教堂的神父先生的五六封信。幸好，上天立刻保佑了我，让我遇见了一位侯爵，我当了他的秘书。我们整理他的回忆，我只是在他口授下写写，每月挣一百法郎。你看，这没什么了不起，但是无论如何，我希望能时不时地用积蓄给家里寄点什么。

呵！亲爱的达尼埃尔，巴黎是多么漂亮的城市！至少这里不是永远雾蒙蒙的，有时倒是下雨，但这是小雨，而且夹杂着阳光，显得快活，这是我在别处看不到的。因此，我完全变了，你知道，我现在完全不哭了，真是难以想象。

我正读到这里，窗外突然传来马车在雪地上行驶的沉闷的声音。马车在学校门前停住了，我听见孩子们在大声喊：专区区长！专区区长！

专区区长先生的来访显然预示着某些不同一般的事。他每年难得来萨尔朗德学校一两次，因此他的来访是一件大事。但当时我最感兴趣的，我看得比专区区长先生更为重要的，是哥哥雅克的信，因此当学生们兴奋地、争先恐后地挤在窗前观看专区区长下车时，我又回到角落里继续看信：

你知道，亲爱的达尼埃尔，父亲在布列塔尼给一家公司做苹果酒生意。他听说我当了一位侯爵的秘书，想让我向侯爵推销几桶苹果酒，可惜，侯爵只喝葡萄酒，而且是西班牙葡萄酒！我写信告诉他，你知道他回信怎么说？他说："雅克，你是头蠢驴！"还是和从前一样。不过我不在乎，亲爱的达尼埃尔，我想他内心是很爱我的。

至于妈妈,你知道她很孤独。你应该给她写信,她抱怨没有你的消息。

我忘了告诉你一件事,它肯定使你十分高兴:我在拉丁区有了一间房……在拉丁区!你想想……像小说里一样,这是一个不折不扣的诗人的房间,从小窗户望出去是一望无际的屋顶。床不大,但必要时能容下我们两个人,房角里还有一张书桌,在那里写写诗倒是很不错的。

我相信你要是看到了这些,会尽快来找我的,我也希望你来到我身边,也许某一天我会叫你来,这也难说。

你要一直爱我,在学校里别过度劳累,以免病倒了。

吻抱你。

你的哥哥雅克

多么诚恳的雅克!他的信使我既苦恼又高兴!我又悲又喜。几个月以来我的全部生活,潘趣酒、台球、巴尔贝特咖啡馆,像是一场噩梦,我在想:“好了!结束了!现在我要工作,像雅克一样勇敢。”

这时,钟响了。学生们排好队,纷纷谈论专区区长,经过校门口时相互指着他停在那里的车。我将学生们交给教师,解脱以后便快步跑上楼,急于回屋好单独地和哥哥雅克的信在一起。

半路上,我看见看门人气喘吁吁地迎我走来,对我说:

“达尼埃尔先生,校长请你去。”

校长?校长找我什么事……看门人用一种古怪的神气瞧着我。突然我想起了早已忘在脑后的专区区长。

“专区区长也在上面吗?”我问道。

“他在上面。”看门人回答说。

我的心满怀希望地怦怦直跳,我三步并作两步地爬上楼梯。

有时候,人仿佛发了疯。我得知专区区长在等我时,你们知道我胡想什么吗？我想象他在授奖仪式上注意到我的外貌不错，因此专程来学校请我当他的秘书。我觉得这是天经地义的事。雅克的信以及他和老侯爵的关系肯定使我昏了头。

不管怎样，我越往上走就越有把握。当专区区长的秘书！我喜不自禁。

我在走道拐弯处遇见了罗歇。他脸色苍白，瞧着我仿佛有话要说，但我没有站住，专区区长没有时间来等我。

我来到校长办公室门口时，心跳得很快，真的。当专区区长先生的秘书！我得停下来喘口气。我整理一下领带，用手指稍稍拢拢头发，然后轻轻转动门的把手。

我哪里知道等待我的是什么！

专区区长先生正漫不经心地倚着壁炉站着，蓄着金色颊须的脸在微笑。穿着睡袍的校长先生谦卑地站在他旁边，手里还拿着丝绒睡帽。被紧急召来的维奥先生缩在角落里。

我一进去，专区区长就开口了，指着我说：

"引诱我家贴身女仆的就是这位先生吧？"

他说这话时，声音洪亮，充满嘲讽，但仍然微笑着。我最初以为他在开玩笑，没有回答，可他并不在开玩笑。片刻沉默以后，他依然微笑着说：

"我有荣幸结识的不正是达尼埃尔·埃塞特先生吗？不正是引诱我妻子的侍女的达尼埃尔·埃塞特先生吗？"

我不知道是怎么回事，但是贴身侍女一词两次被扔到我脸上，我感到自己被羞辱得满脸通红，不禁愤慨地叫了起来：

"贴身侍女，我……我从来没有引诱贴身侍女。"

对我的回答，校长从眼镜后面闪出蔑视的目光，那串钥匙也在角落里低声说："真是厚颜无耻。"

专区区长仍然在微笑,从壁炉板上拿起一小包纸,这是我最初没有看见的,接着他便朝我转过身来,漫不经心地摇晃它。

“先生,”他说,“这是指控你的重要证据,是在那位小姐房里找到的信。是的,信上没有签名,而且那位侍女也不肯说出名字。不过,信里经常提到学校,所以我来了解情况,对你不利的是,维奥先生认出了你的笔迹,甚至你的风格……”

此刻,钥匙更凶恶地哐当作响,区长仍然面带微笑,接着说:

“在萨尔朗德学校,并非所有的人都是诗人。”

听见这话,我脑中闪过一个念头。我想走近去看这些信,便扑了过去,校长怕引起丑闻,伸手拦住了我。但是区长却平静地将材料递给我。

“你看看吧。”他说。

我看……天哪!是我写给塞西莉亚的信。

……所有的信都在那里!从“呵塞西莉亚,有时在荒野的岩石上……”的那一封直到最后的感恩颂歌:“天使,你屈尊在世上度过了一夜……”而且,这些爱情辞藻的美丽花朵,我采来竟是为了献给一位侍女!而且,这个地位如此之高,如此之……的女人每天早上竟给区长妻子擦鞋……不难想象,我是多么惊愕、愤怒、羞愧。

“怎样!你怎么想,唐璜老爷?”区长沉默片刻后冷笑地说,“这些信是你写的吧,是还是不是?”

我没有回答,低下了头。一句话就能证明我无罪,但我却没有说。我准备忍受一切也不告发罗歇……因为,你们知道,在这场灾祸中,小东西一刻也没有怀疑过他朋友的忠诚。在认出了情书后,他心里立刻说:“罗歇大概懒得抄一遍,他宁可多打一盘台球,所以就把我的信送出去了。”这个小东西,多么天真!

区长见我不回答,便把信放回衣袋,转身对校长及其追随者说:

"先生们,现在你们知道该做什么了。"

此时,维奥先生的钥匙阴沉地晃动不已,校长深深鞠躬,说:"埃塞特先生应该立即被辞退,但是,为了避免丑闻,我们让他在学校再留一个星期。"这期间正好找一位新学监。

听见"辞退"这个字,我顿时心灰意冷,默默地行过礼便急忙出来。一到外面我就哭了起来……用手帕捂着嘴,一直跑进我的房间……

罗歇在等我。他迈着大步踱来踱去,神色十分不安。

他一见我进去,就朝我走来:

"达尼埃尔先生?"他的目光在探询。我没有回答,跌坐在椅子上。

"眼泪,孩子气,"剑术教师用粗鲁的语气说,"这一切能说明什么呢? 来……快点……出了什么事?"

于是我向他详细讲述在办公室发生的那可怕的一幕。

我一面讲,一面看见罗歇的脸色变开朗了,不再用傲慢的眼神看我。最后,当他知道我为了不背叛他而被学校辞退时,他向我伸出张开的双手,简单地说:

"达尼埃尔,你有一颗高贵的心。"

这时,街上传来马车的滚动声,区长走了。

"你有一颗高贵的心,"我的朋友剑术教师又说,他抓住我的手腕,几乎要将手腕捏碎,"你有一颗高贵的心,我只能说这些……但你得明白我不会让任何人为我牺牲的。"

他一面说,一面朝门口走去。

"你别哭,达尼埃尔先生,我这就去找校长,我保证被辞退的将不是你。"

他又往外走了一步,接着,仿佛忘记了什么,又走了回来。

"不过,"他低声说,"我走以前要告诉你……大罗歇在世上并非没有亲人,在一个偏僻的地方有他残废的母亲……母亲! 可怜的圣洁的母亲！你得答应我给她写信，达尼埃尔！我又请你写信，最后一次……答应我等一切结束后给她写信。”

他严肃而平静地说着，声调令我害怕。

“可你想干什么?”我惊呼起来。

罗歇没有回答，只是掀开上衣，让我看他口袋里那闪亮的手枪柄。

我激动万分，扑了过去：

“自杀，不幸的人？你要自杀?”

他十分冷静：

“亲爱的，我在服兵役时就下过决心，万一哪天我一时糊涂使自己威信扫地，我就结束自己的生命。现在是实现诺言的时候了……再过五分钟，我就会被学校辞退，也就是说威信扫地，再过一小时，再见了！我吞下最后一颗李子。”

听见这番话，我就坚决地站到门前。

“那么，不！罗歇，你不能出去……我宁可丢掉工作也不愿成为你自杀的原因。”

“你让我尽自己的职责吧。”他粗暴地说。尽管我努力拦住，他还是拉开了房门。

于是我设法和他谈起他的母亲，谈到在某个偏僻角落的可怜的母亲。我向他证明他应该为她活下去，我能够顺利地找到别的工作，而且，无论如何，我们还有一个星期的时间，在做出如此可怕决定的最后一刻以前，我们至少还有这段时间……最后这种考虑似乎打动了他。他同意将去见校长及以后的事推迟几个小时。

这时钟声响了。我们相互拥抱，然后我下楼去自习室。

人真是奇怪！我进房间时灰心丧气，出来时却几乎心花怒放……小东西十分得意，因为他救了好友剑术教师的命！

然而，我得承认，我在讲台上一坐下来，最初的兴奋劲头过去以后，我便思索了起来。罗歇答应活下去，这很好，但我自己呢？当我因为高尚的忠诚而被赶出校门时，我怎么办呢？

形势不妙，我已经看见家庭受到很大的损害，母亲泪流满面，埃塞特先生大发雷霆。幸亏我想到雅克，他的信恰巧是在早上到的，来得正是时候！总之，这再简单不过了，我只要去找他就行了，他在信里不是说他的床足够两个人睡的吗？再说，在巴黎总能找到活路……

这时，一个可怕的思想打断了我。离开这里，这需要钱，首先要有钱买火车票，其次要还欠看门人的五十八法郎，欠一位大学生的十法郎，还有在巴尔贝特咖啡馆记在我的名下的大笔账款。哪里去弄这么多钱呢！

"唔，"我心里想，觉得自己为这点小事担心实在是太天真了，"不是有罗歇吗？他在城里教课，他有钱，会乐于给我几百法郎的，我不是刚救过他的命吗？"

我就这样解决了债务，将当天的灾难完全忘在脑后，一心只想去巴黎的长途旅行。我很快活，几乎坐不住了，维奥先生来到自习室原想品味一下我垂头丧气的样子，却失望地看到我精神焕发。进餐时，我吃得又快又多。在院子里，我原谅学生，不处罚他们，终于上课的钟响了。

最紧急的事是去找罗歇。我直扑他的房间，房里没有人。"噫！"我心里想，"他大概是去了巴尔贝特咖啡馆。"这并不令我吃惊，虽然情况如此严重。

在巴尔贝特咖啡馆，仍然不见罗歇。人们对我说："罗歇和下级军官们一同去草原了。"真见鬼，这种天气他们能去那里做什么？我开始感到十分不安，拒绝了约我打台球的邀请，提起裤腿便奔到雪地里，朝草原方向跑去，去寻找我的好友剑术教师。

十二　铁环

从萨尔朗德城门口到草原足足有半法里。但我那天走得很快，不到一刻钟就到了。我为罗歇发抖，害怕这个可怜的小伙子违背了对我的允诺，在我上自习课时把一切都对校长讲了，我似乎还看见了他那闪光的枪柄，这个关于死亡的念头使我长出了翅膀。

然而，每隔一段距离，我便看见雪地上有无数朝草原去的脚印，我猜想剑术教师并非独自一人，这使我稍稍放心。

于是我放慢脚步，我想到巴黎，想到雅克，想到我的旅行……但过了一刻，恐惧重新袭来。

"罗歇肯定是要自杀，不然，他到城外这个荒凉的地方来做什么？他把巴尔贝特咖啡馆的朋友们带来，肯定是为了和他们告别，用他们的话说就是喝临别酒……呵这些军人！"于是我更加跑得上气不接下气。

幸好我已接近草原，已经望见被雪覆盖的大树。"可怜的朋友，"我心里想，"但愿我来得及时！"

脚印将我领到埃斯佩隆小咖啡馆。

这家咖啡馆名声不好，是个暧昧的地方，萨尔朗德的放荡公子们常来这里玩。我和高贵心灵们也来过不止一次，但从未见过它如此阴森险恶。在一片白皑皑的雪原中，它显得又黄又脏，矮矮的门、老旧的墙、没有擦干净的玻璃窗，都藏在榆树矮林后面，仿佛对自己不光彩的行当感到可耻。

我渐渐走近，听见快活的说笑声和碰杯声。

"天哪！"我打了一个寒战，心里想，"这是临别酒。"我停下来喘喘气。

我正在小咖啡馆的背面，推开栅栏门，走进了花园。这叫什么花园呀！大树篱上的叶子已经掉光了，丁香花丛只剩下枝条，雪地上有一堆堆的垃圾，白色的棚架像是因纽特人的小屋。这片凄凉叫人难受。

嘈杂声来自一楼的厅堂，盛宴大概正达到高潮，因为，虽然天气寒冷，两扇窗户却是敞开的。

我的脚已经踏上了第一级台阶，突然飘来一句话使我立刻站住，使我浑身冰凉：在哄笑声中有人在说我的名字。罗歇在谈论我，奇怪的是，每次他提到达尼埃尔·埃塞特时，别人就哄堂大笑。

一种痛苦的好奇心攫住了我，我感到将要发现什么不寻常的东西，便急忙后退，溜进一个棚架，它恰巧在窗户下面。没有人听见我，因为白雪像地毯一样减轻了我的脚步声。

我一辈子都能看见那个棚架，一辈子都能看见它上面枯死的植物、肮脏而泥泞的地面、漆成绿色的小桌和水淋淋的木椅……棚架上盖满了雪，所以光线几乎进不来。雪在慢慢融化，一滴一滴地落在我头上。

正是在这里，在像坟墓一样又黑又冷的棚架里，我发现人是多么邪恶和卑鄙，正是在这里我学会了怀疑、蔑视、仇恨……呵读者们，愿上天永远不让你们走进这可怕的棚架……我屏住气，站在那里，静听埃斯佩隆咖啡馆里的声音，恼怒和羞愧使我满脸通红。

我的好友剑术教师一直在说话……他讲述对塞西莉亚的追求、情书，专区区长先生的来访等等，讲得绘声绘色，再加上大概十分滑稽的手势，所以听众乐得大笑。

"你们这些可爱的小家伙，"他用嘲笑的声音说，"你们要知道，我在轻步兵团演过三年喜剧可不是白演的。像我对你们说的那样，真的，有一刻我以为自己完了，再也不能和你们一起来埃斯佩隆老爹处喝美酒了……小埃塞特的确什么也没有说，可他还来得及说。而且，这是我们私下谈，他大概只是想让我去自首。于是我对自己说：'你得盯住，罗歇，来演一场好戏吧！'"

说到这里，我的好友剑术教师就开始表演他所谓的好戏，也就是早上他和我在我房间里的情景。呵！可恶的人，他什么也没有忘记……他用演戏的腔调喊着："我的母亲！我可怜的母亲！"接着他模仿我的声音："不，罗歇，不！你不能出去！"这场好戏的确十分滑稽，听众都笑得直不起腰来。我呢，大滴泪珠滚落在脸颊上，我全身发抖，感到耳鸣，我猜到了早上那场可憎的滑稽戏，我明白罗歇是故意将我的信送出去的，如出意外他便可以免受牵连，而且他的母亲，他可怜的母亲已经死了二十年，而且我当作枪柄的其实只是他的烟斗盒。

"那位美丽的塞西莉亚呢？"一位高贵的心问道。

"塞西莉亚没有开口，她卷铺盖走了，这是一位好姑娘。"

"那小达尼埃尔呢？他怎么办？"

"呸！"罗歇回答……

他做了一个手势，众人大笑。

笑声使我怒不可遏。我想走出棚架，像幽灵一样突然出现在他们面前，但我克制住了，我已经相当可笑了。

烤肉端了上来，酒杯相碰，人们喊道：

"祝贺罗歇！祝贺罗歇！"

我痛苦至极，无法忍受，顾不得是否会被人看见，冲向花园的栅栏门，一跃而过，像疯子一样盲目地奔跑起来。

黑夜在静静地降临，广袤的雪原在半明半暗的暮色中显出一种难以名之的深深的凄凉。

我就这样,像受伤的小山羊一样奔跑了一会儿。如果“心碎”和“心在流血”不是诗人的说法,那么,我发誓在我身后的白色雪原上留下了长长的血迹。

我感到茫然。去哪里弄钱?怎样离开这里?怎样去找哥哥雅克?告发罗歇也没有用……他可以抵赖,因为现在塞西莉亚已经走了。

最后,我精疲力竭,痛苦不堪,便跌坐在一株栗树下的雪地上。我可以在那里一直待到第二天,流着泪,头脑中一片混乱,突然,很远很远的地方,萨尔朗德那边传来了钟声。这是学校在敲钟。钟声将我唤醒,刚才我忘记了一切。我必须回到大厅去看管学生的课间休息……想到大厅时,我突然萌生一个念头,眼泪立刻止住了,我感到自己更坚强,更平静。我站起来,像做出了不可更改的决定的人那样步履坚定地朝萨尔朗德走去。

现在,如果你们想知道小东西刚才做出了什么不可更改的决定,就跟着他穿过这一大片雪原回到萨尔朗德吧,跟他一同走在城里阴暗而泥泞的街道上,一同走进学校黑暗的门廊,走进课间休息时刻的大厅,注意他多么古怪地盯住在大厅中央摇晃的那个大铁环。休息结束后,你们和他一同去到自习室,跟他走上讲台,从他肩头看他正在写的这封痛苦的信,四周是聚集在一起的孩子的嘈杂声。

雅克·埃塞特先生

波拿巴街　巴黎

原谅我,我亲爱的雅克,我给你带来了痛苦。你不再哭泣了,但我会让你再哭一次,不过,这是最后一次……当你收到这封信时,你可怜的达尼埃尔已经死去……

此时自习室里叫嚷得更加厉害，小东西停下笔来，处罚了这几个人，那几个人，但是态度严肃，没有发怒。接着他往下写：

你知道，雅克，我很痛苦。我没有办法，只有自杀。我的前途完了，我被学校辞退了，是为了一个女人，说来话长，没法给你讲，其次我欠了债，我不知道如何用功，我惭愧，我厌烦，我憎恶自己，生活使我畏惧……我宁可走……

小东西不得不再次停笔："学生苏贝罗尔抄五百行诗，富克和卢比星期天留校！"说完以后，小东西结束他的信：

永别了，雅克，我还有许多话要对你讲，但我会流泪的，而学生们都在看我。对妈妈说我是在散步时从岩石高处摔下来的，或者我溜冰时淹死的。总之你得编点什么，别让那可怜的女人得知真相……好好地替我吻她，吻亲爱的母亲，也吻我们的父亲，努力为他们重建一个美丽的家……永别了，我爱你。别忘了达尼埃尔。

信写完了，小东西立刻又写另一封信，内容如下：

神父先生，请您将我留给哥哥雅克的信转交给他。同时请您剪下我几绺头发，用小包寄给我母亲。

请原谅我给您带来的麻烦。我自杀是因为我在这里太痛苦了。只有您，神父先生，始终对我很好。我谢谢您。

达尼埃尔·埃塞特

写完以后，小东西将这封信和雅克的信放进一个大信封，信封上写着："请最先发现我尸体的人将此信交给热尔曼神父。"一切安排妥当后，小东西平静地等着下自习课。

自习课结束了。人们吃晚饭，做祈祷，然后上楼回宿舍。

学生们睡下了,小东西来回踱步,等他们入睡。维奥先生现在来巡查了。钥匙在神秘地哐当响,软底鞋在地板上发出沉闷的声音。“晚上好,维奥先生。”小东西喃喃说。“晚上好,先生。”总监低声说。然后他走开了,脚步声消失在走道里。

小东西独自一人。他轻轻推开门,在楼梯平台上站了一会儿,看看学生醒过来没有,但是宿舍里一切都很安静。

于是他下楼,沿着墙边小步滑动。凄凉的北风从门缝下吹进来。他来到楼梯下,走过过道,看见四座阴沉沉的楼房中间那个被白雪覆盖的院子。

在那上面靠近屋顶的地方,亮着灯光,这是热尔曼神父在写他的著作。小东西从心底向这位善良的神父告别,诚恳地告别,然后他走进大厅……

海军学校的这个旧体育馆幽暗、寒冷、阴森森的。微弱的月光从带铁栅的窗口射进来,正好照在那个大铁环上——呵!这个铁环!几个小时以来小东西一直想着它——照着那个大铁环闪着银光……在大厅的一角躺着一张旧板凳。小东西将它搬来放在铁环下,站了上去。他没有弄错,凳子的高度很合适。于是他摘下领带,那是一条长长的紫色丝领带,像饰带一样皱皱巴巴地缠在他脖子上。他将领带系在铁环上,打一个活结……敲一点钟了。来吧!该去死了……小东西用战战兢兢的手拉开活结。一阵激动。永别了,雅克!永别了,埃塞特太太!……

突然间,一只有力的手抓住了他。他感到自己被拦腰抱起,在板凳下面站了起来。与此同时响起了一个粗鲁而挖苦的声音,这是他熟悉的声音:“深更半夜练吊环,这可真古怪!”

小东西惊讶地转过身来。

这是热尔曼神父,他没穿道袍,穿着短外裤,领巾在坎肩上飘动。他那漂亮又丑陋的面孔被月光微微照着,正忧郁地微笑……他只用一只手就把自杀者放了下来，另一只手里还拿着刚在院里蓄水池灌满的水瓶。

热尔曼神父看见小东西不知所措，眼泪汪汪，便收起了笑容，用温柔的、几乎动情的声音又说：

“亲爱的达尼埃尔，深更半夜练吊环，这可真古怪！”

小东西满脸通红，目瞪口呆……

“我不是练吊环，神父先生，我想死。”

“怎么……死？……这么说你很伤心？”

“噢！……”小东西回答说，大滴大滴的热泪滚落在脸颊上。

“达尼埃尔，你跟我来。”神父说。

小东西表示不愿意走，指指铁环和那上面的领带……热尔曼神父拉起他的手说：“来吧，上楼去我那里，你要是想自杀，那好，到楼上去自杀，那里有火，很暖和。”

小东西仍然坚持：“您让我死吧，神父先生。您没有权利不让我死。”

神父眼中闪过怒火，说道：“嘿！是这样！”他猛然抓住小东西的腰带，将他像包裹一样挟在腋下带走，尽管小东西在挣扎和乞求……

……我们现在在热尔曼神父房间里。壁炉里烧着熊熊大火。火旁是一张桌子，上面放着点燃的灯、几个烟斗和几堆写满了潦草小字的文件。

小东西坐在壁炉旁。他十分激动，滔滔不绝地讲述他的生活、他的不幸，以及为什么想自杀。神父微笑地听着。等小东西讲完，哭完，将可怜的痛苦的心情宣泄完以后，这个善良的人握住他的双手，非常平静地说：

“这一切都算不了什么，我的孩子，你为这点小事自杀可真傻。你的问题很简单：你被校方辞退了——顺便说说，这对你未尝不是大好事……好！你应该走，立刻走，不要等一个星期……你又不是厨娘，真见鬼！你的旅费、债务，你不用担心！我负责……你想向那无赖借钱，我借给你。明天我们来解决这一切……现在别再说了，我需要工作，你需要睡觉……不过我不愿意让你再回到可怕的宿舍。你会感到冷，你会害怕的，你就睡在我床上吧。这是今早才换的干净的白床单……我呢，我要写一夜，要是困了，我就躺在沙发上……晚安，别再说话了。"

小东西躺了下来，不再抗拒……刚才发生的事像是一场梦。这一天发生了多少意外的事！与死神近在咫尺时却又躺在一张舒舒服服的床上，躺在安静与温暖的房间里……小东西感到很舒服！他时不时地睁开眼睛，看见好心的热尔曼神父在灯罩的温和光线下一面抽烟，一面在白纸上从上到下地写，笔尖发出窸窣的声音……

……第二天早上神父拍拍我的肩，将我唤醒。我睡醒觉便把什么都忘了……这使我的救命恩人大笑起来。

"好了，孩子，"他对我说，"钟响了，你得赶快，谁也不会觉察什么，你像往常一样去看管学生。饭间休息时，我在这里等你，我们谈一谈。"

我突然恢复了记忆。我想感谢他，亲吻他，但是好心的神父不折不扣地将我赶了出来。

不用告诉你们那堂自习课显得多么漫长……学生们还没有去院子，我已经在敲热尔曼神父的房门了。他站在抽屉大开的书桌前，忙着数金币，仔细地将金币排成一小堆一小堆。

听见我进去，他回过头来，没有说话，又接着数。他数完后关上抽屉，带着和善的微笑给我做个手势。

"这些都是给你的，"他说，"我为你算了账。这一堆是旅费，这一堆是还看门人的，这一堆是还巴尔贝特咖啡馆的，这一堆是还学生借给你的十法郎……我存这笔钱是为了替弟弟买位代服兵役的人，不过弟弟要在六年以后才抽签服兵役，在那以前，我们会见面的。"

我想说话，但这个怪人不让我开口："现在，孩子，向我告别吧……我上课的钟声响了，等我下课时，不愿意看见你还在这里。这座巴士底狱的空气对你没有好处……你快去巴黎，努力用功，祈祷慈善的天主，抽抽烟斗，做个男子汉吧！你听见了吗，做个男子汉！你知道，亲爱的达尼埃尔，你还只是个孩子，我甚至担心你一辈子都是孩子。"

说到这里，他面带神圣的微笑向我张开双臂，但是我呜咽着跪倒在他脚前，于是他伸出双手，乞求上天降福于我那个可怜的傻脑瓜。接着他扶起我，亲吻我的面颊。

钟敲了最后一下。

"好了！我要迟到了。"他匆匆地拾掇书和本子说。出门时，他再次回头看我。

"我也有一个兄弟在巴黎，他是神父，是个好人，你可以去见见他……不过，算了！你这样傻乎乎的，肯定会忘记他的地址……"他没有往下说，大步地走下楼梯。道袍飘舞在身后，他右手扶着教士圆帽，左腋下夹着一大沓书和纸……善良的热尔曼神父！在离开以前，我最后一次环顾他的房间，最后一次凝视那个大书柜，那张小桌，那奄奄一息的炉火，我曾坐在上面痛哭的那张椅子，我睡得如此香甜的那张床。这个神秘的生命里拥有如此多的勇气、隐秘的慈善、忠诚和顺从，想到这里，我不禁为自己的懦弱感到脸红，发誓永远不忘记热尔曼神父。

此时，时间在流逝……我得收拾箱子，还债，去驿车订座……

走出房间以前，我看见壁炉角上有好几个黑黝黝的旧烟斗。我拿起最旧、最黑、最短的那一只，像珍贵的纪念品一样将它放进口袋，然后下楼。

在楼下，老体育馆的门仍然半开着。我走过时不禁往里面看了一眼，我看见的景象令我战栗。

在那个阴暗寒冷的大厅里，铁环闪着光，我那根打着活结的紫色领带在穿堂风中摇摇荡荡，下面是被踢翻的凳子。

十三　维奥先生的钥匙

我迈着大步走出学校，对刚才见到的恐怖景象还心有余悸，这时看门人的小屋突然打开，我听见有人在叫我：

"埃塞特先生！埃塞特先生！"

这是巴尔贝特咖啡馆的老板和他尊贵的朋友卡萨涅先生，他们看上去惊慌失措，又几乎很傲慢。

咖啡馆老板最先说话：

"你要走了吧，埃塞特先生？"

"是的，巴尔贝特先生，"我平静地回答，"今天就走。"

巴尔贝特先生跳了起来，卡萨涅先生也跳了起来，但是前者跳得比后者高，因为我欠他的钱比起后者来要多得多。

"怎么！今天就走！"

"今天就走，我这是去驿车订座位的。"

我看他们要跳起来掐我脖子了。

"那我的钱呢？"巴尔贝特问道。

"还有我的？"卡萨涅先生说。

我没有回答，走进看门人的小屋，郑重其事地双手掏出热尔曼神父漂亮的金币，放在桌头数数我欠这两人的钱。

戏剧性突变！那两张眉头紧皱的脸像被施了魔法似的舒展开来……他们将钱装进口袋，为刚才对我表示的担心有点难为情，收回了钱也很高兴,于是极力恭维我,表示惋惜和友情。

“真的,埃塞特先生,你真要离开我们? 呵! 多可惜呀! 对学校是多大的损失呀!”

接着是哦! 啊! 唉! 叹息,握手,抑制住的眼泪……

要是在前一天,我还会相信这些友好的外表,但现在,我对感情问题已经看穿了。

在棚架下的那一刻钟教我认识了人——至少我认为如此——因此这些可恶的小老板越是显得和蔼可亲,就越令我厌恶。于是我打断了他们可笑的感情倾诉,走出学校,急忙去驿车订座,这使人幸福的驿车将载我远离这许多恶棍。

从车站回来,途经巴尔贝特咖啡馆,但我没有进去,这地方令我恶心。不过,出于一种不健康的好奇心,我从玻璃窗往里面看……咖啡馆里全是人,这天有台球大赛①。在烟斗的腾腾烟雾中,挂在衣帽钩上的军帽绒球和皮带闪着光。所有的高贵心灵都在场,只缺剑术教师。

我瞧了一会儿,这些被玻璃反复反射的粗大的红脸膛,杯中的苦艾酒,边沿破损的水瓶,我居然曾经与这堆垃圾为伍,不禁脸红……我又看到小东西在台球边上转来转去记分,买潘趣酒,遭人侮辱,受人蔑视,一天比一天堕落,嘴里还一直叼着烟斗或者哼着军营小调……这个景象比体育馆里紫色领带飘动的景象更使我心惊胆战,于是我逃走了……

我朝学校走去,后面跟着驿车的一个人去扛箱子,这时我看见剑术教师正走上广场,他斜戴着帽子,活泼轻松地一手提着手杖,光亮的漂亮靴子映出他精致的小胡子……我远远地欣赏他,心里想:“多可惜呀! 这么漂亮的人却有着这么卑鄙的灵魂……”他呢,看到我便走了过来,露出十分忠诚的、温柔的微笑,张开强壮的双臂……呵! 棚架!

---

① 即赢家获全部赌注。

“我正在找你呢，”他说，“听说了一个消息，你……”

他骤然停住。我的目光使他的谎话停在嘴边。我面对面地、直直地瞪着他，这个坏蛋肯定从我的眼神中看到了许多东西，因为他突然脸色苍白，结结巴巴地不知所措，但这只是刹那间的事，他立刻又变得神气活现，用像钢一样冰冷和光亮的眼睛盯着我，满不在乎地将手插进衣袋，走开了，一面低声说谁要是不满意可以去找他……

恶棍，去你的吧！

我回到学校时，学生们正在上课。我们上到阁楼。那人扛起我的箱子下楼。我在那间冰冷的房子里还待了几分钟，瞧着光秃秃的肮脏的墙、破败不堪的黑色课桌，还有从窄窗望出去的院里的悬铃木，它高耸的枝梢上覆盖着雪……我内心里向这一切告别。

这时我听见从教室传来雷鸣般的声音，这是热尔曼神父的声音，它温暖了我的心，几滴诚恳的泪珠涌上我的睫毛。

接着我便慢慢下楼，细心观看周围的一切，仿佛想使眼睛带走这个形象，这个我再也见不到的地方的景象。我怀着这种心情走过长长的、有铁栅高窗的走道，黑眼睛正是在这里头一次出现的。天主保佑你，亲爱的黑眼睛！我从装着神秘的双层门的校长办公室前面走过，然后，再走几步，就是维奥先生的办公室……我突然站住了……呵欢乐！呵莫大的乐趣！那串钥匙，可怕的钥匙挂在锁眼里，在风中轻轻摆动。我对这串令人生畏的钥匙看了一会儿，怀着一种宗教恐惧，猛然间，我起了报复的念头。我用亵渎的手，狡诈地将钥匙拔出，藏在我的长礼服下面，三步并两步地下了楼。

中班院子尽头有一口深井。我一口气跑到那里……在这个时刻，院子里空无一人。戴眼镜的巫婆还没有拉开窗帘。一切都有利于我的罪行。于是，我从衣服下面掏出钥匙，曾如此折磨我的可恶的钥匙，用力将它们扔到井里……哐当！哐当！哐当！我听见它们在往下滚，在井壁上弹跳，沉甸甸地落进水里，被水淹没。干完这件罪行后，我微笑着走开了。

我走出学校，在门厅里遇见的最后一个人就是维奥先生，然而这是一反常态的维奥先生，丢了钥匙而六神无主、惶惑不安、四处乱找的维奥先生。他从我身边走过时，焦虑地看了我一会儿。这个恶棍想问我见没见过钥匙，但不敢开口……此时看门人从楼梯高处俯身喊道："维奥先生，没找到！"下面那位钥匙主人低声说："呵！天哪！"于是他又像疯子一样找了起来。

我真愿意继续欣赏这个景象，然而练兵场上响起了驿车的号声，我可不愿意误车。

现在，再见了，这个被烟熏黑的大学校，这一堆旧铁和黑石头；再见了，可恶的孩子们；再见了，凶恶的校规。小东西飞走，再也不会回来了。而你，布夸朗侯爵先生，你该自认走运，我没有给你一剑就走了，而这著名的一剑是在巴尔贝特咖啡馆里与高贵的心灵们一同长期策划的……

上路吧，车夫！吹号吧！可爱的老驿车，快转动你的四轮，用快跑的三匹马将小东西载走……赶快将他载到他的家乡，让他去巴蒂斯特舅舅家吻抱母亲，然后他就去巴黎，尽快与埃塞特（雅克）在拉丁区的房间里见面。

十四　巴蒂斯特舅舅

……埃塞特太太的兄弟，这位巴蒂斯特舅舅可真是个怪人。他很早就娶了一位既吝啬又干瘦的悍妇，整日胆战心惊。这个老小孩的心眼不好也不坏，在世上只爱一件事，就是涂色。四十年来，他生活在调色碟、画笔和颜料之间，整天为带插图的报纸上的图像上色。家里堆满了旧的《插图报》、旧的《嘈声报》、旧的《图画期刊》和地图，这一切都被他涂上了重彩。有时舅母不给他钱买带插图的报刊，在这些物质匮缺的日子里，他甚至给书本上色，这是有过的事。我手里有一本西班牙文语法书，巴蒂斯特舅舅将它从头到尾上了色，形容词是蓝色，名词是粉红色，如此等等。

六个月以来，埃塞特太太不得不生活在这个怪老头和他凶恶的妻子之间。可怜的女人整天待在兄弟房里，坐在他旁边，想方设法当个帮手，擦擦画笔，往调色碟里加水……最难过的是，自从我们破产以后，巴蒂斯特舅舅十分蔑视埃塞特先生，于是可怜的女人被迫从早到晚听见兄弟说："埃塞特不努力！埃塞特不努力！"呵！老笨蛋！他一面给西班牙文语法书上色，一面这样说，瞧那副自以为是的教训人的神气！后来我在生活中常常遇见这种所谓努力的人，他们整天为西班牙文语法书着色，却认为别人不努力。

关于巴蒂斯特舅舅的详情以及埃塞特太太在他家的凄惨生活，我后来才得知。但是，我一到他家，就看出来，不管母亲说了些什么，她并

不快活……我进去时，他们正上桌吃饭。埃塞特太太一见我就跳了起来，而且，你们可以想象得到，她使劲吻抱她的小东西。然而，可怜的母亲显得拘束，言语不多——仍旧是轻柔颤抖的声音——眼睛盯着餐盘。看到她那身太窄的、黑黝黝的裙衣，我真难过。

舅舅和舅母对我很冷淡。舅母惊恐地问我吃过饭没有，我赶紧说吃过了……她松了一口气，刚才在为她的饭菜担心哩。那饭菜也真够瞧的，鹰嘴豆和鳕鱼。

巴蒂斯特舅舅问我是否在度假……我说我离开了学校，去巴黎找哥哥雅克，他为我找了一个好职位。我编这个谎话是免得埃塞特太太为我的前途担心，也为了使舅舅觉得我很努力。

巴蒂斯特舅母听说小东西找到一个好职位，睁开了眼睛说：

“达尼埃尔，你要接你母亲去巴黎……这个可怜的、亲爱的女人为离开自己的孩子感到烦恼，再说，你明白，这也是我们的负担，你舅舅不能总当家里的*奶牛*呀。”

“其实呢，”巴蒂斯特舅舅含着满嘴的食物说，“我就是*奶牛*……”

*奶牛*这个说法使他很高兴，他连续说了好几次，而且极为认真……

像老年人一样，他们吃了很久。母亲吃得很少，和我说了几句话，偷眼瞧瞧我，舅母在监视她。

“瞧你妹妹，”她对丈夫说，“看见达尼埃尔，她高兴得吃不下饭了。昨天她还要了两次面包，今天就只一次。”

呵！亲爱的埃塞特太太！我多想今晚就把您带走，让您摆脱这无情的*奶牛*和他的妻子！可是，唉！我自己也是在漂泊，我的钱只够买我的车票，而且我想雅克的房间容纳不了我们三个人。要是能和您说说话，自由自在地吻抱您，那也好，可是没有！他们不让我们单独待上一分钟……您还记得，一吃过饭，舅父就给西班牙文语法书上色，舅母就擦起银器来，两人都斜着眼睛窥视我们……我们什么也没有交谈，分别的时间就到了。

小东西走出巴蒂斯特舅舅家时，心中十分难过。他独自走在去火车站阴暗的大街上，两三次极其庄严地发誓，从此要像个男子汉，以重建家业为唯一的追求。

下　　篇

一　我的胶鞋

即使我活得像巴蒂斯特舅舅一样久——他此刻大概像中非古老的猴面包树一样老——我也永远忘不了乘三等车头一次去巴黎的情景。

那是二月底，天气还很冷。窗外是灰色的天空、风、雪、光秃的小丘、被水淹没的草场、一长列一长列的死葡萄藤。车内是醉醺醺唱着歌的水手，像死鱼一样张嘴睡觉的肥胖农民，带着草提包的小老太婆，孩子、跳蚤、奶妈，穷人车厢的一切，再加上烟斗味、烧酒味、蒜肠味、霉草味。今天仍然历历在目。

开车时，我坐在角落里，靠近窗户，好看看天空。然而，开出两法里以后，一位军人护士借口要坐在他妻子对面，抢了我的座位，羞涩的小东西不敢抱怨，只好夹在这个浑身亚麻子气味的、讨厌的胖男人和像鼓手长一样高大的香槟女人之间完成这二百法里的旅程，那女人还一直将头歪在肩头打鼾。

旅行继续了两天。在这两天里，我始终在座位上，在两位刽子手中间一动不动，咬着牙，头部僵直。我既无钱又无食品，整个旅程中什么也不吃。两天不吃东西，这太长了！其实我还有四十苏的硬币，但我珍贵地留着它，唯恐到达巴黎时在车站上找不到朋友雅克，因此，尽管很饿，我仍鼓起勇气不碰它。倒霉的是，我周围的人都在车厢里大吃起来。我腿下是一个沉甸甸的鬼食品筐，旁边的那位护士不停地从筐里掏出各种各样的熟肉和妻子分享。离我不到咫尺的这个食品筐使我很难受，特别是第二天。然而这次可怕的旅行使我最难受的还不是饥饿。我从萨尔朗德出来时没有穿皮鞋，只穿着巡查宿舍时的那双薄薄的小胶鞋。胶鞋倒是很漂亮，但这是冬天，在三等车厢……天哪！我真冷！冷得要哭出来！夜里，大家都入睡以后，我轻轻地用两手抱着脚，抱上好几个小时让它们暖和过来。呵！要是埃塞特太太看见了我……

嗯！虽然小东西饥肠辘辘，虽然他冷得流泪，他却很快活，他绝不愿意放弃这个座位，放弃夹在香槟女人和护士之间的这半个座位，因为在这一切痛苦的尽头是雅克，是巴黎。

第二天夜里，大约清晨二点钟，我被突然吵醒。火车刚刚停下，整个车厢都兴奋起来。

我听见护士对他妻子说：

“我们到了。”

“到了哪里?”我揉着眼睛问道。

“当然是巴黎啰!”

我奔向车门。没有房屋，只有光秃秃的田野、几盏路灯，这里那里还有大堆大堆的煤，在那边，在远处，是明亮的红光和像海涛一样朦胧的隆隆声。一个男人手持一盏小灯走过一扇扇车门，喊道：“巴黎！巴黎！拿出票来!”我不禁恐惧地缩回了头。这是巴黎。

呵！凶猛的大城市，小东西畏惧你并非没有道理……

五分钟后，我们进站。雅克在那里已经一个小时了。我老远就看见他稍稍驼背的高高个子，他那双像电线杆一样的长手臂正在栅栏门后面向我打招呼。我一下就跳到他身边。

“雅克！哥哥!”

“呵！亲爱的孩子!”

于是我们两颗心灵紧紧地搂在一起了。可惜车站不是为这种亲热拥抱而设立的。这里有旅客厅、行李厅，但是没有互诉衷肠厅，没有心灵厅。人们推撞我们，从我们身上挤过去。

“不要停留！不要停留！”税务处的人们喊道。

雅克低声对我说：“我们走吧，明天我再派人来取箱子。”于是我们手挽手，像我们的钱包一样轻松地朝拉丁区走去。

后来我常常试图回忆那一夜巴黎给我的精确印象，然而事物和人一样，当我们头一次见到时，它们的外表很特别，但后来就变了。我未能重建我到达时的巴黎。它仿佛是多年以前我幼年时走过的一座雾蒙蒙的城市，后来我再也没有见到它。

我只记得在一条黑黝黝的河上有一座木桥，然后是荒凉无人的河岸以及顺着河岸的一个极大的花园。我们在花园前面停了一会儿，透过铁栅门，隐隐约约能看见茅屋、草坪、小池以及挂着闪亮的霜的树木。

“这是植物园，”雅克说，“这里有许多白熊、猴子、蟒蛇、河马……”

确实，这里有一股猛兽的气味，有时从黑暗中还传出尖叫声和沙哑的咆哮声。

我紧紧靠在哥哥身上，睁大眼睛往铁栅门里看。我夜间到达的这个陌生的巴黎，这个神秘的公园，它们交汇在一起，使我感到恐惧，我仿佛来到一个又黑又大的洞穴，里面全是猛兽，它们向我扑过来。幸亏我不是孤单一人，有雅克在保护我……呵！雅克！雅克！为什么你不总在我身边？

我们又走了很久，很久，黑黑的街道没完没了。突然，雅克在一个小广场上站住了，那里有一座教堂。

“这是圣日尔曼德普雷，”他说，“我们的房间在那上面。”

“怎么！雅克？在钟楼上？”

“就在钟楼上……看钟点是再方便不过。”

雅克有几分夸张。他住在教堂旁边那座房子的六楼或七楼，是一间小小的阁楼间，窗户正对着圣日尔曼教堂的钟楼，正好与钟面一样高。

走进房间时,我高兴地叫了一声。“有火！多幸福呀!”我立刻跑到壁炉前,伸出脚来烤火,连胶鞋可能被烤化也顾不得了。此刻雅克才发现我那双怪鞋,笑了半天。

“亲爱的,”他对我说,“有许多名人当初来巴黎时穿的是木鞋,现在还引以为荣哩。你呀,你将来可以说你是穿着胶鞋来的,那就更独特了。现在你换上拖鞋,我们吃肉酱吧。”

善良的雅克一面说,一面将房角里那张摆满了食品的小桌子推到炉火前。

二 圣尼齐埃教堂神父的推荐信

天哪！在雅克房间的这一晚真是舒服！桌布上倒映出快乐明亮的炉火火光！还有那陈年美酒，它散发出紫罗兰的香味！还有馅饼，多么漂亮的焦黄色馅饼！呵！现在没有人做这种馅饼了，你再也喝不到这种美酒了，可怜的埃塞特！

雅克坐在桌子另一面，正对着我，他给我倒酒。我每次抬头都看见他那像母亲一样温柔的目光在温和地注视我。我呢，我真高兴去到他那里，激动不已地说呀，说呀……

"你吃呀。"雅克往我盘里堆得满满的，一面说道。但我仍然不吃，继续说。于是，为了让我不说话，他也聊了起来，一口气将我们分别一年多以来他做的一切详细讲来，而且在讲述最凄惨的事情时，仍然带着顺从而可爱的微笑。

"你走了以后，家里变得很凄凉。父亲不工作了，整天在店铺里咒骂革命党和骂我是头蠢驴，但这无济于事。每天上午都是拒付的票据，每两天执达员便来一次，每次铃响都使我们心惊肉跳。呵！你走得正是时候。

"这种可怕的生活过了一个月，然后父亲便去布列塔尼一家酿酒公司工作，埃塞特太太去巴蒂斯特舅舅那里。我送他们两人走。你想想，我流了多少眼泪……他们走后，我们可怜的家具全部被卖了，是的，亲爱的，在大街上出卖，就在家门口，就在我眼皮下，唉！真令人难受，眼看着自己的家一片一片地消失。我们家里的一切东西,不管是木头还是织物,都是我们本人的一部分,但人们意识不到。噢!他们抬走衣橱时,你知道,就是镶板上画着玫瑰色的爱神拉提琴的那个衣橱,我真想去追买主,大声呼喊:'抓住他!'你明白吧?

"在所有的家具里,我只留下了一个床垫、一把椅子和一把扫帚。扫帚对我可大有用处,你一会儿就知道了。我将这些宝贝放在朗泰尔街我们家的角落里,因为房租还有两个月才到期,于是我独自一人住在那没有窗帘的、光秃秃的、冷冰冰的大房子里。呵!朋友,那才叫凄惨呢!每晚我下班回来就心中难受,仿佛突然发现自己孤单单地住在四堵高墙之间。我从一个房间走到另一个房间,使劲摔门,好弄出点声音。有时仿佛店铺里有人在叫我,我喊道:'我就来!'我去母亲的房间时,总觉得她还坐在窗前的安乐椅上,正忧愁地织毛线……

"最倒霉的是,蟑螂又出现了。我们刚到里昂时费了那么大的劲去消灭的这些可恶的小虫大概知道你们走了,于是又大举进犯,而且比头一次更可怕。最初我尽力抵抗,每晚都待在厨房里,一手举着蜡烛,一手举着扫帚,像狮子一样战斗,而且总是在哭。可惜我孤独一人,虽然忙得团团转,也做不到阿努那样。再说,蟑螂也是大群大群地来。我相信全里昂的蟑螂——天知道这座潮湿的大城里有多少蟑螂——都动员起来围攻我们那套房子了。厨房里是黑压压一片蟑螂,我只好把厨房让给它们。有时我从锁眼往里看,真是可怕,总有几千亿只蟑螂……你认为那些该死的虫子就待在那里吗?呵!不,你不了解这些北方的家伙。它们到处乱爬。尽管锁着门,它们还是从厨房爬到了我睡觉的饭厅,于是我不得不将床垫搬到店铺,又搬到客厅。你在笑,当时你要在场会是什么模样?

"这些该诅咒的虫子从一间房爬到另一间房,将我一直赶到走廊尽头我们原先的小卧室,让我在那里休息了两三天。然后,一天早上醒来时,我看见有一百多只蟑螂正悄悄地沿着扫帚往上爬,而另一支大军正秩序井然地朝我的床靠拢……我失去了武器,被逼无奈,只能逃跑。我逃跑了,将床垫、椅子、扫帚都让给了蟑螂,离开了朗泰尔街这间可怕的房屋,再也不回去了。

“我在里昂还待了几个月,漫长的、忧郁的、以泪洗面的几个月。办公室的人后来叫我圣玛德莱娜①。我哪里也不去,没有一个朋友。唯一的消遣就是你的来信……呵,达尼埃尔,你讲述事情的方式真有趣!我相信你只要愿意,可以为报纸写稿。你和我不同。我总是在别人口授下写,天长日久,几乎像缝纫机一样呆,自己想不出任何话说。埃塞特先生说:‘雅克,你是头蠢驴。’他不是没有道理的。不过,做驴也不坏。驴是有耐性的好牲口,坚强、勤劳、心地善良、身强力壮……还是言归正传吧。

“你每封信都谈到重建家业,很有说服力,于是我像你一样,为这个伟大的念头而激动。可惜,我在里昂赚的钱勉强维持我的生活,于是我产生了来巴黎的念头。在巴黎我大概有能力更多地帮助家庭,能找到一切必要的办法来重建家业。于是我决定走,不过我采取了预防措施,我不愿意像没有羽毛的麻雀一样落在巴黎的大街上。巴黎对你合适,达尼埃尔,漂亮小伙子是有本事的,而我只是好哭的人!

“因此我去找我们的朋友圣尼齐埃教堂的神父,请他写几封推荐信。他在圣日耳曼区很有些声望。他写了两封信,一封写给伯爵,一封写给公爵。你瞧,我关系弄得不错吧。然后我去裁缝店,裁缝见我外表老实,答应我赊账,先给我做一套漂亮的黑礼服以及配套的坎肩、长裤,等等。我将推荐信放进礼服,将礼服放进皮包就动身了,口袋里只有三个路易:其中三十五法郎付车费,二十五法郎应付等待的日子。

“到巴黎的第二天,早上七点钟我就身着礼服,戴着手套上街了。

① 《圣经·福音书》中悔改的女罪人。俗语“像玛德莱娜一样流泪”意指经常流泪。

我可以告诉你，亲爱的达尼埃尔，我那种做法是极其可笑的。在巴黎，在早上七点钟，所有的黑礼服都躺着或应该躺着哩！可是我不知道，还很得意地在大街上显露我的礼服，踏着新皮鞋橐橐响。我还以为早早出门，就更有机会遇见好运。我又错了。在巴黎，好运是从不早起的。

“于是我口袋里揣着推荐信在圣日耳曼区奔走。

“我先去里尔街的伯爵公馆，接着又去圣纪尧姆街的公爵公馆。在这两处，我都看见仆役们在清洗庭院，擦拭亮锃锃的铜门铃。我对这些无赖说我要见他们的主人，是圣尼齐埃教堂的神父推荐来的，他们对我嗤之以鼻，还往我腿上泼好几桶水……有什么办法呢，亲爱的？这也怪我，因为只有修脚的人才这么早上门，这回我是学到了。

“我了解你，换了你，你是绝不敢再去，绝不敢再去面对那些仆役嘲笑的目光的。可是我哩，当天下午我就坦然地又去了，而且，和上午一样，请仆役们带我去见他们的主人，而且仍然说是圣尼齐埃教堂的神父推荐的。幸亏我很勇敢。这两位先生答应接见，于是我便被引进了公馆。这两个人完全不同，接待也完全不同。里尔街的伯爵对我很冷淡。他那张近乎庄严的、不苟言笑的瘦长脸使我很害怕，说不出多少话来。他呢，几乎没有开口。他看看圣尼齐埃教堂神父的信，将信放进口袋，让我留下地址就冷冰冰地打发我走了，说道：‘我留心你的事。你不用再来了。我要是有什么消息就写信告诉你。’

“这人可真见鬼！我从他那里出来，心里凉了半截。幸好，圣纪尧姆街对我的接待使我感到温暖。公爵是世上最快活、最开朗、最大腹便便、最讨人喜欢的人。他多么爱他亲爱的圣尼齐埃教堂的神父呀！凡是从那里来的人都肯定在圣纪尧姆街受到热情欢迎……呵！多么好的人！多么善良的公爵！我们立刻成了朋友。他送我一撮香柠檬烟草，扯扯我的耳垂，拍拍我的脸颊，允诺地说：

“‘我负责你的事。过不多久我就会找到你需要的工作。在这以前，你随时想来看我就来。’

“我兴高采烈地走了。

“我不愿意冒昧，有两天没有去。第三天我才推开圣纪尧姆街公馆的大门。一个身着金色与蓝色服装的大个子问我的姓名，我得意地说：

“‘是圣尼齐埃教堂神父推荐来的。’

“过了一会儿他回来了：

“‘公爵先生很忙。他请先生原谅，请先生改天再来。’

“你想想，这位可怜的公爵，我怎会不原谅他呢。

“第二天我又在那个时间去了。头天穿蓝衣的那个大个子像南美大鹦鹉一样栖在台阶上。他老远看见我就严肃地说：

“‘公爵先生出门了。’

“‘呵！很好！’我回答说，‘我还会来的。请你告诉他我是圣尼齐埃教堂神父推荐的那个人。’

“第二天我又去了，接下来几天也都去了，但总是无功而返。有一次公爵在洗澡，另一次他在做弥撒，又一次在玩球，又一次有客人。——有客人！这种说法真傲慢无礼。那我呢，我就不算客人？

“最后，我觉得老是说‘圣尼齐埃教堂神父推荐的人’实在太可笑了，因此不敢再说是谁推荐的。但是台阶上那只穿蓝衣服的大鹦鹉每次都不动声色地用严肃的语气喊道：

“‘先生大概就是圣尼齐埃教堂神父推荐的人吧？’

“这话引起了在院子里游荡的蓝鹦鹉们哄堂大笑。这一帮混蛋！我要是能狠狠抽他们几下那多好，代表我自己，而不是代表圣尼齐埃教堂神父！

“我到巴黎差不多十天了。一天晚上，我垂头丧气地从圣纪尧姆街回来——我曾发誓每天都去，直到被赶走——在看门人那里看见了一封短信。你猜是谁写的？伯爵写的，亲爱的，里尔街的伯爵写来的，他要我立即去找他的朋友达克维尔侯爵。他需要一位秘书……你可以想象我是多么高兴！也是多大的教训！我没有寄希望于这个冷淡生硬的人，但却是他在关心我的事，而另外那个如此和蔼、如此好客的人却让我在他台阶上等候了一个星期，而且和圣尼齐埃教堂神父一同受到蓝金两色鹦鹉的放肆嘲笑……这就是生活，亲爱的，在巴黎，人们很快就学会了生活。

“我一分钟也没有耽误，跑到达克维尔侯爵公馆。他是个干枯的小老头，整日动个不停，容易冲动，像蜜蜂一样灵活开朗。你会看到这是一个有趣的家伙。纤细而苍白的贵族面孔，像小木柱一样直直的头发，而且只有一只眼睛。很早以前，他在斗剑中失去了另一只眼睛，但那只好眼睛十分明亮，充满生命力，表情丰富，总在探询，因此不能说侯爵是独眼龙，他只不过将两只眼睛放进一只眼睛里罢了。

“我去到这位古怪的小老头面前，开始说些一般的应酬话，但他断然打住了我，说道：

“‘别说空话了，我不喜欢空话。我们开门见山吧。我在写回忆录，可惜动手太晚了，我开始感到自己年迈，没有时间可以浪费了。我算了一下，如果每时每刻都用上，也还需要三年才能完成这部作品。我今年七十岁，腿脚不灵，但头脑还清楚，我希望再活三年，写完回忆录。不过，我一分钟也没有多余的，但我的秘书就不明白。这个傻瓜——他的确是位聪明的小伙子，我原先很喜欢他——忽发奇想，爱上了女人，并且要结婚。到此为止还没有什么问题，但今天早上他来找我，他要请两天假去办婚事！呵，两天假！一分钟也不给。’

“‘“可是，侯爵先生……”

“‘“别说：可是，侯爵先生……你要是离开两天，就永远离开吧。”

“‘“那我走，侯爵先生。”

“‘“一路顺风！”

“‘于是我那个混蛋就走了……现在我靠你来替代他了，亲爱的小伙子。条件是这样：秘书每早八点钟来我这里，带上午饭。我口授到中午。中午时，秘书独自用餐，因为我从来不吃午饭。秘书的午饭应该吃得很快，然后又开始工作。如果我出门，秘书得陪我，身上带着纸和铅笔。我时时刻刻在口授：乘车、散步、拜访，无时不在口授。秘书和我一同吃晚饭，晚饭后我们重读一遍白天口授的一切。我在八点钟上床，秘书从这时起便自由了，直到第二天早上。每月我付一百法郎，提供晚饭。这算不了什么，但是三年以后，回忆录完成时，我要送一份礼物，凭达克维尔的名字保证，一份很可观的礼物！我要求你的是守时，不结婚，而且能在口授下流利地记录。你会在口授下记录吗？’

“‘呵！再熟练不过了，侯爵先生。’我回答说，真想笑出来。

“真是滑稽，我命中注定，一辈子要在口授下记录……

“‘那好，你坐下，’侯爵接着说，‘这儿是纸和墨水。我们立刻工作，我正讲到第二十四章：《与德维莱尔先生的争执》……’

“于是他开始用蝉鸣般的小声音向我口授，同时从房间的这一头蹦到那一头。

“达尼埃尔，我就是这样进到这个怪人的公馆的，其实他是一个很好的人。到现在为止，我们彼此十分满意。昨天晚上，他听说你要来，让我给你带来这瓶老酒。我们晚餐时天天喝一瓶这种酒，这就是说我们吃得很好。早上我带午饭去，我在绣着纹章的餐桌布上，用穆斯蒂埃产的精细餐盘吃我那不值两文钱的意大利奶酪，你要是看见准会大笑。那位先生这样做，并非出于吝啬，而是免得麻烦老厨师比洛伊先生为我做午饭……总之，我的生活还算愉快。侯爵的回忆录极富教益，关于德卡兹先生和德维莱尔先生，我知道了许多事，将来有一天对我会有用的。晚上八点钟我就自由了。我有时去阅览室看看报，有时去看望我的朋友皮埃罗特……皮埃罗特，你还记得吗？塞文区的皮埃罗特，你知道，妈妈的奶兄弟。今天的皮埃罗特可不是当年的皮埃罗特了，而是堂堂正正的皮埃罗特先生。他在鲑鱼巷里开了一家漂亮的瓷器店。他很喜欢埃塞特太太，因此对我敞开大门。冬天晚上，这可是个去处……不过现在你来了，我不再为晚上犯愁了……你也不用，对吧，兄弟？呵，达尼埃尔，我的达尼埃尔，我多么高兴！我们会很快乐的！”

三　母亲雅克

雅克讲完了他的历险记，现在轮到我了。奄奄一息的火向我们示意："去睡觉吧，孩子们。"蜡烛向我们喊道："上床！上床！我们烧到托盘了！"但这都无济于事，雅克笑着对它们说："不听你们的。"于是我们继续聊天。

你们明白，我讲的事使哥哥很感兴趣。那是小东西在萨尔朗德的生活，读者大概还记得的那段悲惨生活：丑陋凶暴的孩子、迫害、仇恨、侮辱、永远怒气冲天的维奥先生的钥匙、闷得透不过气来的阁楼小间、背叛、夜里的眼泪，还有——雅克心肠好，所以什么都可以对他讲——巴尔贝特咖啡馆里的放荡、与下士们共饮的苦艾酒、债务、放纵，以及最后的自杀和热尔曼神父可怕的预言："你一辈子都是孩子。"

雅克两肘撑在桌子上，双手托着头，一直听完我的忏悔，没有打断我。有时我看见他战栗了一下，说道："可怜的孩子！可怜的孩子！"

我讲完后，他站起来，拉起我的手，用温柔而颤抖的声音说："热尔曼神父说得不错，你知道，达尼埃尔，你是孩子，无法独自面对生活的小孩子，你来我这里寻找庇护是对的。从今天起，你不仅是我兄弟，也是我儿子，既然我们的母亲离这里很远，我来替代她。你愿意吗？达尼埃

尔。你愿意我当母亲雅克吗？你会看到，我不会打扰你的，我只要求拉着你的手与你同行。这样你就可以放心地直面人生，像男子汉一样。生活不会吃掉你。”

我跳起来抱住他的脖子：“呵母亲雅克，你真好！”我俯在他肩头哭了起来，热泪纵横，哭个不停，完全像当年在里昂的雅克。今日的雅克可是再也不哭了，他说蓄水池已经干了。总之，此后无论发生什么事，他从来不哭。

这时，敲了七点钟。玻璃窗发白。苍白的微光寒飕飕地射进室内。

“天亮了，达尼埃尔。”雅克说，“该睡觉了，快睡吧……你需要睡一觉。”

“那你呢，雅克？”

“呵我！我没有在火车上熬两天……再说，去侯爵那里以前，我得去阅览室还几本书，我的时间很紧……你知道达克维尔先生可是不开玩笑的……我今晚八点钟回来……你呢，休息好了可以出去走走，不过我要特别嘱咐你……”

于是母亲雅克便对我这个新到的人做了一大串十分重要的嘱咐。可惜，在他叮嘱的时候，我躺上了床，虽然没有真正地入睡，但脑子已不十分清醒。疲乏、馅饼、眼泪……我已昏昏沉沉……只是蒙眬听见有人在讲附近有家饭馆，我坎肩里有钱，该走过几座桥、几条大街，该向警察问路，圣日耳曼德普雷的钟楼是归家的标志。我半醒半睡，给我印象最深的是圣日耳曼教堂的钟楼。我看见两个，五个，十个圣日耳曼钟楼像路标一样排列在床的四周。在这么多钟楼之间，有一个人在房间里走来走去，拨拨火，拉上窗帘，然后靠近我，往我脚上盖了一件大衣，亲吻我的额头，接着便轻轻走开，门响了一下……

我睡了几个小时，大概可以一直睡到母亲雅克回来，但一阵钟声突然使我惊醒。是萨尔朗德的钟声，可怕的铁钟钟声，它像往日一样：

“叮！当！起床！叮！当！穿衣！”我一下就跳到房间中央，像在宿舍里一样张大嘴要喊：“快点，先生们！”接着，我发现自己是在雅克这里，于是大笑起来，疯癫癫地在房间里蹦跳。附近一家作坊的钟声像萨尔朗德的钟声一样冷漠无情，所以使我误会了，不过学校的钟声更凶恶，更像铁一般坚硬。幸亏那钟声是在二百法里之外，无论它多么响亮，我再也听不见了。

我走到窗前，推开窗。我想象楼下是大班的院子，凄凉的树木和沿墙根走的那个挂钥匙的人……

我推开窗时，四处正在敲正午十二点钟。圣日耳曼教堂的大钟塔开始敲十二下，然后是午祷钟，钟声几乎贴着我耳朵鸣响。沉甸甸的响声每三下成一组，从开着的窗子进入雅克家里，落地时像声音水泡一样裂开，使整个房间都充满了声音。巴黎其他的午祷钟声以不同的音色与圣日耳曼的钟声应答……与此同时，太阳似乎被这许多钟声吸引，一线阳光穿透云彩，洒在因雾气而潮湿的屋顶上。在下面，巴黎在隆隆响，可闻而不可见……我在窗前待了一会儿，瞧着圆顶、尖塔、塔楼在阳光中闪亮，突然，城市的嘈杂声一直传到我这里，我感到一阵莫名其妙的疯狂欲望，要投入这些声音、这些人群、这种生活、这种激情之中，在里面打滚，我欣喜欲狂地对自己说：“去看看巴黎吧！”

四　讨论预算

这一天,不止一位巴黎人晚上回家吃饭时会说:“今天我可遇见了一个古怪的小家伙。”事实是小东西头发太长,长裤太短,他还穿着胶鞋、蓝袜,一副外省打扮,而且像所有的小个子那样走起路来一本正经,肯定显得滑稽可笑。

这恰好是冬末的一天,阳光灿烂,暖洋洋的,在巴黎这种天气比真正的春天还像春天。街上有许多人。熙攘和嘈杂使我有几分晕头转向,我羞涩地沿着墙走,漫无目的。有人推搡我,我说“对不起”,满脸通红。我唯恐显出外省人的土气,因此绝对不在橱窗前停下,绝对不向人问路。我走上一条街,又是一条街,一直往前。有人在看我,使我很不自在。有人走过以后还回头瞧我,有人从我身边走过时眼光里含着嘲笑。有一次,我听见一位女人对另一位女人说:“瞧瞧这家伙。”我很不痛快……最令我难堪的是警察审问的目光。在每一个街口,这种该死的目光就默默地、好奇地盯住我。我走了过去,仍然感到它在远远地追着我,使我的后背发烫。总之,我有点不安。

我就这样走了一个小时,一直走到两旁是细树的大马路,那里人多,车多,十分喧闹,我停了下来,几乎惊慌失措,想道:

“怎样才能离开这里呢?怎样回家呢?如果向人打听圣日耳曼德普雷的钟楼,他们会笑话我的,我就像在复活节那天从罗马回来的迷途的‘大钟’一样。”

为了争取时间来拿定主意，我来到戏剧海报前站住，煞有介事地仿佛在研究晚上演出节目的菜单。可惜的是，海报虽然十分有趣，却没有提供关于圣日耳曼钟楼的任何信息，我可能在那里一直待到末日审判的最后号声，但是母亲雅克突然出现在我身边。他和我一样感到惊奇：

“噫！是你，达尼埃尔？你来这里干什么？老天爷！”

我装出满不在乎的神气说：

“你瞧，我在散步。”

雅克这个好心的小伙子赞赏地瞧着我：

“嚯，他已经成为巴黎人了！”

其实我内心十分高兴看见他，像孩童一样欢欢喜喜地挽着他的臂膀，当年在里昂，埃塞特先生晚上来船上接我们时也是这样。

“我们相遇了，这可真巧！”雅克对我说，“我那位侯爵今天说不出话来，当然无法用手势来口授，所以给我放假，直到明天……我们可以借这个机会到处走走……”

说到这里，他就把我拖着，于是我们紧紧地挨在一起，得意扬扬地一同去逛巴黎。

既然哥哥在我身边，我便不再害怕巴黎了。我扬着头，像轻步兵的号手一样泰然自若，谁敢笑我可得当心。然而，有一件事使我不安。一路上，雅克好几次用可怜的眼神看我，我不敢问为什么。

“你知道，你这双胶鞋很不错。”过了一会儿他才说。

“是吗，雅克？”

“是的，真的很不错……”接着他又笑着说，“不过，等我有了钱，就给你买一双漂亮的皮鞋。”

可怜的、亲爱的雅克！他这样说并无恶意，但这足以使我发窘。于是羞愧之情又全部卷土重来。在这洒满了明亮阳光的大马路上，我感到自己穿着胶鞋实在可笑，尽管雅克就我的鞋子说了许多客气话，我还是想立刻回家。

我们回到家，在火炉边坐下，高高兴兴地聊天，就像檐槽上的两只麻雀……傍晚时分，有人敲门，是侯爵的仆人送来我的箱子。

“很好，”母亲雅克说，“我们来检查一下你的全部衣服。”

可怜哪！我的衣服！

检查开始了。在清点这贫乏的衣物时，我的表情既可怜又可笑。雅克跪在箱子前面，边说边将衣物一件一件拉出来：

“一本字典……一条领带……又是一本字典……噫！一只烟斗……你抽烟……又是一只烟斗……天哪！这么多烟斗！你要是有这么多袜子就好了。还有这本大书，这是什么？呵！呵！惩罚本……布夸朗，五百行……苏贝罗尔，四百行……布夸朗，五百行……布夸朗……布夸朗……真见鬼！你对这个叫布夸朗的人真不手软……不管怎样，再来两三打衬衫就解决问题了……”

正检查到这里，雅克惊呼了一声：

“天哪！达尼埃尔……这是什么？是诗！这是诗！这么说你在写诗！你这个人真是守口如瓶！你信里怎么从来没有提起？你明知道我不是门外汉……我当年也写过诗……你还记得《宗教！宗教！十二节诗！》吗？好吧，抒情先生，我们来看看你的诗！”

“呵！不，雅克，求求你了，不值得一看。”

“诗人都是一样的，”雅克笑着说，“来吧，你坐在那里给我读读诗，不然我就自己念了，你知道我念得很糟糕。”

这番威胁使我不再犹豫，于是我念了起来。

这些诗是我在萨尔朗德学校时，在草原的栗树下看管学生时写的……好诗还是歪诗？我已经记不清了，但要念起来却激动万分！你们想想，这些诗我从未给任何人看过，更何况《宗教！宗教！》的作者并非一般的鉴赏家。要是他嘲笑我呢？不过，我一面念，一面被和谐的韵

律所陶醉，声音更加充满了自信。雅克坐在窗前，不动声色地听。在他身后的地平线上，红红的大太阳正在落山，将玻璃窗染得通红。屋顶边上有一只瘦猫在打呵欠，一面瞧着我们，一面伸懒腰，就像法兰西喜剧院的分红演员①皱着眉头听悲剧一样……我用眼角瞟见了这一切，但没有停下来。

喜出望外的成功！我刚刚念完，雅克就兴高采烈地从座位上站起来，抱住我的脖子说道：

“呵！达尼埃尔！多么美呀！多么美呀！”

我带着几分怀疑地瞧着他：

“是真的，雅克，你认为？”

“妙极了，亲爱的，妙极了……你箱子里装着这么多财宝，可你一句话也没有提起，真是不可思议！”

于是母亲雅克在房里大步走了起来，自言自语，手舞足蹈。他突然站住，神情庄重：

“不要再犹豫了，达尼埃尔，你是诗人，要始终当诗人，在这方面谋生。”

“呵，雅克，这很难……特别是新手，赚不了什么钱。”

“嗨！我赚钱供两个人花，你放心。”

“那家呢，雅克，我们要重建的家呢？”

“家！我负责。我一个人就有能力重建家业。你呢，你为家增光扬名。你想想，父母有了名人之家会多么自豪！”

我又提出了几点不同意见，然而雅克自有回答。何况，老实说，我只是在软弱无力地辩解。兄弟的友爱也开始攫住了我。对诗的信仰在明显地催促我，我感到全身发出了拉马丁式的痒疹……但是，雅克和我在一

① 即不领取固定工资而是参加法兰西喜剧院利润分红的演员。

个问题上完全不一致。雅克要我在三十五岁时进入法兰西学院。我呢，我坚决反对。法兰西学院见鬼去吧！它又老又陈旧！就像埃及金字塔！

“那就更应该进去了，”雅克说，“你可以给马扎兰宫的那些老头子注入一点年轻的血液……再说，埃塞特太太会很高兴的，想想吧！”

我无言以对，埃塞特太太这个名字是无法辩驳的理由，看来是非要穿绿袍①不可了。穿就穿吧！如果同事们使我太厌烦，我就像梅里美一样，永远不去开会。

我们这样讨论时，黑夜来临，圣日耳曼的钟在欢快地敲鸣，仿佛庆祝达尼埃尔·埃塞特进法兰西学院。“我们去吃饭吧。”雅克说，他为与院士在一起而扬扬得意，领我去圣伯努瓦街的一家小饭馆。

这是穷人的小饭馆，最里面的份饭桌是为常客准备的。我们在前面的店里吃饭，周围的人都穿得很破旧，一副饥饿相，静静地刮盘子。“几乎都是作家。”雅克低声告诉我。我不禁对这种事伤感地思考起来，但我不告诉雅克，怕扫他的兴。

晚饭吃得很高兴。达尼埃尔·埃塞特先生（法兰西学院院士）表现得很起劲，胃口更好。吃过饭后，他们赶紧回到塔楼，院士先生骑坐在椅子上抽烟斗，雅克坐在桌前，沉浸在似乎使他十分不安的复杂的数字里。他啃指甲，在椅子上烦躁地摇晃、掐着手指计算，突然，他站了起来，得意地叫道：“太棒了！解决了。”

“什么事，雅克？”

“我制定了预算，亲爱的。这可不是一件简单的事。你想想，每月六十法郎供两个人生活……”

“怎么！六十法郎？我以为你在侯爵那里每月一百法郎呢。”

---

① 指法兰西学院院士的礼服。

"是一百法郎,但我每月抽出四十法郎寄给埃塞特太太准备重建家业……因此只剩下六十法郎了。房租用十五法郎,你瞧这真不贵,不过我得自己铺床。"

"我也可以做到,雅克。"

"不,不,这对院士可不太合适,不过还是谈预算吧……房租十五法郎,煤五法郎——只需五法郎,因为每个月我都亲自去工厂取煤——还剩四十法郎。你的伙食费,就算三十法郎吧。你去我们今晚去的那个小饭馆吃晚饭,免去甜点是十五个苏,你瞧我们还不错吧,你还剩五个苏吃午饭,够了吗?"

"肯定够。"

"还剩下十法郎。洗衣费七法郎……可惜我没有时间,不然我自己去河边……还剩下三法郎,其中三十个苏是我的午饭钱……当然啰,你明白,我每天都在侯爵那里吃一顿美餐,因此午饭不必丰盛,和你不同……最后的三十个苏来付小开销,烟草、邮票及其他的意外开销。这正好是六十法郎……嗯?你瞧这是精打细算吧?"

雅克十分兴奋,在房间里蹦蹦跳跳,突然他停住了,一副沮丧的神气:

"唉!预算得从头来……我忘了些东西。"

"忘了什么?"

"蜡烛……没有蜡烛,你晚上怎么工作呢?这笔开销可少不了,每月至少五法郎……从哪里挖出这五法郎呢?寄家里的钱是神圣不可侵犯的,不论有什么借口……呵!嗯!我有办法了。马上就到三月份了,然后是春天,天气暖和,有太阳。"

"那又怎样呢,雅克?"

"怎样!达尼埃尔,天一暖和就不用买煤了,也就是说把五法郎的煤费变成五法郎的蜡烛费,问题不就解决了……显然,我生来是当财政部长的……你说呢？预算这次是站稳了，我们大概没有忘记任何东西吧……当然还有鞋子和衣服的问题，但我知道该怎么办……每晚八点钟以后我有时间，我可以给一位小商人当记账员。朋友皮埃罗特一定能轻而易举地给我找这样一份工作。”

“呵！是的！这么说，雅克，你和皮埃罗特十分亲密了？你常去吗？”

“是的，经常去。晚上玩玩音乐。”

“噫！皮埃罗特玩乐器。”

“不！不是他，是他女儿。”

“他女儿！他有女儿……嗳！嗳！雅克……皮埃罗特小姐漂亮吗？”

“呵！你一次问得太多了，亲爱的达尼埃尔……改天我再回答你。现在很晚了，我们睡吧。”

我的问题使雅克很窘迫，为了掩饰这一点，他积极地铺起床来，像老姑娘一样仔细。

这是一张单人铁床，就像我们在里昂朗泰尔街两人合睡的那张床一样。

“你还记得吗，雅克，我们在朗泰尔街的那张小床？我们偷偷地看小说，埃塞特先生从他的床上用最粗的嗓门喊道：‘快熄灯，不然我就起来了！’”

雅克记得这情景以及许多别的事。我们一件事一件事地回忆，圣日耳曼教堂敲响了午夜钟声，我们还毫无睡意。

“好吧……晚安。”雅克坚决地说，但五分钟后，我听见他在毯子下面扑哧地笑。

“你在笑什么，雅克？”

“笑米古神父，你知道，唱诗班学校的米古神父……你还记得他吗?”

“当然啰……”

于是我们又笑呀,笑呀,聊呀,聊呀……这一次是我理智地说:

“该睡觉了。”

但不一会儿后,我又闹起来了:

“还有红崽,雅克,工厂的那个红崽……你还记得吗?”

于是又是一阵大笑,没完没了地聊天……

突然,有人在猛烈捶打隔墙,靠我那一侧的、离床很近的隔墙。我们两人面面相觑。

“这是白咕咕……”雅克凑到我耳边说。

“白咕咕? ……它是什么?”

“嘘! 别这么大声……白咕咕是我们的女邻居……她大概在埋怨我们妨碍她睡觉。”

“真的,雅克,这位邻居的名字可真怪……白咕咕! 她年轻吗?”

“你将来可以自己判断,亲爱的。总有一天你会在楼梯上遇见她……不过现在快睡吧……不然白咕咕又该生气了。”

说完,雅克吹灭了蜡烛,于是达尼埃尔·埃塞特先生(法兰西学院院士)便像十岁时那样靠在哥哥肩上睡着了。

五　白咕咕和二楼的女士

在圣日耳曼德普雷广场上，靠教堂的一角，一座楼房最顶层的左侧，有一扇小小的窗户，今天我每次看见它时就心中难过。它就是当年我们的房间的窗子。即使在今天，我从那里走过时，还想象昔日的达尼埃尔仍然在那上面，他正瞧着如今已弯腰驼背的、凄惨的达尼埃尔在街头走过。

呵！圣日耳曼老钟，当我和母亲雅克住在那上面时，你敲过多少美好的钟点……难道你不能再给我敲敲那些充满勇气和青春的时刻吗？那时我多么快活！我由衷地喜欢工作！

早上，我们与曙光一同起床。雅克立即收拾屋子，打水，扫地，整理桌子。我呢，我无权动手。如果我对雅克说："雅克，我能帮帮你吗？"他就会笑起来："别想了，达尼埃尔。那二楼的女士呢？"这几个字是有所影射的，于是我闭上了嘴。

事情是这样的：

我们一起生活的头几天，由我负责下楼去院子里打水。如果换了别的时间，也许我就不敢了，但是清早时整座房子都还在睡觉，提着水罐上下楼梯是不会遇见人的，于我的虚荣心丝毫无损。我一醒来，马马虎虎地披一件衣服就下楼，此刻院子里空无一人。有时有一位身着红上衣的马夫在水泵旁边洗刷马具，这是二楼那位女士的车夫，她是一位十分高雅的、年轻的克里奥尔①人，在这座房子里备受照顾。马夫的在场使我感到拘束。他在那里时我就很难为情，急匆匆地压水，然后提着半罐水上楼。到了楼上以后，我又自觉十分可笑，但是第二天，一见到红上衣在院子里，我又情不自禁地感到拘束……有一天，我运气好避开了那件令人生畏的红上衣，提着满罐水轻快地上楼，但来到二楼时却迎面撞上一位下楼的女士，正是住在二楼的那位女士……

她挺秀而高傲，一面低头看书，一面慢慢下楼，柔软光滑的衣服发出一阵窸窣声。头一眼看去，她显得十分美丽，只是稍显苍白，我特别注意到在她下嘴唇的嘴角里有一个白色小疤。她从我面前走过时，抬起了眼睛。我提着水罐，贴墙站着，羞愧得满脸通红。你们想一想！像送水夫一样被她撞见，头发蓬乱，身上淌着水，露着脖子，半敞着衬衫……这是多么丢人呀！我真想钻进墙里……那位女士正眼瞧了我一会儿，微微一笑，俨然是一位宽宏大量的王后，然后便走过去了……我回到楼上时，气恼不已，将这件事讲给雅克听，他对我的虚荣心大大嘲笑了一番，但是，第二天，他一声不吭地拿起水罐下了楼。自那时起，他每天都下楼，而我呢，尽管惭愧，我还是由他去。我很害怕再次遇见二楼的那位女士。

做完家务后，雅克便去侯爵公馆，我们晚上才能见面。我独自度过一天，与缪斯或我所谓的缪斯单独相处。从早到晚，我开着窗子，从早到晚，我在窗前的桌子上，在这个工作台上编织韵律。一只麻雀间或飞来我的檐槽饮水，大胆地瞧瞧我，然后去告诉别的麻雀我在干什么，于是我听见它们的小爪子踩在石板屋顶上发出清脆的声音……还有圣日耳曼的钟声每天来光顾几次。我很喜欢它们来看我，它们喧闹地从窗口进来，使房间里充满了音乐。时而是将十六分音符投掷过来的欢快

① 安的列斯群岛等地的白种人后裔。

和疯狂的钟声，时而是音符像眼泪一样一一垂落的、凄凉的丧钟。此外还有三经钟，午祷的钟声像披着阳光的大天使一样灿烂夺目地来到我这里，晚祷的钟声像忧愁的六翼天使一样在月光中降下，抖动巨大的翅膀使整个房间发出潮气……

缪斯、麻雀、钟声，此外没有其他客人。有谁会来看我呢？谁也不认识我。在圣伯努瓦街的小饭馆，我总是独自拣一张小桌子坐下，眼睛只看着餐盘，吃得很快，一吃完便悄悄拿起帽子，快步回家。从来不散心，从来不散步，就连卢森堡公园的免费音乐也不去听。这种病态的羞涩是埃塞特太太传给我的，我衣着破旧，仍然穿着未能换掉的那双倒霉的胶鞋，因此羞涩之情有增无减。街道使我害怕，使我局促不安。我永远也不想走下我的塔楼。有时，在巴黎那种美丽而潮湿的春天傍晚，我从小饭馆回来时，遇见一群群兴高采烈的学生，他们戴着高帽，叼着烟斗，领着情妇，手挽手地在街上走，于是我感慨万千……我快步跑上六层楼，点燃蜡烛，狂怒地写了起来，直到雅克回来。

雅克回来后，房间便完全改观了，充满了欢乐、声音和运动。我们唱呀，笑呀，相互询问当天干了什么。“你工作得好吧？”雅克问道，“你的诗有进展吗？”接着他就讲起那位古怪侯爵的某个新发明，并且从衣袋里掏出为我从晚餐甜食中留下来的东西，高兴地看着我大口大口地吃。吃完我又回到加工韵律的工作台上。雅克在房间里转了两三圈，见到我埋头工作便溜走了，一面说：“既然你在工作，我就去*那边*待一会儿。”*那边*是指皮埃罗特家。你们要是没有猜到雅克为什么常常去*那边*待一会儿，那你们可是真傻。我哩，从头一天起我就猜到了，因为他出去以前总是对着镜子梳理头发，而且一而再、再而三地摆弄领带结，但是我装出浑然不知的样子，免得使他难为情，我只是私下笑笑，猜想到某些事……

雅克走了，我的诗，勇往直前吧！此刻没有一丝声音。麻雀、三经钟声，这些朋友都已入睡。我完完全全地独自与缪斯相聚……将近九点钟时，有人在上楼——那是与大楼梯相接的小木楼梯。这是我们的女邻居白咕咕小姐回家了。从此刻起，我便不再工作。思想放肆地进入了她的房间，待在那里不动。这位神秘的白咕咕会是什么模样呢？关于她，我得不到任何信息……每次和雅克谈起，他总是一副诡秘的神气说："怎么……你还没有遇见过这位绝妙的芳邻？"但他从不往下说。我心里想："他不愿意我认识她……她大概是拉丁区的一位女缝纫工吧。"而这个念头使我头脑发热，我想象出一个纯真、年轻、快活的人，总之，一个年轻女工，就连白咕咕这个古怪的名字在我眼中也滋味无穷，就像缪塞特①或老咪咪·班松②这些漂亮的爱称一样。总之，这位邻居是位十分规矩懂事的缪塞特，是南泰尔的缪塞特，她每晚都在同一时刻回家，而且总是独自一人。连着好几天，她回来时我就把耳朵贴在板壁上听，所以才知道她独自一人……我听见的永远是这些声音：最初是拔瓶塞的声音，接着是瓶塞一再拔出又关上，再过了一会儿，扑通一下，一个沉甸甸的身体倒在地上，立刻有一个很细很尖的声音像病弱的蟋蟀一样哼起了一支三个音的曲调，凄惨得叫人落泪。这支曲调还配有歌词，但是我听不清，只听见一些莫名其妙的音节：托洛科托蒂尼昂！托洛科托蒂尼昂！……这几个音节一再重复，仿佛是歌曲中特别强调的叠句。这古怪的音乐持续约一个小时，然后是最后一个托洛科托蒂尼昂，声音突然中止，只听见缓慢而沉重的呼吸声……这一切都使我十分好奇。

一天早上，母亲雅克打完水，急急忙忙地回来，一副神秘兮兮的样

① 法国作家缪尔热（1822—1861）笔下的轻佻而年轻的女人典型。缪塞特作为普通名词，意思是小风笛。

② 法国作家缪塞（1810—1857）笔下的善良可爱、随性所至的年轻而放纵的女人。班松作为普通名词，意思是燕雀。

子，走近我低声说：

“你要是想见见那位芳邻……嘘！她就在那里。”

我一下就跳到楼梯平台上……雅克没有撒谎……白咕咕在她房间里，房门大开，我终于可以仔细看看了……呵！天哪！这只是个幻象。然而是怎样的幻象呀！你们可以想象一下，四壁空空的阁楼，地上有一床草垫，壁炉上有一瓶酒，草垫上方的墙上挂着一个神秘的大马蹄铁，像是圣水缸。在这个狗窝里是一位可怕的黑女人，她瞪着珠色大眼，头发很短，像黑羊身上的毛一样蓬松而鬈曲，身上只穿着一件褪了色的短上衣和一条旧红裙……仅此而已……这就是芳邻白咕咕，我梦中的白咕咕，咪咪·班松和贝尔内雷特①的姐妹的第一次显现……呵，浪漫的外省人，这该成为你的教训！

“怎么样，”雅克见我进来时说道，“怎么样，你看她怎么样……”他没有说完，我那副窘迫的神气使他大笑起来。我也坦然地随他笑了起来，于是我们面对面地大笑，说不出话来。此时，一个大黑脑袋从半开的门里伸了进来又几乎立刻消失了，它喊道：“白人嘲笑黑人，不好。”你们可以猜到，我们笑得更厉害了……

等我们稍稍平静下来，雅克便告诉我，黑女人白咕咕是给二楼那位女士帮工的。这座房子里的人都骂她有点像巫婆，证据是挂在她草垫上方的那块马蹄铁，那是巫教的象征。据说每天晚上，女主人一出门，白咕咕便关在阁楼上喝酒，一直喝到酩酊大醉，然后唱黑人的歌曲，唱到半夜。这就解释了为什么从她房间里传来那许多神秘的声音：开瓶的声音、倒地的声音以及只有三个音的单调歌声。至于托洛科托蒂尼昂，这大概是在好望角黑人中十分流行的拟声词，好比是我们的隆、朗、

---

① 法国作家缪塞的作品《弗雷德里克和贝尔内雷特》中的年轻而轻佻的女人。

拉。黑人中的彼埃尔·杜邦①在所有的黑人歌曲中都使用这些拟声词。

还用说吗？从这一天起，白咕咕这位邻居就不再使我分心了。晚上她上楼时，我的心不再怦怦直跳，我再也不会将耳朵贴在板壁上了……然而，在寂静的夜里，托洛科托蒂尼昂的声音一直传到我桌旁，这凄惨的叠句使我感到一种莫名的惆怅，我仿佛预感到它将在我生活中起的作用……

在此期间，母亲雅克在一家铁器小店里找到一份记账员的工作，每月五十法郎，每晚他从侯爵那里出来就得去那小店。这个可怜的小伙子告诉我这个好消息时半喜半忧。"那你怎么去*那边*呢？"我立刻问道。他噙着泪回答："我星期天去。"从此以后，正如他所说的，只有星期天他才去*那边*，当然，他为此很难受。

母亲雅克如此钟爱的、迷人的*那边*究竟如何呢？我很想去看看，可惜他从来没有说带我去，而我呢，我很傲慢，不会提出这个请求的。再说，穿着我那双胶鞋，我能去哪里呢？然而，一个星期日，雅克正要去皮埃罗特家时，带着几分困惑地问道：

"你不想和我一起去*那边*吗，亲爱的达尼埃尔？你肯定会使他们十分高兴的。"

"你在开玩笑吧，亲爱的……"

"是呀，我知道……皮埃罗特家的客厅容不下诗人……他们都是一堆老家伙……"

"呵！不是为了这个，雅克，只是我没有衣服。"

"好了……我没有想到这一点。"雅克说。

于是他走了，仿佛为有理由不带我去而高兴。

---

① 皮埃尔·杜邦（1821—1870），法国诗人与小曲作家。

他下完楼梯又气喘吁吁地上楼找我，说道："达尼埃尔，你要是有一件像样的礼服，会和我一起去皮埃罗特家吗？"

"为什么不呢？"

"那好！来吧……我给你买必需的一切，然后我们去那边。"

我惊呆地望着他。"现在是月底，我有钱。"他在说服我。我很高兴换身新衣，所以没有注意雅克的激动以及奇怪的语气，后来我才想到这一切。当时我跳起来搂着他的脖子，我们经过罗亚尔宫时，在旧衣店里我换了一身衣服，然后我们去皮埃罗特家。

六　皮埃罗特的故事

皮埃罗特二十岁的时候，如果有人预言有一天他将继承拉卢埃特先生的瓷器生意，他在公证人处将有二十万法郎——皮埃罗特，公证人！——以及在鲑鱼巷拐角上有一间漂亮的店铺，那他一定会大吃一惊。

二十岁的皮埃罗特从未离开过村子。他穿的是塞文山区冷杉木做的大木鞋，一个法文字也不认识，每年靠养蚕赚一百埃居，但他是可靠的伙伴，奥弗涅舞跳得极好，喜欢笑闹吹牛，不过总是规规矩矩，从不做对不起酒店老板的事。皮埃罗特和他同龄的小伙子一样，也有一位亲密的女友，每星期天晚祷结束时，他去教堂接她一同去桑树下跳加沃特舞。这位亲密的女友叫罗贝特，大罗贝特。她是一位漂亮的养蚕女工，芳龄十八，像皮埃罗特一样无父无母，也像他一样贫穷，然而会读会写，这在塞文山区的村子里比嫁妆还珍贵。皮埃罗特为罗贝特而十分得意，准备过了兵役抽签以后就娶她。抽签的那一天到了，这位可怜的塞文人——尽管在抽签以前他将手放到圣水里蘸了三次——抽到第四号……必须服兵役了！他灰心丧气！幸好，曾被他母亲喂奶，可以说哺养的埃塞特太太救了这位奶兄弟一命，借给他两千法郎去买一个替身——当时埃塞特一家还很有钱！因此快活的皮埃罗特没有去服兵役，娶了罗贝特。这两个好人一心想还埃塞特太太的钱，而如果留在家乡他们永远也还不起，于是他们鼓起勇气离乡背井，去到巴黎找机会。

在一年的时间里，这两位山民音信渺无，接着，有一天，埃塞特太太收到一封十分感人的信，签名是“皮埃罗特和妻子”，里面附有三百法郎，是他们的头一批积蓄。第二年又是“皮埃罗特和妻子”的信以及五百法郎。第三年，什么也没有——肯定是生意不好。第四年，第三封“皮埃罗特和妻子”的信，最后的一千二百法郎以及对埃塞特全家的祝愿。可惜我们收到这封信时正全面崩溃，刚刚卖掉工厂，正好离乡背井……埃塞特太太正痛苦万分，因此忘了给“皮埃罗特和妻子”回信，自此我们便没有他们的音信，直到雅克去到巴黎才找到好心的皮埃罗特——唉，没有妻子的皮埃罗特——他已经在从前的拉卢埃特店铺坐柜台了。

命运的这段故事毫无诗意，但感人至深。初到巴黎时，皮埃罗特的妻子果敢地给人当女佣……她干的头一家恰巧是拉卢埃特家，这家人是富有但吝啬和古怪的生意人，他们从来不雇用伙计或女仆，因为一切都应该亲自动手（“先生，在五十岁以前，一直是我亲自缝制我的短裤。”拉卢埃特老爹骄傲地说），后来年纪大了，才极其奢侈地请了一位收拾屋子的女佣，每月十二法郎。天知道这十二法郎可不是容易赚的！店铺的前堂、后堂、五楼的套间，每早还要为厨房装满两大桶水！只有塞文山区来的女人才肯接受这种条件，不过无所谓！这位山村女人年纪很轻，身体灵活，吃苦耐劳，腰身粗壮得像头小母牛，再说她总是笑吟吟地面对两位老人，这微笑本身就值十二三法郎了……这位勇敢的山村女人总是高高兴兴，勤奋工作，终于赢得了主人的欢心。主人开始对她感兴趣，让她讲讲身世，最后，有一天，老拉卢埃特主动提出——最冷酷的人间或也会突如其来地大发善心的——借一点钱给皮埃罗特，让他按自己的意思做生意。

皮埃罗特的打算是这样的，他买了一匹小马和一辆车，从巴黎这一头走到那一头，沿街声嘶力竭地叫喊：“收旧货喽！”这位狡猾的塞文人不是卖东西，而是买东西……买什么呢？什么都买。破罐罐、旧铁器、废纸片、碎瓶子、不值得一卖的破旧家具，商人不屑一顾的旧饰带，所有那些一文不值的东西，人们将它们留在家中只是出于习惯，未加注意，也不知该如何处理，总之，一切毫无用处、碍手碍脚的东西！皮埃罗特什么都要，什么都买下来，至少什么都接受，因为人们往往不问他要钱，而是白给他，扔掉无用的东西。收旧货喽！

这位塞文人在蒙马特街区是颇得人心的。流动小贩们在喧嚣的街头都极力以吆喝声招揽，他也一样，采用一种独特而古怪的声调，主妇们都熟悉他的喊声……首先是声嘶力竭的"收旧货喽！"接着他便用缓慢而哀伤的调子不停地对小马说话，对被他称作阿纳斯塔吉尔的马说话，他还以为自己说的是"阿纳斯塔西"。"来吧，来，阿纳斯塔吉尔，来，我的孩子……"于是，顺从的阿纳斯塔吉尔便低着头，神色忧郁地沿着人行道走在他身后，于是从每座房屋里都发出喊声："喂！喂！阿纳斯塔吉尔……"小车装满了，真是装得满满的，于是，阿纳斯塔吉尔和皮埃罗特便去蒙马特将车上的货卸给一位整批进货的旧货商，这些未花一分钱或几乎仅花一分钱就收来的旧货确实换来了钱。

皮埃罗特靠这个奇怪的行当发不了财，但维持了生计，而且绰绰有余。第一年他就还清了拉卢埃特夫妇的钱，而且给小姐寄去了三百法郎——埃塞特太太还是少女时，皮埃罗特就称呼她为小姐，后来他也一直未改这个称呼。第三年不太顺利，那正是一八三〇年。皮埃罗特尽管喊："收旧货喽！"巴黎人却充耳不闻，因为他们正忙于清除一位碍手碍脚的旧国王，于是这位塞文人在街头白白地声嘶力竭地大叫，每晚回家时小车仍是空空如也。最倒霉的是，阿纳斯塔吉尔死了。这时，开始感到力不从心的拉卢埃特老夫妇建议皮埃罗特进他们的店铺当伙计。皮埃罗特答应了，但是在这个低微的职位上并没有待多久。自从来到巴黎，他妻子每晚教他读书写字，他已学会写信，法文表达得相当清楚。

进入拉卢埃特的店铺以后，他更加努力，上成人班学习计算，成绩很好，因此几个月以后，他就能够替代几乎失明的拉卢埃特先生管账，也能替代腿脚不便、力不从心的拉卢埃特太太招待顾客了。就在这时，皮埃罗特小姐出世了，从此，这位塞文人便交上了好运。最初他只是介入了拉卢埃特夫妇的买卖，后来却成为他们的合伙人，最后，有一天，双目完全失明的拉卢埃特老爹退出了生意，将店铺盘给皮埃罗特，皮埃罗特按年付给本息。这位塞文人单独拥有店铺以后，生意十分兴隆，三年就付清了欠拉卢埃特的债款，解除了一切债务，成为这家商品丰富、经营有方的店铺的主人……正在这时，大罗贝特因劳累过度而病逝，仿佛她正是等丈夫不再需要她的这个时刻才撒手归天的。

这便是皮埃罗特的故事，那天傍晚我们去鲑鱼巷时雅克讲给我听的，那段路很长——我们走的是最长的路，好让我向巴黎人炫耀我那件新礼服——因此，在抵达塞文人的家以前，我就完全认识了他。我知道善良的皮埃罗特有两个不容触碰的偶像！他的女儿和拉卢埃特先生。我也知道皮埃罗特有点爱唠叨、喋喋不休，因为他说话时慢慢吞吞、咬文嚼字、结结巴巴，每三句话就得说："怎么说呢……"这是因为我们这位塞文人至今还不习惯我们的语言。他是以朗格多克的方言思维的，因此说话时必须一步步将方言变为法语，一再重复的"怎么说呢……"使他有时间在开口以前完成这项小小的工作。雅克说得对，皮埃罗特不是在讲话，而是在翻译……至于皮埃罗特小姐呢，我所知道的一切只是她芳龄二八，名叫卡米耶，仅此而已。雅克在这一点上守口如瓶。

我们走进拉卢埃特的老店时已经九点钟了。店铺正要关门。店门半掩着，门前人行道上摆着一大堆关门用的东西，螺栓啦、门板啦、铁杠啦……煤气灯已经灭了，整个店铺黑蒙蒙的，只有柜台上放着的那盏瓷器灯照着几堆钱币和一张笑吟吟的大红脸。在店铺的后厅里，有人在吹笛子。

"你好,皮埃罗特,"雅克神气活现地来到柜台前大声说(我站在他旁边,被灯光照着),"你好,皮埃罗特。"

正在算账的皮埃罗特听见雅克的声音便抬起了头。他看见我便惊呼了一声,双手合掌,张着嘴、惊呆地看着我。

"怎么样?"雅克得意地说,"我没说错吧?"

"呵！天啊！天啊!"善良的皮埃罗特喃喃说,"我好像……怎么说呢……我好像又看见了她。"

"特别是眼睛,"雅克又说,"你瞧瞧他的眼睛,皮埃罗特。"

"还有下巴,雅克先生,带小窝的下巴。"皮埃罗特答道,他摘下了灯罩,好更仔细地端详我。

我哩,我不明白是怎么回事。这两个人都瞧着我,相互眨着眼睛示意……皮埃罗特突然站了起来,走出柜台,张开双臂朝我走来:

"请允许我,达尼埃尔先生,我得拥抱你……这么说吧……就好比是拥抱小姐。"

这最后一句话说明了一切。我那时长得很像埃塞特太太,皮埃罗特有二十五年没有看见小姐了,因此觉得我惊人地像母亲。这个好人满眼含泪,一面笑,一面不停地与我紧紧握手,拥抱我,端详我。接着他便谈起了我们的母亲,谈起了那两千法郎,谈起了他的罗贝特！他的卡米耶,他的阿纳斯塔吉尔,啰啰唆唆,没完没了,要不是雅克不耐烦地说:"你的账呢,皮埃罗特?"那我们还会一直站在店铺里——怎么说呢——一直洗耳恭听。

皮埃罗特猛然停下,刚才说了这么多话,有几分不好意思:

"你说得对,雅克先生,我在闲聊……闲聊……再说小姑娘……怎么说呢……小姑娘会责备我上楼太晚的。"

"卡米耶在楼上吗?"雅克装出若无其事的样子问道。

"是的……是的,雅克先生……小姑娘在楼上……正等得不耐烦呢……怎么说呢……正焦急地等待与达尼埃尔先生见面呢。你们上去看她吧……我算完账就来找你们……怎么说呢。”

雅克没有往下听，拉起我的手臂往店铺最里面，往有笛声的地方走……皮埃罗特的店铺很大，货架都是满满的。商品在幽暗中闪着光，这里有长颈大肚玻璃瓶、乳白色球形玻璃罩、黄褐色的波西米亚玻璃杯、独脚大水晶盘、圆鼓肚的大汤碗，左右两侧还有一沓沓盘子，一直堆到天花板，这真是瓷器仙境的夜景。店铺后间里点着一盏拧得小小的煤气灯，有气无力地露出一小截灯芯……我们迅速穿过。在一张沙发床上坐着一位高大的金发青年，他正在忧郁地吹笛子。雅克从他身边走过时，冷冷地对他说了声“你好”，这位金发青年以两声笛音作答，笛声也很冷淡——嘀，嘀——这大概是相互怨恨的笛子的致意方式吧。

“这是伙计，”我们上楼时雅克对我说，“这位金发小伙子总是吹笛子，让我们烦透了……你，达尼埃尔，你也喜欢笛子吗？”

我真想问他：“那小姑娘呢，她喜欢笛子吗？”但我害怕使他难过，因此十分严肃地回答说：“不，雅克，我不喜欢笛子。”

皮埃罗特的住所和店铺都在同一座楼里，住所在五楼。卡米耶小姐身份高贵，从不在店铺露面，总是待在楼上，只是在吃饭时才见到父亲。“呵，你瞧吧，”上楼时雅克对我说，“这完全像个阔公馆……卡米耶由一位女伴相陪，就是特里布太太，她寸步不离卡米耶……我不知道这位特里布太太是从哪里来的，但是皮埃罗特了解她，说她是位品德高尚的太太……按铃吧，达尼埃尔，我们到了！”我按铃，一位戴着大帽子的塞文女人给我们开了门，像对老熟人一样对雅克微笑，并且将我们领进客厅。

我们进去时，皮埃罗特小姐正在弹琴。两位稍稍肥胖的老妇人，拉卢埃特太太和品德高尚的特里布寡妇正坐在房角里玩牌。大家一见我们便都站了起来。在片刻的慌乱和骚动以后，我们相互致意和介绍了一番，接着雅克便请卡米耶——他直呼卡米耶——继续弹琴，那位品德高尚的太太也借此机会继续和拉卢埃特太太玩牌……雅克和我，我们坐了下来，分别坐在皮埃罗特小姐的两侧，她呢，一面用纤细的手指在琴键上跳动，一面与我们谈谈笑笑。她说话的时候，我瞧着她。她并不漂亮。白中泛红，小小的耳朵、细细的头发，但脸颊太胖，过于壮实，而且双手红红的，像度假的寄宿生一样显出淡淡的风雅，她的确是皮埃罗特的女儿，是在鲑鱼巷的温室里长大的山花。

至少这是我的最初印象。我对皮埃罗特小姐说了一句话，她突然抬起一直低垂的眼睛瞧着我，而且，仿佛出现了魔法，这个小市民消失了，我眼前只看见她的眼睛，一双闪亮的大黑眼睛，我立刻认出了它们……

呵奇迹！这是同一双黑眼睛，从前在老学校冰冷的四堵墙间它们曾经对我温柔地闪烁，这就是医务所的那双黑眼睛，戴眼镜的妖婆监视下的那双黑眼睛，总之是黑眼睛……我好像在做梦。我真想对它们喊道："漂亮的黑眼睛，是你吗？我在另一张面孔上又重新见到了你？"你们知道那的确是黑眼睛！不可能弄错。同样的睫毛，同样的闪光，同样被克制的黑火焰。世界上居然会有两双同样的黑眼睛，多么荒唐！然而这的确是真正的黑眼睛而不是与它们相似的黑眼睛，证据就是它们认出了我，而且我们将继续从前默默的愉快交谈，但正在此刻，我听见离我很近的地方，几乎就在我耳旁，有老鼠在嘎嘎地咬东西。这声音使我转过头来，于是我看见在钢琴角旁的沙发上坐着一个人，只是刚才我未加注意……这是一位干瘦老头，面色苍白，身材不矮但头部很小，塌脑门，尖鼻子，一双毫无生气的圆眼睛与鼻子相距太远，几乎长在太阳穴上……他手里拿着一块糖，时不时地啄一啄，要不是这样，我真以为他睡着了。突然见到这个老幽灵，我感到几分慌乱，向他深深一鞠躬，他没有还礼……"他没有看见你，"雅克对我说，"……他是瞎子……他就是拉卢埃特老爹……"

“这个姓对他可合适①……”我暗自想。我不愿再看这个长着鸟一般的小脑袋的、令人厌恶的老头，便赶紧转头去看黑眼睛，但是，唉！魔法已消失，黑眼睛不复存在。取而代之的是僵僵坐在钢琴前椅子上的一位小市民……

此时客厅的门打开了，皮埃罗特喧闹地走了进来，身后是那位挟着笛子的笛子手。雅克一见，便用足以击毙一头牛的摧毁性眼神盯着他，但未能击倒他，因为笛子手纹丝不动。

“怎么样，小姑娘！”塞文人一面亲吻女儿的两颊，一面说道，“你满意了吧？他把达尼埃尔给你领来了……你觉得他怎么样？很好，是吧？怎么说呢……简直和小姐长得一样。”于是好心的皮埃罗特又重演在店铺里的那场戏，强拉我到客厅中央，让大家看看小姐的眼睛、小姐的鼻子、小姐带小窝的下巴……这番展示使我十分狼狈。拉卢埃特太太和那位品德高尚的女伴不再打牌了，在安乐椅上仰着身子，沉着冷静地端详我，大声地赞扬或批评我身上的某个部件，仿佛我是在瓦莱市场上出售的童子鸡。私下说一句，那位品德高尚的太太似乎对小家禽十分在行。

幸亏雅克结束了我的折磨，他请皮埃罗特小姐给我们弹点什么。“对了，咱们演奏点什么吧。”笛子手举着笛子奔过来，急急忙忙地说。雅克喊道：“不……不……不要二重奏，不要笛子。”这句话使笛子手用那双浅蓝眼睛盯着他，那眼神好像是加勒比人的毒箭，但雅克泰然自若地继续高声说：“不要笛子……”他终于胜利了，皮埃罗特小姐单独给我们弹奏了被称作《罗丝兰幻想曲》的有名的颤音片段……在她弹奏时，皮埃罗特一直在赞赏不已地流泪，雅克如痴如醉，笛子手嘴里叼着笛子，默默无声，用肩膀打着拍子，在内心里吹奏。

---

① Lalouette这个姓令人想起几乎完全同音的alouette（鸟、云雀）。

曲子一弹完，皮埃罗特小姐便转过身，低头对我说："你呢，达尼埃尔先生，我们不能听听你的诗吗？……你是诗人，这我知道。""而且是优秀的诗人。"雅克，多嘴的雅克接着说。我哩，为这些门外汉朗诵诗句，我可是毫无兴趣，要是黑眼睛在场还犹有可说，然而，不在，黑眼睛在一个小时前就消失了，我在四下寻找它们，但也枉然……于是我用毫不在乎的语气对皮埃罗特小姐说："对不起，今晚不行，小姐，我没有带竖琴。①"

"别忘了下次带竖琴。"好心的皮埃罗特没有理解这个隐喻。这个可怜人真以为我有一把竖琴，以为我弹竖琴就像他的店员吹笛子一样……呵！雅克的确预先告诉过我，说带我去的是一个奇怪的世界。

将近十一时，我们喝茶。皮埃罗特小姐在客厅里走来走去，为我们送糖倒奶，满脸微笑，翘着小拇指。正是在这时我又看见了黑眼睛。它们突然显现在我眼前，明亮而亲切，随即再次消失，我来不及和它们说话……这时我才发现一件事，即在皮埃罗特小姐身上存在着两个完全不同的人：首先是在拉卢埃特老屋里端坐中央的、头发紧贴着两鬓的小市民皮埃罗特小姐，其次是黑眼睛，充满诗意的大眼，它们像柔软花朵一样绽开，一出现就使这个可笑而粗俗的家完全改观。皮埃罗特小姐，我是无论如何也不要的，至于黑眼睛……呵！黑眼睛……

告辞的时刻终于到了。拉卢埃特太太发出了信号。她用一床苏格兰大毯子裹住丈夫，将他挟在腋下，仿佛这是四周垂着细带子的老木乃伊。他们走后，皮埃罗特还留我们在楼梯口待了很久，他没完没了地说："呵！嗯，达尼埃尔先生，现在你认识我们这个家了，希望你常来。我们从来没有社交人士，但这里的人总是很有品位的……怎么说呢……首先是我从前的老板拉卢埃特先生和太太，其次是品德高尚的

---

① 委婉的说法，即"我没有诗兴"。

特里布太太,你可以和她聊天,然后是我的店员,他是好小伙子,有时为我们吹笛子……怎么说呢……你们两人将来可以演二重奏。那就太好了。”

我怯怯地说自己很忙,也许不能像我希望的那样常去拜访。

他笑了起来:“算了吧!你说忙,达尼埃尔先生……我们知道你们这些住拉丁区的人在忙什么……怎么说呢……那里大概有某位轻佻小妞吧……”

“事实是,”雅克也笑着说,“白咕咕小姐……很迷人。”

白咕咕这个名字使皮埃罗特大笑不已。

“你说什么,雅克先生……白咕咕!她叫白咕咕……哈!哈!哈!你瞧瞧这小子……在他这个年龄。”他发现女儿在听,便猛然停住。但是我们来到楼下时还能听见他的大笑声,连楼梯扶手都在颤动……

“嗯,你觉得他怎么样?”我们一来到街上雅克便问我。

“亲爱的,拉卢埃特先生很丑,但皮埃罗特小姐却很可爱。”

“是吧?”这位可怜情人的反应之迅速使我不禁笑了起来。

“算了,雅克,你已经暴露了秘密。”我拉起他的手说道。

这天晚上我们沿着河走了很久。安静的、黑黑的河水在我们脚下流过,宛如几千颗小小的星珠。大船的缆绳在响动。在黑暗中慢步走走,听雅克谈论爱情,这使我很高兴……雅克在全身心地爱着,但对方不爱他,他很清楚对方不爱他。

“那么,雅克,她大概另有所爱。”

“不,达尼埃尔,今晚以前,我看她不爱任何人。”

“今晚以前,雅克,这是什么意思?”

“当然啰!谁都爱你,你,达尼埃尔……所以她也很可能爱上你。”

可怜的、亲爱的雅克!他说这话时神情多么忧愁,多么无奈!为了使他放心,我放声大笑起来,声音比我想的还高。

“见鬼！亲爱的，你真是……这么说我这人是无法抗拒的，或者说皮埃罗特小姐真是一见就钟情……不，你放心，雅克母亲。皮埃罗特小姐离我的心相距万里，我离她也相距万里，你不用害怕我，我保证。”

这番话是我的由衷之言，对我来说，皮埃罗特小姐是不存在的……至于黑眼睛，那就另当别论了。

七　红玫瑰和黑眼睛

在这第一次访问拉卢埃特老屋以后，在一段时间里我没有再去那边。雅克哩，每星期日仍然忠贞不渝地去朝拜，而且每次都想出一些充满魅力的新领结花式……雅克的领结简直是整整一部诗，热情而含蓄的爱情诗，就像东方人表示不同含意的花束，昔日的阿拉伯宫廷诗用以表达不同情感的、献给钟爱的女人的象征性花朵。

如果我是女人，雅克那千变万化的领结一定比开口求爱更使我激动。然而，你们要我说老实话吗？女人对此一窍不通……每个星期天，这位可怜的恋人动身前一定要对我说："我去那边了，达尼埃尔……你去吗？"我一成不变地回答："不，谢谢，雅克，我要工作……"于是他赶紧走了，我独自留下，孤独一人，埋头推敲韵脚。

我是拿定主意，认真地拿定主意不再去皮埃罗特家了。我害怕黑眼睛。我对自己说："要是你再看见黑眼睛，你就完了。"于是我坚持不再去见它们……因为黑眼睛这个大魔鬼始终萦绕在我脑际。它们无处不在。我工作时、睡觉时都无时不想着它们。我所有的本子上都有用羽笔画的睫毛长长的大眼睛。真是摆脱不开的顽念。

呵！母亲雅克戴着新奇的花结，眼里闪着快活的光，蹦跳着去鲑鱼巷时，天知道我多么想三步并作两步跟他下楼，对他喊道："等等我！"可是我没有这样做！我内心深处有某个声音在警告我，不能去那边，我鼓起勇气继续写作……不，谢谢，雅克，我要工作。

这种情形持续了一段时间。靠着缪斯诗神的帮助，最终我肯定能将黑眼睛从我的头脑里赶出去。可惜，出于不慎，我又与它们见了一次。这下就完了。我的头，我的心，一切都陷进去了。事情是这样的：

自从那次在河边向我敞开心扉以后，雅克再没有提过他的爱情，但我从他的神气上可以看出事情并不如他所愿……星期天，他从皮埃罗特家回来时，总是郁郁寡欢。夜里，我听见他在叹气，叹气……我要是问他："你怎么了，雅克？"他就粗声粗气地说："没事。"但他的音调告诉我他有点什么事。平时他十分和气，很有耐心，而现在他对我总有几分恼怒。有时他瞧着我，仿佛我们在生气。你们想想，我当然猜到他大概在爱情上遇到什么大麻烦了，但见他一直闭口不谈，我也不敢再提。有一个星期天，他回家时比平时更闷闷不乐，我想问个究竟：

"雅克，你怎么了？"我拉起他的手说，"事情不顺利，在那边？"

"嗯，不顺……不顺……"可怜的小伙子垂头丧气地回答。

"可到底是怎么回事？皮埃罗特发现什么了？他要阻止你们相爱？"

"啊不！达尼埃尔，不是皮埃罗特阻止我们……是她不爱我，她永远也不会爱我。"

"真是傻话，雅克！你怎么知道她永远不会爱你……你向她表白爱情了吗？没有吧……那么……"

"被她爱上的人并没有表白，他不用表白就得到了爱情……"

"是吗……雅克，你认为是笛子手？"

雅克似乎没有听见我的问题。

"被她爱上的人并没有表白。"雅克又说了一次。

我未能了解得更多。

这一夜我们在圣日耳曼钟楼上睡不安稳。

雅克几乎整夜都站在窗前看星星，不停地叹气。我哩，我心里想：

"也许我可以去那边,到现场去看看……雅克可能弄错了。皮埃罗特小姐大概没有明白这些花结样式包含了怎样的爱情……既然雅克不敢表白爱情,也许我该代他表白……对,没错,我去一趟,和那位目光短浅的姑娘谈谈,然后再看看。"

第二天,我没有告诉母亲雅克就将这个美好计划付诸实行了。上天做证,我去时并没有任何私下的打算。我去是为了雅克,完全为了雅克……然而当我来到鲑鱼巷拐角,看见铺面上有"瓷器与水晶"几个绿色大字的拉卢埃特老店时,心跳微微加速,这本来应该提醒我注意……我走了进去,店里没有人。笛子手在最里边用餐。即使吃饭,他的乐器也放在身旁的桌布上。"卡米耶怎么会在这个活动笛子和我的母亲雅克之间犹豫不决呢,这绝不可能……"我一边上楼一边想,"总之,我们瞧瞧吧……"

皮埃罗特和女儿以及品德高尚的女伴正在吃饭。幸运的是,黑眼睛并不在场。我进去时,主人惊喜地叫了起来。"他总算来了!"好心的皮埃罗特用雷鸣般的声音喊道,"……怎么说呢……他和我们一同喝咖啡。"他们给我让座。品德高尚的太太为我取来一只镶着金花的漂亮的咖啡杯,于是我在皮埃罗特小姐身边坐下……

皮埃罗特小姐那天很可爱。她在耳朵上方的头发里——今天人们不再在这个地方——插了一小朵红玫瑰,很红很红的玫瑰……这是我私下对你们说,我想当时那小朵红玫瑰具有魔力,它使目光短浅的姑娘变美了。皮埃罗特热情地大声笑着说:"啊,达尼埃尔先生,这么说这就完了,你不愿意再来看我们了……"我一再道歉,谈到我的文学工作。"是的,是的,我了解拉丁区……"这位塞文山区的人说着笑了起来,越笑越凶,一面用会意的眼光瞧着轻声干咳的、品德高尚的太太,一面用脚在桌子下面踢我。对这些老实人来说,拉丁区意味着狂饮、音乐、假面具、爆竹、胡闹、疯狂的夜晚等等,等等。呵,我要是向他们讲述在圣日耳曼钟楼上的隐居生活,一定会叫他们大吃一惊。不过,你们知

道，年轻人并不因为被视作行为不检而生气的。我用一种谦卑的神气来对待皮埃罗特的责难，只是有气无力地辩解说："啊不，啊不，我向你保证……事情并非如你想象的。"雅克要是看见我，会捧腹大笑的。

我们快喝完咖啡时，庭院里传来轻微的笛声，这表示店铺在呼唤他。他刚一走，品德高尚的太太便去配膳室和厨娘玩五百分了。私下对你们说吧，我认为这位太太的最大本领在于纸牌玩得十分巧妙……

现在只剩下我和小朵红玫瑰单独相处了，我想道："机会来了！"我正要说出雅克的名字，皮埃罗特小姐却抢到了我前面。她眼睛不看我，突然低声说："是白咕咕小姐使你没来看望朋友的吧?"我最初以为她在笑，可是不，她哪里在笑！她甚至显得很激动，两颊通红，胸衣在急剧地起伏。肯定有人在她面前谈起过白咕咕，于是她就胡思乱想一些莫须有的事。我本可以用一句话就向她说清的，但是一种莫名其妙的虚荣心阻止了我……她见我不回答，便朝我转过头来，抬起一直低垂的睫毛长长的眼睛看着我……我在撒谎，看我的不是她，而是黑眼睛，噙着眼泪、满含温柔责备的黑眼睛。呵！亲爱的黑眼睛，我心灵的欢乐！

这只是昙花一现。长长的睫毛几乎马上又垂下了，黑眼睛已无踪影，我身边只有皮埃罗特小姐。赶快，赶快，抢在黑眼睛再次出现以前，我谈起了雅克。我先讲雅克是如何善良、忠诚、勇敢和慷慨。我描述他那永不懈怠的献身精神，他那时时流露的母爱，值得让真正的母亲感到嫉妒。是雅克供我吃饭穿衣，是他供给我的生活，天知道他为此付出了多少劳动，又多么节衣缩食。要是没有他，我至今仍在那边，在萨尔朗德那座黑监狱里，我曾在那里受过多大、多大的痛苦……

皮埃罗特小姐听到这里似乎被感动了，一滴大泪珠沿着面颊滚了下来。我确实相信这是为了雅克，于是心里想："干吧，干得不错。"我更加发挥我的口才。我谈到雅克的忧郁以及使他苦恼万分的深沉而神秘的爱情。呵！那个女人真有天大的福气……

这时，皮埃罗特小姐头发上的小玫瑰花不知怎样滑了下来，而且正掉在我脚前。正好我在想用什么微妙的办法让年轻的卡米耶明白她正是雅克所爱上的、有天大福气的女人，掉落下来的小红玫瑰花给我提供了机会。

我不是说过这朵小红玫瑰花具有魔力吗？我敏捷地拾了起来，但没有还给她。

我露出机智的微笑对皮埃罗特小姐说："这花是你送给雅克的。"

"送给雅克，你要是愿意的话。"皮埃罗特小姐叹了口气回答说。然而，与此同时，黑眼睛又出现了，温柔地盯着我，仿佛在说："不！不给雅克，给你！"你们没有看见，黑眼睛说这话时是多么热切而坦率，带着多么委婉而无法抑制的热情！然而我仍在犹豫，于是它们不得不连续重复两三遍："是的……给你……给你。"于是我吻吻小红玫瑰，将它放在胸前。

这天晚上，雅克回来时，我仍像往常一样伏在桌上写诗，让他以为我一天都没有出门。不巧的是，当我脱衣服时，藏在胸前的那朵小红玫瑰滚到了床前的地上，这些魔力是很调皮的。雅克看见了玫瑰，拾了起来，久久地看着它。我不知道当时谁更红，是红玫瑰还是我。

"我认得，"他说，"这是那边客厅窗台上玫瑰树上的花。"

然后他将花还给我，说道：

"她可从来没有给过我。"

他如此忧愁，我不禁眼泪盈眶：

"雅克，雅克我的朋友，我发誓在今晚以前……"

他温和地打断我说："不必道歉，达尼埃尔，我知道你没有做任何背叛我的事……我早就知道，早就知道她爱的是你。你还记得我对你说过：被她爱上的人没有表白，他不用表白就得到了爱情。"说到这里，可怜的小伙子在房间里踱来踱去。我哩，一动不动，手里拿着红玫瑰，瞧着他。过了一会儿，他接着说："该发生的事总会发生。我早就预见到了这一切。我早就知道，她要是见到了你，就永远不会要我……所以我一直没带你去那边。我事先就嫉妒你。请原谅我，因为我那么爱她。终于有一天，我想考验考验，便让你去了……亲爱的，那天我就明白一切都完了。不到五分钟，她看你的眼神和看其他人的眼神完全不同。你自己也觉察到了。呵！别撒谎，你也觉察到了。证据就是你有一个多月没有再去，不过，可怜呀，这也帮不了我……对于像她那种人来说，缺席的人绝没有过失，恰恰相反……我每次去，她总是让我谈谈你，她的要求是那么天真，她流露出那么深的信任和爱……这真是对我的折磨。现在结束了。我宁愿这样。"

雅克就这样说了很久，始终轻声细语，面带无可奈何的微笑。他说的一切使我又难过又高兴。难过，是因为我感到他很痛苦；高兴，是因为我从他的每句话中看到了向我闪烁的、时时思念我的黑眼睛。雅克说完后，我走了过去，我有几分羞愧，但手中仍拿着那朵小红玫瑰花，问道："雅克，你现在不再爱我了吧？"他笑了，将我搂在胸前说："你真傻，我更爱你了。"

这是事实。红玫瑰的故事丝毫没有改变母亲雅克的感情和脾气。我想他是很痛苦的，但他没有丝毫的流露，没有叹息，没有抱怨，什么都没有。他和往常一样，星期日仍然去那边，对谁都笑眯眯的。只不过花结没有了。他还是那样平静和自豪，拼命工作，在生活的道路上勇往直前，眼睛盯着唯一的目标：重建家业……呵雅克！我的母亲雅克！

至于我哩，自从我可以自由自在地、毫无愧疚地爱黑眼睛，我便一头钻进了爱情之中。我整天待在皮埃罗特家中，并且赢得了所有人的心——天知道我为此做了多么难为情的事！我给拉卢埃特先生拿糖，和品德高尚的太太玩牌，干什么都行……我给自己取名为取悦者……一般来说，取悦者总是在白天将近中午时来到皮埃罗特家。此时他在店铺，卡米耶小姐和品德高尚的太太单独待在楼上的客厅里。我一进去，黑眼睛就出现了，于是那位太太几乎立刻就走开去。塞文人给自己的女儿找的这位女伴，这位高贵的太太认为既然我在那里她便没有事了，便赶紧，赶紧和厨娘去配膳室玩牌。对此我毫无怨言，想想看，能和黑眼睛单独相处！

天哪！我在这间淡黄色的小客厅里度过了多少快乐时光呀！我几乎总是带上一本书，一本我喜欢的诗集，我给黑眼睛朗诵几段，它们时而噙着漂亮的泪珠，时而射出明亮的光。在这个时候，皮埃罗特小姐在我们身边或是为父亲绣拖鞋，或是演奏那永恒的《罗丝兰幻想曲》。然而有时候，我念到最动人的片段时，这位小市民却高声说出一句可笑的话："我得请调音师来了……"或者："拖鞋这里我多绣了两针。"于是我气恼地合上书，不愿再往下念了，但是黑眼睛以特有的神气瞧着我，使我立即平静下来，于是我继续念。

显然，让我们两人总是这样单独待在这间淡黄色小客厅里，这是极不谨慎的。想想吧，我们两个人——黑眼睛和取悦者——加起来还不到三十四岁……幸亏皮埃罗特小姐与我们寸步不离，这是一位十分明智、十分谨慎、十分警惕的哨兵，就像看守火药库的哨兵一样。有一天——我还记得——黑眼睛和我坐在客厅的长沙发上。那是五月份一个暖和的下午，窗户半掩着，大窗帘拉上了，一直垂落到地面。这天我们读的是《浮士德》。我朗读完了，书从我手中滑落，我们相互靠着，在寂静和幽暗中默默无言……她的头靠在我肩上。透过她半开的胸衣，我看见有几块小银牌在颈饰深处闪光……突然，皮埃罗特小姐出现在我们中间，她很快将我推到长沙发的另一端——而且好好教训了一番！她说道："你们这样做很不好，亲爱的孩子们……你们辜负了别人对你们的信任……应该对父亲谈谈你们的打算……嗯，达尼埃尔，你什么时候找他谈呢？"我答应会很快的，我一写完长诗就和皮埃罗特谈。这个许诺使我们的监督人稍稍平静下来，不过，也无所谓，自这一天起，黑眼睛便再不能坐在长沙发上，靠近取悦者了。

呵！这位皮埃罗特小姐可是位严峻刻板的姑娘。你们想想，最初她不允许黑眼睛和我写信，最后总算答应了，特殊的条件是必须把一切信件给她看。不幸的是，黑眼睛写给我的那些充满激情的迷人的信，皮埃罗特小姐不仅要检查一番，还经常塞进去她自己的话，例如：

“……今天早上我很丧气。我在衣橱里看见了蜘蛛。早上看见蜘蛛，丧气。”

又例如：

“人不相投不结亲。”

还有那永恒的叠句：

“应该和父亲谈谈你的打算……”

对此，我一成不变地回答说：

“等我写完了长诗……”

八　鲑鱼巷里的朗诵

我终于完成了这首了不起的长诗。我写了四个月才完成，我至今还记得，到最后几句诗时，我已经无法执笔了，狂热、骄傲、快乐和急躁使我的手颤抖不已。

在圣日耳曼塔楼上，这可是件大事。这一天雅克又成了昔日的雅克，也就是用小瓶糨糊糊硬皮本的雅克。他为我做了一个漂亮的硬皮本，想亲手将我的诗句抄上去，而且每抄一句便发出赞赏的呼声，并且激动地跺着脚……而我呢，我对自己的作品并不那么有信心。雅克太爱我了，我不能完全信他的。我想把我的诗念给某个不偏不倚、有鉴赏力的人听。倒霉的是，我谁也不认识。

不过，在小饭馆里，我经常能结交一些人。自从我们有了钱，我便坐在饭馆最里边的客饭桌上吃饭，那里有二十多位年轻人，有作家、画家、建筑师，或者更准确地说，有这些人的苗子——今天苗子已经长大了，其中某些人成了名人，当我在报上看见他们的名字时，我十分难过，因为我什么也不是。我去进餐时，这些年轻人热情地欢迎我，但是我生性腼腆，不敢参与他们的讨论，很快就被他们遗忘了。在他们中间我仍然很孤独，就和在大厅里我的小饭桌上一样。我只是听，从不发言……

每周一次，有一位十分著名的诗人和我们一起吃饭，我记不得他叫什么名字了，这些先生称呼他为薄伽梵，这是他的一首诗的名字。他来的时候，我们喝十八个苏一瓶的波尔多酒，上甜点时，伟大的薄伽梵便朗诵一首印度诗。印度诗歌是他的专长。在他的诗中，一首叫罗什曼那，一首叫十车王，一首叫卡拉特沙拉，一首叫跋吉罗陀，此外还有首陀罗、丘诺切帕、众友仙人①……但是最美的还是薄伽梵。呵！当诗人朗诵他的薄伽梵时，饭馆的整个内厅都震塌了，人们放声大叫，跺着脚，站到桌子上。我右边是一位红鼻子的小建筑师，从第一句诗开始他就在哭，而且不断用我的餐巾擦眼泪……

我哩，在他们的带动下，喊得比谁都起劲，其实我并不对薄伽梵入迷。总的说来，这些印度诗都一模一样。总是莲花、兀鹰、大象和水牛，有时，为了变变花样，莲花改称“洛多斯”②，但除此以外，所有这些叙事诗都大同小异，既无热情，也无真实，也无幻想，只是一大堆韵。故弄玄虚……这就是我对这位著名的薄伽梵的看法。如果人们也向我索取几首诗，我对他的评价也许就不会如此严厉了，但是没有人向我要诗，所以我就变得冷酷无情……再说，并非只有我这样评价印度诗，我左面的邻座也没有上钩……左面的邻座可是一个古怪的人，衣服破旧，油得发亮，额头很高，光秃秃的，他蓄着长胡子，胡子上挂着几根面条。他是这一桌人中最老的，也是最聪明的。像所有的智者一样，他言语不多，从不卖弄。大家都敬重他。人们这样说他：“他很了不起……是位思想家。”我呢，我见他在听著名的薄伽梵的诗句时嘲讽地撇着嘴，便对这位邻座产生了景仰之情。我在想：“这个人是有鉴赏力的……要是我能把我的诗读给他听该多好。”一天晚上，人们正起身离开餐桌时，我要了一小瓶烧酒，请那位思想家和我喝一杯。他同意了。我知道他的

① 薄伽梵为颂神诗；罗什曼那和十车王为印度史诗《罗摩衍那》中的人物；跋吉罗陀是将天上银河请下凡的国王；首陀罗为最低的种姓；众友仙人亦为国王。卡拉特沙拉与丘诺切帕系按法语译音，出处不详。

② 莲花：拉丁文为 lotus，希腊文为 lotos。

癖好。我一面喝，一面将话题引到著名的薄伽梵身上。我首先就莲花、兀鹰、大象和水牛说了许多坏话——这是胆大妄为，因为大象是很记仇的……我说话的时候，思想家自斟自饮，一言不发，时不时地笑笑，点点头说："是的……是的……"这最初的成功为我壮了胆，于是我坦白地对他说我也写了一首长诗，想请他评价评价。这位思想家仍然连眉头也不皱地说："是的……是的……"我见他心情不错，心里想："这是大好时机。"于是从口袋里掏出了长诗。思想家无动于衷地自斟了第五杯烧酒，平静地瞧着我展开手稿，但是在最后一刻，他却将老象牙般的手搭在我袖子上说："在开始以前，一句话，年轻人……你的标准是什么？"

我不安地看着他。

"你的标准……"可怕的思想家抬高嗓门说，"你的标准是什么？"

唉！我的标准……我没有标准，从来也没有想要一个标准，这一点从我那惊讶的目光、通红的脸和窘困的表情中看得十分清楚。

思想家气愤地站了起来："怎么！你这个拙笨的年轻人，你连标准都没有！你给我读诗也没有用……我早知道它不值几文。"他将瓶底的酒一连倒出了两三杯，戴上帽子，狂怒地瞪着眼睛走了。

晚上我将这件事讲给雅克听，他十分生气："你的思想家是个大傻瓜……干什么要有标准？……梅花雀有标准吗？标准！这是什么玩意？它是在哪里做出来的？谁见过？标准贩子，去吧！"我好心的雅克！为了我的杰作和我本人所受到的侮辱，他的眼泪涌上了眼眶。过了一会儿，他又说："听我说，达尼埃尔，我有一个主意……既然你想朗读你的诗，那么找个星期天去皮埃罗特家读读，怎么样？"

"皮埃罗特家？呵！雅克。"

"为什么不呢？当然啰！皮埃罗特不是鹰，但也不是鼹鼠呀。他的看法很清楚，很公正……至于卡米耶，她会是位出色的评判，虽然对你有几分偏袒……品德高尚的太太读过不少书……就连拉卢埃特老爹这个老家伙也并不像外表那样闭塞……此外，皮埃罗特在巴黎认识一些很杰出的人，可以请他们那天晚上来……你看怎么样？我是不是和他谈谈？”

去鲑鱼巷找评判，我并不认为这是个好主意，但是我急于要朗诵我的诗，所以在稍稍不以为然之后，我接受了雅克的建议。第二天他就去和皮埃罗特谈了。好心的皮埃罗特是否确实明白这是怎么回事呢，这一点很值得怀疑，不过这个好人认为这能使小姐的孩子高兴，便一口答应了，而且立刻发请帖。

淡黄色的小客厅从来也没有见过这样的节日。皮埃罗特为了尊重我，邀请的都是瓷器界的上流人物。朗读的那天晚上，除了通常的人员外，还有：帕萨戎夫妇以及他们的儿子，他曾是阿尔福学校的高才生，职业是兽医；小费鲁亚，他是共济会会员，能言善辩，不久前在共济会集会上获得成功；然后是富热鲁一家人，六位小姐排成一行，像是管风琴的管子；最后是大费鲁亚，他是文学团体成员，晚会的上宾。当我面对这些令人肃然起敬的评判时，你们可以想象我是多么惶惑。皮埃罗特告诉他们这是来评判一部诗作，因此这些好人都理所当然地摆出一副评判员的面孔，冷冰冰的，没有表情，没有微笑。他们相互说话也是压低嗓门，态度严肃，像法官一样晃动脑袋。皮埃罗特并不认为此事神秘莫测，因此惊讶不已地瞧着他们……众人到齐以后，纷纷就座。我背靠钢琴坐着，听众坐在我周围，成半圆圈，只有老拉卢埃特仍坐在老地方啃糖块。在片刻的嘈杂以后，大家安静下来，于是我用激动的声音开始朗诵我的诗……

这是一首富于戏剧性的诗，我夸大其词地为它取名为《田园喜剧》。读者们一定还记得，小东西当初被囚禁在萨尔朗德学校时，曾经高兴地给学生们讲一些神奇的故事，里面尽是蟋蟀、蝴蝶和其他的小动物。我将其中的三个故事写成诗句，编成对白，就成了《田园喜剧》。这首诗分三部分，但那天晚上在皮埃罗特家，我只念了第一部分。请允许我在此将《田园喜剧》中的这一段笔录于后，不是作为文学选段，只是作为小东西传记中的部分见证。亲爱的读者，你们此刻不妨想象自己围坐在淡黄色的小客厅里，达尼埃尔·埃塞特正战战兢兢地向你们朗诵。

蓝蝴蝶奇遇记

舞台上是田野。晚上六点钟，太阳正落山。幕启时蓝蝴蝶和一只公瓢虫正骑在一根蕨草上谈天。它们是早上相逢的，在一起度过了一天。天色已晚，瓢虫表示要走。

蓝蝴蝶：

怎么了？……你这就走？……①

瓢虫：

当然！我该回家了；
你看看，天色已晚！

蝴蝶：

等一等，见鬼！
什么时候回家都不晚……
我在家中心里烦，你呢？
门窗墙壁多么蠢，
外面是阳光和露水
还有丽春花、新鲜空气、一切，

① 原文为十六至十九世纪法国所通用的十二音节诗体。

也许丽春花不合你胃口

那就坦白说……

瓢虫：

唉！先生，我爱这花。

蝴蝶：

那好，傻瓜，别走，

留下来，你看，气候宜人，

空气甜美……

瓢虫：

是的，可是……

蝴蝶（将瓢虫推进草中）：

嘿！在草里打滚，它是我们的。

瓢虫（挣扎着）：

不！放开我，真的！

我该走了。

蝴蝶：

嘘！听见了吗？

瓢虫（惊恐地）：

是什么？

蝴蝶：

这只小鹌鹑在唱歌，

陶醉在旁边的葡萄树上……

哎？它歌唱美丽的夏日黄昏，

我们这地方多么美……

瓢虫：

不错，可是……

蝴蝶：

别出声。

瓢虫：

什么？

蝴蝶：

来了一些人。

（人们走过。）

瓢虫（沉默片刻后轻声说）：

人很坏，是吗？

蝴蝶：

非常坏。

瓢虫：

我一直害怕他们走来踩扁我，
他们的脚那么大，而我的腰那么细……
你哩，你并不大，但你有翅膀。
这可了不起！

蝴蝶：

当然！亲爱的，如果你畏惧
这些笨重的农夫，你可以爬上我的背，
我的腰很坚实，我的翅膀
不像蜻蜓那样是玉葱皮，
我能载你去你想去的地方，而且
你愿意多久都行。

瓢虫：

啊不！先生，谢谢。
我不敢……

蝴蝶：

难道爬上我的背

就那么困难？

瓢虫：

不！可是……

蝴蝶：

爬上来吧，傻瓜！

瓢虫：

你当然是载我回家，

否则……

蝴蝶：

一动身就到。

瓢虫（爬到同伴身上）：

这是因为我们晚上要祈祷，

你可明白？

蝴蝶：

当然……你稍稍往后，

好……现在不说话，我甩开一切了。

（噗！它们飞了起来，对话在空中进行。）

亲爱的，多么美妙！

你根本不重。

瓢虫（惊恐地）：

呵！……先生……

蝴蝶：

怎么！什么事？

瓢虫：

我看不见了……头脑

发晕,我要下去……

蝴蝶:

你真傻！头脑发晕

就该闭上眼睛。

你闭上了吗?

瓢虫(闭上眼睛):

是的……

蝴蝶:

好些了吧?

瓢虫(极力闭眼):

稍好一点。

蝴蝶(暗笑):

显然,你这个家族

不善飞行……

瓢虫:

呵！是的……

蝴蝶:

定向气球还没有问世,

这也不能怪你。

瓢虫:

呵！当然……

蝴蝶:

老爷,您这就到了。

(蝴蝶落在一朵铃兰花上。)

瓢虫(睁开眼睛):

对不起！可……我不住在这里。

蝴蝶：

我知道，但时光还早，

我带你来朋友铃兰这里

喝一点清凉东西，

这总可以吧……

瓢虫：

呵！我没有时间……

蝴蝶：

唔！就一秒钟……

瓢虫：

再说，人家没有请我……

蝴蝶：

来吧，我说你是我的私生子

你会受到热情接待，来……

瓢虫：

再说，天色不早。

蝴蝶：

哦不！时光还早，听听知了叫……

瓢虫（低声地）：

再说……我……没有钱……

蝴蝶（拖着它）：

来吧！铃兰请客。

（它们进到铃兰花中。幕落。）

第二幕，幕启时，几乎是黑夜……这两个同伴从铃兰花中出来……瓢虫稍有醉意。

蝴蝶(将后背伸过去):

现在上路吧!

瓢虫(勇敢地爬上去):

上路吧!

(噗!它们飞了起来……对话继续在空中进行。)

蝴蝶:

怎样!你看我的铃兰如何?

瓢虫:

亲爱的,它很迷人,

它不认识你,却敞开它的酒窖……

蝴蝶(看看天空):

呵!呵!菲贝①已在窗口露脸,

我们得赶快……

瓢虫:

赶快,为什么?

蝴蝶:

你不再急于回家?

瓢虫:

呵!只要能赶上祈祷……

再说我家并不远……就在

那后面。

蝴蝶:

---

① 即月亮女神。

你不急,我也不急。

瓢虫(满怀感情地):

你真是好人!……不知为什么
并非所有人都是你的朋友。
有人议论你说:"它放荡!叛逆!
它是诗人!是跳跃族!"

蝴蝶:

噫!噫!是谁说的?

瓢虫:

老天爷!是金龟子……

蝴蝶:

呵!对,这个臃肿的胖子!
它说我是跳跃族,因为它有大肚子。

瓢虫:

厌恶你的可不止它一个……

蝴蝶:

呵!见鬼!

瓢虫:

蜗牛也不是你的朋友,
还有蝎子,甚至还有蚂蚁。

蝴蝶:

真是!

瓢虫(知心地):

别向蜘蛛献殷勤,
它觉得你可憎。

蝴蝶:

它不了解实情。

瓢虫：

咳！毛虫的想法也差不多……

蝴蝶：

这我信……但你告诉我，
在你的世界里，因为你和毛虫
不属于同一个世界，
我也如此受轻视吗？

瓢虫：

嗯！得视家族而定。
年轻的赞同你，年老的，
一般来说，认为你缺乏道德观念。

蝴蝶（忧愁地）：

看来对我有好感者不多，
总之……

瓢虫：

的确如此！我可怜的朋友，荨麻
怨恨你，蟾蜍憎恨你，连
蟋蟀也不例外。
它谈到你时，说："这个蝴……蝴……
蝴蝶！"

蝴蝶：

那你也恨我，像这些
家伙一样？

瓢虫：

我！我爱慕你，在你背上

真舒服!

你还总载我去找铃兰花,

真有趣! ……喂,你要是乏了

我们可以再稍稍休息

找个地方……你不累吧?

蝴蝶:

我觉得你有点分量,但不要紧。

瓢虫(指着铃兰花):

那么,进去吧,你可以休息。

蝴蝶:

呵! 谢谢! 铃兰,又是

老套。**(用放荡的声音低声说)**

我愿意去旁边那家……

瓢虫(满脸通红):

去找玫瑰?

呵! 不,绝不……

蝴蝶(拖着瓢虫):

来吧! 没人看见我们。

(它们悄悄走进玫瑰。幕落。)

第三幕……

但是,亲爱的读者,我不愿长久滥用你们的耐心。我知道,在当今,诗作并不讨人喜欢。因此我的引文到此打住,我只简要地讲讲这首诗的下部分。

第三幕,天完全黑了……两位同伴一同从玫瑰家出来……蝴蝶要送瓢虫回到它父母家,但瓢虫不愿意,它完全醉了,在草上翻筋斗,发出叛逆的叫声……蝴蝶不得不把它送回家。它们在门口分手,相约不久再见……于是蝴蝶在黑夜里独自飞走了。它也有几分醉意,但主要是伤心,因为它想起了瓢虫对它讲的知心话,它悲伤地琢磨为什么大家厌恶它,它可从来没有损害过谁……天上没有月亮!起风了,田野漆黑一片……蝴蝶害怕了,身上发冷,但它想到同伴正安稳地睡在暖和的小床上,倍觉安慰……此刻,在黑暗中有几只硕大的夜鸟静静地飞过舞台。电光闪闪!藏在石头下的邪恶的虫子相互指着蝴蝶,冷笑地说:"我们抓住它了!"不幸的蝴蝶左冲右撞,惊恐万分,碰到了大蓟,大蓟刺了它一剑,蝎子用夹钳撕开它的肚皮,一只毛茸茸的大蜘蛛扯下它的蓝缎衣,最后,蝙蝠拍打翅膀打断了它的腰。蝴蝶受到了致命伤跌落在地……它在草上嘶哑地喘着气,荨麻高兴异常,青蛙在说:"这是活该!"

黎明时,蚂蚁带着小袋和小壶去上工,在路边发现了蝴蝶的尸体,它们几乎不看它一眼就走了,不愿意埋葬它。蚂蚁干活从不是白干的……幸好一队埋葬虫偶然从这里经过。你们知道,这些小黑虫立下誓言要埋葬死者……它们虔诚地将死去的蝴蝶套上,拉向墓地……众昆虫好奇地拥挤在它们所经之处,而且纷纷高声发表感想……棕色的小蟋蟀坐在门前晒太阳,严肃地说:"它太爱花了!"蜗牛接着说:"它夜里玩得太厉害!"那些穿着金衣、大腹便便、摇摇摆摆的金龟子喃喃地说:"它太放荡!太放荡!"在这堆昆虫中,谁也没有为可怜的死者说一句惋惜的话,只不过在四周的平原上,大朵的百合花合上了,知了也不再叫了。

最后一幕是蝴蝶的墓地。埋葬虫完成了工作以后,一直跟着送葬者的那只鳃角金龟严肃地靠近墓穴,仰倒在地,开始赞颂死者。可惜它记性不好，在一个小时里四脚朝天地乱动，语言不清不楚……悼词结束以后，大家散去，这时，只见在静寂的墓地上，前几场戏中的瓢虫从一座墓后出来，泪流满面地跪在新坟上，为长眠于此的可怜的小伙伴做感人的祈祷！……

九 你将来要卖瓷器

我的诗朗诵到最后一节时，兴奋至极的雅克站起身来叫好，但他看见那些好人的惊呆面孔便立刻停止了。

的确，我相信即使《启示录》中的火马突然闯进这间淡黄色的小客厅也不至于像我的蓝蝴蝶那样使人目瞪口呆。帕萨戎一家、富热鲁一家对刚才听到的诗句十分反感，瞪着圆圆的大眼瞧我。两位费鲁亚相互示意。没有一个人说话。你们想想我是多么不自在……

突然，在一片寂静和惊愕中，响起了一个声音——而且是怎样的声音！冷冷的、没有表情的、灰暗而低哑的声音，这个幽灵般的声音从钢琴后面传过来，使我在椅子上跳了起来。十年以来，这是头一次听见长着鸟头的、可敬的拉卢埃特说话。"我很高兴蝴蝶被杀死了，"古怪的老头一面啃糖块一面狠狠地说，"我可不喜欢蝴蝶……"

大家都笑了，于是开始讨论我的诗。

那位文学团体成员认为我的诗稍稍过长，劝说我压缩为一两首小歌谣，那是法国所特有的体裁。出身阿尔福学校的那位博物学家说瓢虫也有翅膀，因此我对情节的安排根本缺乏真实性。小费鲁亚说在什么地方曾经读到过这一切。"别听他们的，"雅克低声对我说，"这是部杰作。"至于皮埃罗特，他一言不发，似乎心事重重。在我朗诵时，他一直坐在女儿身边，也许他感到他握住的那只小手太激动，也许他无意中看到黑眼睛那过于炽热的目光，总之皮埃罗特那天——怎么说哩——

很古怪,整个晚上都贴着他的女儿,以致我无法和黑眼睛说话,因此我很早就告辞了,我不想听那位文学社团成员的新歌谣,此人是永远也不会原谅我的。

在这次难忘的朗诵以后两天,我收到皮埃罗特小姐的一张既简短又具有说服力的便条:“快来,父亲什么都知道了。”便条下方是亲爱的黑眼睛的签名:“我爱你。”

我承认,这个突如其来的消息使我稍稍感到困惑。两天以来,我带着手稿到处找出版商,我一心想的是我的诗,而不是黑眼睛。再说,去和皮埃罗特这个胖胖的塞文人解释也不是愉快的事……因此,尽管黑眼睛在迫切地召唤我,我并没有立刻去。为了使自己心安理得,我对自己说:“等我卖完诗再说吧。”不幸的是,我没有卖出去。

我不知道今天的出版商是否仍然如此,总之在那时候,出版商先生们是些十分和气、彬彬有礼、慷慨大方、殷勤好客的人,但他们有个致命的缺点:总是不在家。这些先生是群众无法会见的,就好比某些小星星只能在天文台的望远镜中才显现出来。不论你什么时候去,接待者总是叫你下次再去……

老天爷!我跑过多少家书店!推开过多少扇玻璃门!在书店门口踟蹰过多少回,心突突地跳:进去还是不进去?书店里很暖和,充满新书的气味。那里有许多个子不高的秃头人,他们忙忙碌碌,或是从柜台后面回答你,或是从人字梯顶上回答你。至于出版商呢,不见踪影……每晚我回家时总是满脸愁容,既疲惫又气恼,雅克对我说:“打起精神,明天你会有好运气的。”于是第二天我又夹着手稿重新四处奔走。这倒霉的手稿!一天又一天,我觉得它愈来愈重,越来越碍手碍脚。最初我是得意扬扬地夹着它,像夹着新雨伞似的,但最后我感到羞愧了,将它放在胸前,用仔细扣好的大衣将它盖住。

一个星期就这样过去了。星期天到了。按照习惯,雅克去皮埃罗特家吃饭，他是独自去的。对不露踪影的星星的这场追逐使我十分疲乏，所以我在床上躺了一天……晚上，雅克回来后，在我床边坐了下来，轻轻地责备我：

“听我说，达尼埃尔，你不该不去那边。黑眼睛在哭，在伤心，看不见你她都要死了……整个晚上我们都在谈你……呵，小坏蛋，她多么爱你！”

可怜的母亲雅克说这话时眼里噙着泪。

“那皮埃罗特呢？”我羞怯地说，“皮埃罗特，他说什么？”

“什么也没说……只是奇怪你没有去。你该去，达尼埃尔，你会去的，是吧？”

“明天就去，雅克，我保证。”

我们说话时，白咕咕刚刚回到自己房中，又唱起那没完没了的歌……托洛科托蒂尼昂！托洛科托蒂尼昂！雅克笑了起来，低声说：“你还不知道哩，黑眼睛嫉妒我们这位邻居。她以为这是她的情敌……我告诉她是怎么回事，但也没用，她不信……黑眼睛嫉妒白咕咕！真滑稽，是吧？”我假装像他一样笑了起来，但我内心很羞愧，因为黑眼睛之所以嫉妒白咕咕，过错在我。

第二天下午，我去到鲑鱼巷。我原想直接上五楼和黑眼睛谈谈，然后再见皮埃罗特的，然而这位塞文人在店门口守候我，我无法避开他，不得不走进店铺，在柜台后面他身旁坐下来。店里只有我们两人。从店铺后厅时不时地传来轻微的笛声。

“达尼埃尔先生。”塞文人说道。我从未见他说话如此沉着，表达如此流畅。“我想问你的事十分简单，我也不绕圈子。怎么说呢……我女儿爱上你了……你也真心爱她吗？”

“全心全意爱她，皮埃罗特先生。”

“那就好了。我向你提个建议……你很年轻，姑娘也很年轻，你们得再过三年才结婚。因此你有三年的时间来确定自己的职位……我不知道你是否打算永远做蓝蝴蝶买卖，但是我知道我要是你会怎么做……怎么说哩，我会放弃那些小故事，加入拉卢埃特老店，熟悉关于瓷器的经营办法，准备在三年后，当皮埃罗特年老时，成为他的合伙人兼女婿……嗯？你看怎么样，伙计？”

说到这里，皮埃罗特用手肘使劲撞撞我，笑了起来，真是放声大笑……当然，这个可怜人以为让我在他身边卖瓷器我该高兴死了。我没有胆量生气，甚至没有胆量回答，我呆若木鸡……

盘子、碟子、彩色玻璃杯、晶莹的球形罩都在我周围舞动起来。柜台对面货架上的那些用柔和的本色瓷器做成的牧童和牧女似乎用嘲讽的神情看着我，挥动牧棒对我说：“你将来要卖瓷器。”稍远处，穿着紫袍的、古怪的中国瓷人也晃动那可敬的脑袋，仿佛同意牧童牧女的话：“对……对……你将来要卖瓷器。”而在后厅里，笛子在嘲讽而奸诈地轻轻说：“你将来要卖瓷器……你将来要卖瓷器！”我真要疯了。

皮埃罗特以为我由于激动和快乐而说不出话来。

“我们今晚再谈吧……”他说，好让我缓口气，“现在你上楼去看姑娘吧……怎么说呢……她等得不耐烦了。”

我上楼去看她，她正坐在淡黄色客厅里绣那没完没了的拖鞋，品德高尚的太太陪着她……但愿我亲爱的卡米耶宽恕我！皮埃罗特小姐从未像那天那样是皮埃罗特。她平心静气地抽针，高声数针，这都使我感到气恼。纤细的红手指，鼓鼓的双颊，平静的神态，她活像上了色的瓷器牧女，它们刚才放肆无礼地对我喊：“你将来要卖瓷器！”幸亏黑眼睛也在那里，它有几分暗淡，有几分忧伤，但见到我时又如此天真地欢快起来，我不禁十分感动。但为时不长，因为皮埃罗特跟在我后面进来了。他大概不再完全信赖那位品德高尚的太太了。

从此刻起，黑眼睛便消失了，瓷器获得全线胜利。皮埃罗特高兴异常，滔滔不绝，真叫人受不了。“怎么说呢”这句话像骤雨一样铺天盖地。晚饭很喧闹，而且拖得很长……离开饭桌时，皮埃罗特又把我拉到一边，重谈他的建议。这时我已缓过气来，我相当冷静地说这事需要考虑，一个月以后我再给他答复。

我对建议不够热情，这当然使塞文人十分惊讶，不过他很大方，没有流露出情绪。

“好的，”他说，“一个月以后。”然后他不再提这件事了……但这也无济于事！伤害已经造成了。在整个晚上，我耳边一直响着那阴森和致命的喊声：“你将来要卖瓷器！”刚和拉卢埃特太太一同进来坐在钢琴旁的那个鸟脑袋在啃糖块，笛子手在演奏华彩乐段，皮埃罗特小姐在演奏必不可少的《罗丝兰幻想曲》，在所有这些声音中，我都听见了那喊声。所有这些市民傀儡的举止、他们服装的式样、壁毯的图案、挂钟上的寓意画——维纳斯摘玫瑰，从玫瑰中飞出一位金色褪落的爱神——家具的形状、这个可怕的淡黄色客厅中的一切细节都表达了那个喊声，在这个客厅里，每天晚上同样的人说同样的话，同一架钢琴演奏同一首幻想曲，一成不变，就像八音盒。淡黄色客厅像个八音盒……那你藏到哪里去了，美丽的黑眼睛！

从这个乏味的聚会回家以后，我将皮埃罗特的建议告诉母亲雅克，他比我还气愤。

“达尼埃尔·埃塞特——瓷器商！呵，我倒要瞧瞧。”这个好小伙子说，气得满脸通红，“这就好比劝拉马丁去卖火柴，或者劝圣伯夫①去卖马鬃扫帚……皮埃罗特这个傻瓜！……话说回来，不要埋怨他，这个可怜人不明白。等他看见你的书大获成功，报纸都在夸奖你时，他就会完全改变态度了。”

---

① 圣伯夫（1804—1869），十九世纪法国著名作家、文学批评家。

“可能吧，雅克。可是要让报纸谈论我，首先我得出书，而现在大概出不了……为什么？亲爱的，因为我抓不到出版商，这些人永远不肯见诗人。就连伟大的薄伽梵也不得不自己出钱印诗集。”

“那好！我们也学他。”雅克用拳头敲着桌子说，“我们也自己出钱印。”

我惊奇地看着他：

“我们自己出钱？”

“是的，孩子，自己出钱……正巧，侯爵回忆录的第一卷正在印刷中，我每天都见到这位印刷商……他是一位阿尔萨斯人，鼻子红红的，样子很老实。他一定肯让我们赊账的……当然啦，你的书一点点卖出去，我们会逐步付他钱的……好了，说定了，明天我就去见他。”

果然，雅克第二天就去见这位印刷商，回来时兴高采烈，得意扬扬地说：“行了。明天就开始印你的书，这大概要花我们九百法郎，小意思。我签几张三百法郎的支票，每三个月支付一次。现在你听我讲道理。每本书我们卖三法郎，印一千册，因此这本书就能赚三千法郎……你听清楚了吗，三千法郎。我们付印刷商的钱，再付钱给卖这本书的书店，每册书打一法郎的折扣，再付钱给记者……算下来，铁板上打钉，我们能赚一千一百法郎。怎么样？作为开始，这不坏吧……”

当然不坏啦！我不用再去追逐全无踪影的星星，不用再屈辱地守候在书店门口，特别是我们还能存一千一百法郎来重建家业……因此那一天，圣日耳曼钟楼里喜气洋洋！无数的计划，无数的梦想！此外，在后来几天里，一点一滴享受到的快乐：去印刷厂，校订清样，商量封面的颜色，目睹印着你的思想的湿湿的书页从印刷机里出来，两次三番地去找装订工，最后捧着第一本样书回来，战战兢兢地用指尖翻开它……你们说说，世上有比这更美妙的吗？

你们想想，第一本《田园喜剧》当然是献给黑眼睛的。当然我得亲自送去，雅克陪我去，想分享我的胜利。我们容光焕发、得意扬扬地走进淡黄色客厅。所有的人都在那里。

“皮埃罗特先生，”我对塞文人说，“请允许我将第一本作品献给卡米耶。”接着我将书放在高兴得颤抖的、亲爱的小手中。呵！黑眼睛向我表示了多么殷切的感谢啊！她看到封面上我的名字时眼睛一亮。至于皮埃罗特，他没有那么起劲。我听见他在问雅克这样一本书能赚多少钱。

“一千一百法郎。”雅克满有把握地说。于是他们低声谈了起来，谈了很久，但我没有注意听。我完全沉浸在欢乐里，看着黑眼睛低下那丝绸般的长睫毛来看我的书又赞赏地抬起睫毛看我……我的书！黑眼睛！这两个幸福都归功于雅克……

那天晚上，在回家以前，我们去奥德翁剧院那条街上逛逛，看看陈列在书店的《田园喜剧》产生了什么效果。

“你等等，”雅克说，“我去看看卖了多少本。”

我等着他，一面来回踱步，一面用眼角窥伺橱窗里那本如盛开花朵似的黑线绿封面的书。过了一会儿雅克回来了，激动得脸色发白。

“亲爱的，”他说，“已经卖出一本了，好兆头……”

我默默地和他握手。我太激动了，说不出话来，但心里对自己说：在巴黎有一个人刚刚掏出三法郎来买你思想的产品，有一个人在读你的书，在评价你……这个人是谁？我很想认识他……唉！不幸的是，我不久就认识了他，那个可怕的人。

出书的第二天，我正坐在那位不合群的思想家旁边吃客饭时，雅克气喘吁吁地跑进饭馆。

“重要消息！”他将我拉出饭馆，一面说道，“我要出门了，今晚七点钟，和侯爵一起……我们去尼斯看望他姐姐，她快要死了……也许我们会在那里待很久……你不用为你的生活发愁……侯爵给我双倍工资。我每月寄你一百法郎……怎么了？你脸色煞白。好了，好了，达尼埃尔，可别小孩子脾气。再回去吃饭吧，喝一小瓶波尔多酒提提神。我这就去和皮埃罗特告别，通知印刷商，让人把书送到报社记者那里……我一分钟也不能耽搁……我们五点钟在家里见。”

我注视他在圣伯努瓦街上大步远去，我又回到饭馆，但我吃不下也喝不下，思想家喝光了那小瓶波尔多酒。一想到再过几小时雅克将离我远去，我心中难过。我尽力去想我的书，尽力去想黑眼睛，但也枉然，我无法摆脱这个思想：雅克将远去，我将孑然一身，在巴黎孑然一身，成为自己的主人也为自己的行为负责。

雅克在预定的时间回来了。他本人也很激动，但直到最后一刻仍然装出快快活活的样子。直到最后一刻他表现出慷慨无私的心灵及爱护我的可贵热情。他只考虑我，考虑我的安逸，我的生活。他借口收拾行装，检查了我的内衣和外衣：

“你的衬衣在这里，你瞧瞧，达尼埃尔……手绢在旁边，在领带后面。”

我对他说：

“你不在收拾行装，雅克，你在收拾我的衣橱……”

衣橱和行装都收拾好了，我们雇车去车站。雅克在路上就各种各样的事一再叮咛我：

“常常给我写信……评论你那本书的所有文章，你都要寄给我，特别是居斯塔夫·普朗什①的文章。我要做一个硬皮本，把文章都贴上去。那将是埃塞特一家的名人录……对了，你知道洗衣工每星期二来……千万别被成功弄得飘飘然……显然你会很成功，而在巴黎成功

① 居斯塔夫·普朗什(1808—1857)，十九世纪法国文学批评家。

是十分危险的。幸亏有卡米耶保护你不受诱惑……最要紧的，达尼埃尔，我要求你的，是经常去那边，别让黑眼睛流泪。”

这时我们正经过植物园。雅克笑了起来。

“你还记得吗?”他说，“四五个月以前，我们曾经经过这里……嗯！那时的达尼埃尔和今天的达尼埃尔多么不同……呵！你在四个月里真是很有成就……”

好心的雅克的确相信我很有成就，我呢，我这个可怜的傻瓜，也深信不疑。

我们到了火车站。侯爵已经在那里了。我远远地看见一个古怪的、头部像白刺猬的小个子男人在候车室里跳来跳去。

“快点，快点，再见了。”雅克说，他用两只大手抱住我的头，使劲亲吻我三四次，然后去找他的刽子手。

我看着他消失，心中有种异样的感觉。

我突然觉得自己更小、更弱、更胆怯、更幼稚，仿佛哥哥走时也带走了我的骨髓、我的精力、我的胆量，使我又矮了一截。我对周围的人群感到害怕，我又成了小东西……

黑夜降临。第二天，小东西回家时，挑的是最长的路，最荒凉的河岸。一想到要回到空荡荡的房间，他便万分忧伤，真想在外面一直待到天亮。但还是得回去。

他经过门房时，看门人喊住了他：

“埃塞特先生，有封信!”

这是一封短信，纸很光滑、讲究，发出香味，是女人的笔迹，比黑眼睛的笔迹更娟秀、更柔媚……是谁写来的？他迅速拆开封蜡，借着煤气灯光在楼梯上看。

邻居先生，

自昨天起《田园喜剧》就放在我的桌子上了，但缺少献词。您能否今晚来补上,同时喝杯茶……您知道,艺术家之间不必多礼。

伊尔玛·博雷尔

"二楼的女士"

二楼的女士……小东西看到这个签名时,全身战栗。他又看见她那天早上走下楼梯的样子,在一阵丝绒的旋风中,她是那样美丽、冷漠、威严,嘴角上有一小块白色疤痕。这样的女人居然买了他的书,他的心怦怦直跳,无比自豪。

他在楼梯上待了一会儿,手里拿着信,不知道该上楼回家还是在二楼停下,突然他想起了雅克的嘱咐:"达尼埃尔,千万别让黑眼睛流泪。"一种隐秘的预感告诉他,如果他去二楼女士那里,黑眼睛会流泪,雅克也会难过。于是小东西毅然将信放进衣袋,自言自语说:"我不会去的。"

十　伊尔玛·博雷尔

来给他开门的是白咕咕——我不用告诉你，这个好虚荣的小东西虽然发誓不去，但五分钟后就去按伊尔玛·博雷尔的门铃了。那可怕的黑女人一见他便露出好心情的妖魔的微笑，用黑得发亮的手一摆："请进。"他们穿过两三间十分奢华的客厅，停在一扇神秘的小门前，只听见门后边有声音——四分之三的声音都被厚厚的帷幔遮住了——沙哑的喊声、啜泣声、诅咒声、神经质的笑声。黑女人敲敲门，不等回答就让小东西走了进去。这是一间很阔气的小客厅，四壁是淡紫色的丝绸，灯火辉煌，伊尔玛·博雷尔正来回踱着大步朗诵。缀满镂空花边的天蓝色浴衣像云彩一样在她四周飘动。浴衣的一只袖子一直卷到肩头，露出洁白无瑕的雪白手臂，它正挥动一把贝壳做的裁纸刀，仿佛是匕首。另一只手则被裹在镂空花边里，手中拿着一本打开的书……

小东西站住了，眼花缭乱。他从未见到二楼的女士如此美丽。首先她不像他们头次相遇时那样苍白，相反，她鲜艳可人，皮肤呈粉红色，稍稍暗淡的粉红色。她此刻真像一朵美丽的杏花，唇边那个小白疤也显得更白。他前次没有看见她的头发，此刻头发将她衬得更美，缓和了她脸上那种有几分高傲和冷漠的表情。头发是金黄色，稍稍发灰、发暗，头发很密、很细。头部沉在金色的雾团中。

她见到小东西便停止了朗诵，将贝壳刀和书扔到身后的长沙发上，用优美的姿势将浴衣袖子拉下来，大大方方地向客人伸手走过去。

“您好，邻居，”她带着优雅的微笑说，“您来了，我正在体验悲剧性的狂热哩，我在学习克吕泰涅斯特拉①这个角色……真感人，对吧？”

她让他在长沙发上坐下，坐在她身边，于是谈话便开始了。

“您从事戏剧艺术，夫人？”（他不敢说“邻居”）

“呵，您知道，只是心血来潮……我从事的是雕刻和音乐。不过，我看我这次是真迷上了……我要去法兰西剧院演出……”

这时，一只黄冠大鸟呼啦啦地扑打翅膀，落在小东西的鬈发上。

“别害怕，”女士见他害怕的神情笑了起来，“这是白鹦……一只好鸟，是我从马克萨斯群岛带回来的。”

她抱起白鹦，抚摸它，和它说了两三句西班牙语，然后将它放回客厅另一头的镀金架上……小东西瞪大了眼睛。黑女人、白鹦、法兰西剧院、马克萨斯群岛……

“多么奇特的女人！”他赞赏地想道。

女士回来又坐在他身边，谈话继续进行。最初的话题围绕着《田园喜剧》。从前一天起，她就反复读了好几遍，有些诗句都能背下来并且热情地朗诵。小东西的虚荣心从未得到这等的满足。她打听他的年龄，籍贯，以何为生，是否有社交活动，是否在恋爱……对于这所有的问题，他据实回答，因此，一小时以后，这位二楼的女士便对母亲雅克·埃塞特家业的经历以及孩子们发誓要重建的家庭了解得一清二楚。然而，他只字不提皮埃罗特小姐，只谈到上流社会的一位姑娘爱他爱得要死，她那蛮不讲理的父亲——可怜的皮埃罗特——却反对他们的爱情。

在他讲这番知心话时，有人走进了客厅。这是一位披着浓密白发的老雕刻家，在她学习雕刻时曾给她上过课。

“我敢打赌，”他低声说，一面用狡黠的眼神瞧着小东西，“我敢打

---

① 法国十七世纪诗剧作家拉辛作品中的人物，取材自希腊神话。

赌他就是那不勒斯的采珊瑚人。"

"的确不错。"她笑了起来，转身朝向对这个称呼惊奇不已的采珊瑚人说道，"您记得吗，我们相遇的那天早上？您手里提着粗陶罐，光着脖子，敞着胸口，头发乱糟糟的……我以为您是在那不勒斯海湾随处可见的采珊瑚的孩子呢……那天晚上，我和朋友们谈起了这件事，但是我们没有想到采珊瑚的孩子竟是一位大诗人，而那个粗陶罐里竟装着《田园喜剧》。"

不难想象，小东西听见这番敬重的赞词是多么高兴。他欠欠身，谦虚地微笑，这时白咕咕又引进一位客人，他正是客饭桌上的印度诗人，著名的薄伽梵。薄伽梵进来时，一直走向女主人，递给她一本绿皮书，说道：

"我把您的蝴蝶还给您。多么古怪的文学！"

女主人的一个手势使他停住了。他明白作者就在那里，带着勉强的微笑朝这边看看。片刻的沉默与拘束，幸好来了第三位客人，转移了注意力。这是位朗诵教师，其貌不扬，驼着背，面色苍白，戴着棕红色假发，笑起来露出一口烂牙。如果不是驼背，他似乎可以成为他那个时代最杰出的演员，但是这个残疾使他无法登台，他只有靠培养学生和攻击当时所有的演员来聊以自慰。

他一出现，女主人就朝他喊道：

"您看见那个犹太女人了吗？今晚她表现如何？"

犹太女人指的是著名的悲剧演员拉谢尔，她当时红极一时。

"她越来越糟，"教师耸耸肩说，"……这女人无才……是蠢货，十足的蠢货。"

"十足的蠢货。"他的学生接着说。另外两人也认真地跟着说："十足的蠢货……"

不一会儿，有人请女主人朗诵点什么。

她不用别人央求就站了起来，拿起那把贝壳裁纸刀，将浴衣袖子卷了上去，开始朗诵。

朗诵得是好是坏？小东西说不上来。那只洁白美丽的手臂使他眼花缭乱，狂热晃动的金发使他如痴如醉，他不在听，他在看。女主人朗诵完了，他比别人更起劲地鼓掌，也大声说拉谢尔只是蠢货，十足的蠢货。

整整一夜他都梦见那只雪白的手臂和金色的雾团。天亮了，他想坐在桌前写诗，但那只中了魔法的手臂仍来拉住他的衣袖。于是他既写不了诗，也不想出门，便给雅克写信，和他谈谈二楼的女士。

> 呵！我的朋友，这是怎样的女人呀！她什么都懂，什么都知道。她写过奏鸣曲，作过画。她家壁炉架上放着用陶土烧成的美丽的科隆比①的像，是她的作品。三个月来，她在演悲剧，演得比著名的拉谢尔还好——看来这个拉谢尔肯定是个蠢货——总之，亲爱的，这个女人是你从未想象过的。她什么都见识过，游历过世界。她突然对你说："我当年在圣彼得堡时……"过了一会儿，她又告诉你她喜欢里约热内卢的海湾甚过那不勒斯的海湾。她从马克萨斯群岛带回来一头白鹦，从王子港带回一位黑女人……对了，你认识她的黑女人，就是我们的芳邻白咕咕。白咕咕虽然模样凶狠，其实是位好姑娘，安安静静，不多言多语，又十分忠心，像善良的桑丘②一样出口就是谚语格言。这座房子的人们想向她打听她主人的隐私，打听她是否结了婚，是否有一位博雷尔先生，是否如人们所说的那样富有，这时白咕咕总是用土话说："Zaffai cabrite pas zaffai mouton（山羊的事与绵羊无关）。"或者说："C'est soulié

① 意大利喜剧中聪明伶俐的侍女。

② 塞万提斯的《堂吉诃德》中的仆人。

qui connaît si bas tini trou(只有鞋子知道袜子有没有洞)。”这种谚语,她有上百个,因此那些好打听的人总是败下阵来……对了,你知道我在二楼女士那里遇见谁了!客饭桌上的那位印度诗人,著名的薄伽梵。看来他很喜欢她,为她写些漂亮的诗,时不时地将她比作兀鹰、莲花或水牛,但是她不把这些赞美之词放在眼里。再说,她肯定也习以为常了。去她家的艺术家们——我保证是艺术家,而且是最著名的艺术家——都爱她。

她很美,出奇地美!说实在话,如果我的心不是已有归宿,我也会为它担心的。幸好有黑眼睛保护我……亲爱的黑眼睛!今天我要去和它们共度黄昏,我们会一直谈论你,母亲雅克。

小东西正写完信时,有人轻轻敲门。这是二楼的女士派白咕咕送来请帖,请他去法兰西剧院她的包厢里看那蠢货表演。他很想接受,但转念一想自己没有礼服,不得不婉言谢绝。为此他很生气,心想:“雅克早该给我做一套礼服了……这是必不可少的……等文章登出来了,我就得去谢谢那些记者……没有礼服可怎么办?”晚上他去了鲑鱼巷,但这次拜访并不使他开心。塞文人的笑声太高,皮埃罗特小姐头发的颜色太深。黑眼睛一再向他示意,用星星的神秘语言轻柔地对他说:“爱我吧。”但也枉然,这个忘恩负义的人根本不愿意听。晚饭以后,拉卢埃特夫妇进来了,于是他挑个角落坐了下来,闷闷不乐、郁郁寡欢,这时那个八音盒又奏起了小小的乐曲,他想象伊尔玛·博雷尔高坐在敞开而漂亮的包厢里,雪白的手臂正扇着扇子,满头金发在剧场的灯光下闪亮,他内心深处在想:“要是她看见我在这里,我可太难为情了!”

好几天过去了,没有发生什么新变化。我再没有伊尔玛·博雷尔任何消息。二楼和六楼之间的关系似乎中断了。每天夜里,小东西坐在桌前,听见二楼女士的四轮敞篷马车回来,在他无意之间,马车低沉的滚动声和车夫叫门的喊声使他战栗。他甚至在听见黑女仆上楼时也不能无动于衷。要是他有胆量,他会去向她打听女主人的消息……然而,尽管如此,黑眼睛仍然占领着他的心。小东西在黑眼睛身旁度过长长的时光。其他时间他闭门不出,埋头写诗,使麻雀大为惊讶,拉丁区的麻雀从四周的屋顶上飞来这里探望他,它们像那位品德高尚的太太,对大学生的顶楼抱有奇怪的看法。相反,圣日耳曼的钟楼——这些献给天主的可怜的钟楼终生像加尔默罗会修女一样与世隔绝——看到它们的朋友小东西整日伏在案头十分高兴,并且奏出洪亮的音乐以示鼓励。

就在这时,他得到了雅克的消息。他在尼斯安顿下来了,并且仔仔细细地描述了周围的情景……"这地方真美,达尼埃尔,我窗外就是大海,它会给你多少灵感呀!我可没法享受,我从不出门……侯爵整天在口述。这个鬼家伙!有时,在两个句子中间,我抬起头来,看见地平线上一个小小的红帆,然后赶紧低头写字……达克维尔小姐仍然病得很重……我听见她在楼上咳嗽、咳嗽……我自己呢,刚一到就得了重感冒,始终不见好……"

接着,他又谈到二楼的女士,写道:

> ……相信我的话,不要再去找那个女人了。她太复杂,对你不合适,甚至可以说,我在她身上闻出一股冒险家的味道……对了!昨天我在港口里看见一艘荷兰帆船,它刚完成环球航行,船上的桅杆是日本的,木材是智利的,船员们五颜六色,就像一张地图……是的,亲爱的,你的伊尔玛·博雷尔就像这艘船。对帆船来说,周游世界是件好事,但对女人来说就不一样了。一般来说,到过许多地方的女人会使别人吃苦头的……你要当心,达尼埃尔,要当心,我求你,千万别让黑眼睛流泪……

最后一句话深深打动了小东西。雅克始终不渝地关心那个不爱他的女人的幸福，这真令人钦佩。“呵！不，雅克，别担心，我不会让她流泪的。”小东西心里想，并且立刻做出果断的决定，不再去找二楼的女士……相信小东西的果断决定吧。

这天晚上，敞篷马车驶进门洞时，他几乎没有留意。黑女人的歌声也不再使他分心。这是有暴风雨的、气闷的九月之夜……他在工作，房门半掩着。突然他仿佛听见通向他房间的木楼梯在响动，并且立刻听出轻轻的脚步声和长裙的窸窣声。有人在上楼，肯定……是谁呢？

白咕咕早就回房了……也许是二楼的女士来找黑女仆……

想到这里，小东西的心怦怦直跳，但他有毅力仍然待在桌前……脚步声越来越近，来到楼梯口便停住了……片刻的寂静，接着是在黑女人门上的轻轻一下，没有回答。

“是她。”小东西想，他仍坐着没有动。

突然，一线芬芳的光亮在房间里溢散开来。

门响了一下，有人进来了。

于是，小东西没有转头，战战兢兢地问：

“是谁？”

十一　糖心

雅克走了两个月，暂时还回不来。达克维尔小姐已去世。侯爵让秘书陪他周游意大利以排遣哀愁，但没有一天中断口述回忆录。雅克疲累不堪，好不容易抽空从罗马、那不勒斯、比萨、巴勒莫写来几个字。但是，尽管这些信上的邮戳各不相同，内容却大同小异……“你工作吗？黑眼睛近况如何？书卖得怎样？居斯塔夫·普朗什的文章出来了没有？你又去找伊尔玛·博雷尔了吗？”对于这些一成不变的问题，小东西总是做一成不变的回答，说他在努力工作，书卖得很好，黑眼睛也很好，他没有再和伊尔玛·博雷尔见面，也没有听人提到居斯塔夫·普朗什。

这些话中哪些是真的呢？在一个风暴之夜，激动不已的小东西写了这封信，它告诉我们一切。

比萨　雅克·埃塞特先生

星期日晚十时

雅克，我对你撒了谎。两个月来我一直对你撒谎。我信里说我在工作，其实两个月来我一个字也写不出来。我信里说书卖得很好，其实两个月来一本书也没有卖出去。我信里说我没有再和伊尔玛·博雷尔见面，其实两个月来，我与她寸步不离。至于黑眼睛，唉！呵，雅克，雅克，为什么我当初不听你的话？为什么我又回到这女人身边？

你是对的。她是冒险家，一点不错。最初我以为她很聪明，其实不然……她说的一切都是抄袭别人的。她没有头脑，没有心肝。她狡猾、无耻与邪恶。我见她发脾气时用鞭子抽打她的黑女仆，将她推倒在地，用脚踢。她还很倔，不信神不信鬼，却盲目地相信梦游者和咖啡渣①的预言。至于她的演员才能，她从那位矮驼子那里学了些东西，整天嘴里含着橡皮球练台词，但是没有用，我敢肯定没有剧团肯要她的。在私生活中，她却是地道的演员。

我一向爱好善良和单纯，怎么会跌入这个女人的魔掌中呢，我自己也不明白，可怜的雅克，不过我现在能向你发誓，我逃出了她的魔掌，现在一切都结束了，结束了，结束了……你不知道我曾多么懦弱，她曾怎样耍弄我！我向她讲述过我的经历，向她讲述过你、我们的母亲，还有黑眼睛。我真羞愧得无地自容……我把心都给了她，把全部生活都告诉了她，但是她从来不愿意讲她的生活。我不知道她是谁，不知道她从哪里来的。有一天我问她结婚了没有，她就大笑起来。你知道，她唇上的那个小疤是她在老家，在古巴挨的一刀。我想知道是谁弄的，她简简单单地说："一个叫帕切科的西班牙人。"仅此而已。真是莫名其妙，对吧？我知道谁是这个帕切科呢？她不该向我解释解释吗？动刀子，这可不一般，真见鬼！可是……她周围的那些艺术家都捧她为奇特的女人，她也看重这个名气……呵！亲爱的，我真厌恶那些艺术家。你知道，他们成天和雕像与绘画生活在一起，以为世上只有这些东西。他们总是谈论形状、线条、颜色、希腊艺术、帕泰农神庙②、棱面、乳突等等。他们观察你的鼻子、手臂、下巴。他们注意你是不是典型，有

① 自十九世纪开始的占卜术，将咖啡渣放在容器里或摊在盘子上观察它的形状，以预测吉凶。

② 公元前四四七至前四三二年建于雅典古卫城上的神庙。

没有优美的线条，有没有特点。至于在你胸腔里跳动的心，至于你的热情、眼泪、焦虑，他们可不放在心上，仿佛那不过是一头死羊。这些人觉得我的模样有特点，而我的诗毫无特点，这可是对我大泼冷水，唉！

这个女人最初与我交往时，以为逮住了一个神童，一位顶楼上的大诗人——她总提顶楼，令我厌烦——后来，她的那些艺术家向她证明我只是个傻瓜，于是她只是由于我模样的特点才没有和我绝交。我得告诉你，这个特点因人而异。一位意大利画家认为我属于意大利型，让我扮成流浪乐师，另一位画家让我扮成阿尔及利亚人，扮成花贩，另一位……真是说不完。我经常在她家里像模特一样摆姿势，为了使她高兴，我整天披着华丽而俗气的衣服，和她的白鹦一起待在她的客厅里。我们就这样度过了许多时光：我扮成土耳其人，坐在她的长椅旁抽着长长的烟斗，她嘴里含着橡皮球，在长椅的另一端朗诵，不时地停下来对我说："你的模样真特别，我的达尼丹。"我扮成土耳其人时，她叫我达尼丹，我扮成意大利人时，她叫我达尼埃洛，从来不叫我达尼埃尔……在下次画展时，我将有幸以这两种身份出现，说明书上会写着：《年轻的流浪乐师——献给伊尔玛·博雷尔夫人》《年轻的阿拉伯农民——献给伊尔玛·博雷尔夫人》，而那就是我……多么可耻！

我停一会儿，雅克。我要开开门，吸一点夜间空气。我感到窒息……看不清楚了。

十一时

新鲜空气使我感到舒服。我让窗子开着，接着给你写信。外面在下雨，天很黑，传来钟声。这个房间多么凄惨！亲爱的小房间！从前我多么喜欢它，现在却感到厌烦。是她破坏了这间房，她来得太勤了。你明白，我就在这座楼里，她随时可以逮住我，这太方便了。呵！这房间不再是工作的地方了……

不管我在不在家，她随时进来翻箱倒柜。一天晚上，我见她在翻我的抽屉，那里放着我在世上最珍贵的东西，我们母亲的信，你的信，黑眼睛的信。黑眼睛的信是放在你知道的那个金色匣子里。我进去的时候，伊尔玛·博雷尔正拿着那个匣子要打开。我立刻扑过去，从她手中夺过匣子，气愤地喊道："你在做什么？"她摆出一副严厉的神气说："我尊重你母亲的信，但是那些信属于我，我要看……把匣子还给我。"

"你要它干什么？"

"看看里面的信……"

"别想，"我说，"我对你的生活一无所知，而你对我的生活了如指掌。"

"呵，达尼丹！（我这天扮的是土耳其人）呵，达尼丹！你能责怪我吗？你不是随时都可以去我家吗？你不是认识所有来看我的人吗？"

她一面用撒娇的声音这样说，一面想从我这里拿走匣子。

"好吧，"我说，"既然如此，我允许你打开它，但有个条件……"

"什么条件？"

"你要告诉我，每天早上八点到十点之间，你去哪里了？"

她脸色苍白，直直地瞪着我……我从没有和她提到这件事，并不是因为我不想知道。每天早上她都神秘兮兮地出门，这事使我很纳闷，像那个伤疤，像那位帕切科，像她古怪的生活一样，使我十分不安。我很想知道，但同时我也害怕知道，我感到这其中有某种可耻的秘密，它会迫使我逃得远远的……但是这一天，你看到了，我鼓起勇气来询问她了，她十分惊讶，犹豫了片刻，勉强地用低沉的声音说：

"把匣子给我，我把一切都告诉你。"

于是我把匣子给了她，雅克，这很可耻，是吧？她快快活活地打开它，看了所有的信——有二十几封——慢慢地、低声地念，一个字都不漏过。这个纯洁而腼腆的恋爱故事似乎使她很感兴趣。我曾经给她讲过这件事，但是以我的方式，我把黑眼睛说成是大贵族的女儿，她父母不愿意把她嫁给达尼埃尔·埃塞特这个平民百姓，你看我的虚荣心是多么可笑。

她不时地停下来，说道："噫！不错嘛！"或者："呵！呵！对于一位贵族姑娘来说……"接着，她一面读，一面将信凑近蜡烛，面带恶意的微笑看着它被烧掉。我呢，我听任她烧信，我想知道她每早八时到十时去哪里……

有一封信是用皮埃罗特商店的信纸写的，笺头是三个小绿盘子，下面是"瓷器和水晶　拉卢埃特的继承人皮埃罗特"……可怜的黑眼睛！有一天她在商店里大概想给我写信，所以随便拿了一张纸……你可以想象，对这位悲剧演员来说，这是多么惊人的发现呀！在这以前，她一直相信我说的那个贵族女儿和大贵族父母的故事，但是，读到这封信时，她明白了真相，放声大笑起来：

"这位贵族小姐，这位贵族区的明珠，原来就是这样……她姓皮埃罗特，在鲑鱼巷卖瓷器……呵！我现在明白你为什么不给我匣子了。"她笑呀，笑呀……

亲爱的，我不知自己当时是羞愧还是气恼还是愤怒……我头脑发昏，扑到她身上去夺信。她害怕了，后退了一步，被拖裙绊了一下，尖叫着摔在地上。那位可怕的黑女人在隔壁房间听见了，立刻赤身裸体、披头散发地跑了过来，全身黝黑，极为难看。我想阻止她进来，但她那油光光的大手一甩，就使我贴着墙根动不了，于是她傲然地站在我和她的女主人之间。

此时女主人已经站起来了，正在哭泣或者假装在哭泣。一面哭还一面翻那个匣子，对黑女仆说："你不知道，你不知道他为什么要打我吧？因为我发现他的贵族小姐根本不是贵族，她在一条小巷子里卖盘子……"

"穿马刺的人并不都是马商。"老女仆说，像是格言。

"你瞧，"悲剧演员说，"你瞧瞧他那位小店主给他的爱情信物……头上的四根马尾和一束廉价的紫罗兰……把灯拿近一点，白咕咕。"

黑女仆将灯拿过去，头发和花朵噼噼啪啪地烧着了。我吓呆了，随她这样做。

"呵！呵！这是什么？"悲剧演员打开一个丝纸小包，一面说，"牙齿？不！像是糖做的……天呀，对……是象征性的糖……糖做的心。"

唉！有一天，在普雷圣谢尔韦集市上，黑眼睛买了这个糖做的心送给我，说道：

"我把心给你。"

黑女人羡慕地看着它。

"你要吗，咕咕？"女主人对她喊道，"……好！接住……"

她把糖心扔到女仆嘴里，仿佛是扔进狗嘴里一样……也许这很可笑。可是当我听见黑女人咬着糖心咔啦咔啦响时，我从头到脚都在战栗，仿佛这个白牙魔鬼得意扬扬地吞食的正是黑眼睛的心。

你也许以为,可怜的雅克,在这以后我和她之间一切都结束了。可是,亲爱的,如果在这场争吵的第二天你去伊尔玛·博雷尔家里,会看见她和驼子一同练习埃尔米奥恩这个角色,在客厅一角的席子上,在白鹦旁边,有一个年轻的土耳其人蹲在那里,正在抽一个比他腰围长三倍的大烟斗……你的模样可真有特点,我的达尼丹!

你会说,既然你以无耻作为代价,那你该弄清楚了你想知道的事,弄清楚了她每早八时到十时在干什么吧?是的,雅克,我弄清楚了,但只是在今天早上,在一场可怕的争吵以后——是最后一次争吵吧。我这就讲给你听……可是,嘘!有人上来了……如果这是她,如果她再次来纠缠……她是干得出来的,即使在发生了那些事以后。等等!我去锁上门,加两道锁……她进不来,不用害怕……

不能让她进来。

午夜

不是她,是她的黑女仆。这也使我吃惊,因为我没有听见她的马车回来……白咕咕刚刚躺下。我听见板壁另一侧有酒瓶的汩汩声和可怕的叠句……托洛科托蒂尼昂……现在她在打鼾,仿佛有一座大钟的钟摆在摆动。

我们不幸的爱情是这样结束的:

大约三星期前,给她授课的驼子对她说她已经成熟,能出色地演悲剧了,他想让她表演表演,再加上他另外几位学生。

于是我这位悲剧演员高兴异常……由于手头没有剧场,便决定将一位先生的画室改做表演厅,并且向巴黎所有的剧院经理发请帖……至于头一出戏，经过长久的讨论，决定演“阿塔莉”①……在全部保留剧目中，驼子的学生们最熟悉的是这出戏，只需要稍加调整，整个排演一次就行了。就演“阿塔莉”吧……伊尔玛·博雷尔架子很大，不愿出门，于是排演便在她家进行。驼子每天都领来几位学生，四五位瘦高姑娘，她们表情严肃，披着值十三法郎五十分的法国开司米衣服，还有三四位穿着黑纸般的礼服，满脸苦相的可怜虫……他们整天排练，只有八点钟到十点钟除外，因为，尽管忙于准备演出，伊尔玛·博雷尔仍未停止神秘的外出。她、驼子、学生们，所有的人都在拼命工作，有两天竟忘了给白鹦喂食。至于达尼丹，更无人过问……不过，总的来说，一切顺利。画室已装饰好，剧场已就绪，服装已准备好，请帖已发出。离演出只有三四天时，年轻的埃利阿森——驼子的侄女，一位十岁的小姑娘——却病倒了……怎么办呢？去哪里找一位埃利阿森——一位三天内就能熟悉角色的孩子呢？众人面面相觑。伊尔玛·博雷尔突然转向我说：“真的，达尼丹，你来演吧。”

“我？你开玩笑……我这么大……人家会说这是个大人……”

“不，亲爱的，你看上去只有十五岁，在舞台上，你穿上服装，化上装，就像十二岁……再说，这个角色完全符合你那特殊的模样。”

亲爱的朋友，我挣扎也没有用。像往常一样，她说什么就是什么。我是多么懦弱……

演出进行了……呵！要是我有心情笑，我会向你讲述这一天逗乐的事……我们原来盼望体育馆剧院和法兰西剧院的经理们会

---

① 法国十七世纪诗剧作家拉辛的名剧。

光临，但这些先生似乎在别处有事，于是我们在最后一刻只请来了一位郊区剧院的经理。总的来说，这场家庭式的、小小的演出并不太坏……伊尔玛·博雷尔大受欢迎……我哩，我认为这位古巴的阿塔莉过于夸张，表情不够丰富，而且她的法语说得像……西班牙的褐莺，不过，无所谓，她那些艺术家朋友并不太在乎。服装地道，踝骨纤细，颈部妥帖……这便是他们的全部要求。至于我呢，我那特殊的模样使我大受赞赏，但还不及扮演一言不发的奶妈的白咕咕。当然，黑女人的模样比我的模样更有特点。第五幕，她手上捧着奇大无比的白鹦上场——悲剧演员要她的土耳其人、黑女人、白鹦统统上台演出——惊奇而凶狠地瞪着白色的眼珠，这时全场爆发出巨大的叫好声。"大获成功！"阿塔莉得意扬扬地说。

雅克！雅克！我听见她的车回来了。呵！可耻的女人！这么晚了她从哪里回来！她忘记了我们早上那场可怕的争吵，而我还在全身发抖呢！

门又关上了。但愿她别上来！你瞧，和一位可恶的女人为邻是多么可怕！

一点钟

我刚才讲的那场演出是在三天前进行的。

在这三天里，她快活而温柔，多情而迷人，一次也没有殴打她的黑女人。她好几次向我打听你的消息，问你是否还咳嗽，不过，天知道她并不爱你……我早该想到她有什么打算。

今早九点钟时，她来到我的房间。九点钟！我从来没有在这个钟点看见她……她走近我，微笑地说："九点钟了！"突然间，她又变得十分严肃，说道："我的朋友，我骗了你。我们相遇时我并不是自由的。你走进我生活时,我已经有了一个男人,我所有的一切,奢侈和闲暇,都多亏了他。”

我曾对你说过,雅克,这个秘密下面藏着某个可耻的东西。

“……自从我认识了你,我与他的这种关系就变得令人憎恶……我没有和你提起过,这是因为我知道你很高傲,不会同意与另一个男人分享我。我没有断绝这种关系,因为我生来是为了过一种奢侈和懒散的生活,要放弃它太困难了。今天我不能继续这样生活了……这个谎言成了我的负担,这种日复一日的背叛使我发疯……在我做了这番坦白以后,如果你还要我的话,我准备放弃一切,跟随你去生活在一个偏僻的地方,你愿意去哪里都行……”

最后这几个字“你愿意去哪里都行”,是紧靠着我,几乎在我唇边低声说出的,使我陶醉……

但是我鼓起勇气回答了她,甚至是冷冷地回答了她,我说我很穷,我养活不了自己,我也不能让哥哥雅克来养活她。

她听到这里,得意扬扬地抬起头说:

“那好!要是我为我们两人找到一种体面而稳妥的办法,既能挣钱又不分离呢?”

于是她从口袋里掏出一张印花公文纸,念起了上面晦涩的文字……这是我们两人被巴黎郊区一家剧院雇用的契约,她每月一百法郎,我每月五十法郎。一切都准备好了,我们只需要签名。

我无比惊恐地看着她。我感到她在将我拖下陷阱,我害怕自己无力抵抗……她念完后,不等我开口,就狂热地谈到戏剧这个职业多么荣耀,我们在那边的生活会多么辉煌:自由和自豪,远离俗世,全心投入艺术与爱情。

她讲得太多,这一点失算了。我清醒过来,内心深处在呼唤母亲雅克,因此,当她滔滔不绝地讲完以后,我冷冷地对她说:

"我不愿意当演员……"

当然,她不肯罢休,又振振有词地讲了起来。

但这也无济于事……不论她说什么,我只有一句回答:

"我不愿意当演员……"

她开始失去耐心,脸色苍白地说:

"那么你宁愿我在八点到十点之间再去那边,宁愿保持现状……"

听她这样说,我用稍稍和缓的语气回答:"没有什么宁愿不宁愿……你要自己养活自己,不再依赖那位八时到十时的先生的施舍,我认为这是十分体面的想法……我只是告诉你我没有一丁点戏剧才能,而且我不当演员。"

她暴跳如雷:

"呵!你不想当演员……那你想当什么?你大概自以为是诗人吧?他自以为是诗人!但你根本没有诗人的天才,可怜的疯子!我问问你,你印了一本蹩脚的书,没有人注意、没有人要的书,你就自以为是诗人……你这个疯子,你那本书蠢得要命,谁都这样对我说……它卖了两个月,只卖出了一本,就是我买的那一本……你是诗人,去你的吧!只有你哥哥相信这种蠢话。他也真是太天真了!还给你写那些热情的信。他谈到古斯塔夫·普朗什的文章,真叫人笑死了……他拼命工作来养活你,而你呢,在这个时候,你……你……你到底在干什么?你自己知道吗?你的模样有特点,你觉得这就够了,你扮作土耳其人,你以为这就是一切!首先我得告诉你,一段时间以来,你的模样已没有多少特点了,你很丑,非常丑。来,你瞧瞧你自己……我敢说如果你再回到皮埃罗特那个荡妇身边去,她也不会再要你的……不过你们两人倒是合适的一对……你们两人生来是要在鲑鱼巷卖瓷器的。对你来说,能当演员还赚了呢……”

她口沫四溅，说得上气不接下气。你从来没有见过这样的疯子。我一言不发地看着她。等她说完，我就走过去——我全身发抖——平平静静地对她说：

“我不当演员。”

我一面说一面朝房门走去，打开门请她出去。

“要我走？”她冷笑地说，“……呵！还不到时候……我还有好多话要说呢。”

这下我真忍无可忍。血液涌上我的脸。我拿起壁炉的柴架朝她奔过去……于是她溜之大吉……亲爱的，此刻我理解了帕切科那个西班牙人。

她走以后，我也戴上帽子下楼。我在外面晃荡了一天，像个醉汉一样跌跌撞撞……呵！要是你在这里……有一刻我想去皮埃罗特那里，双膝跪下，请求黑眼睛的宽恕。我一直走到了店铺门口，但没有勇气进去……我已经有两个月没有去了，人家给我写信我不回。人家来看我，我藏起来。他们怎么会宽恕我呢？皮埃罗特坐在柜台后面，满面愁容……我靠橱窗站了一会儿，瞧着他，然后我就流着泪跑开了。

天黑时我回家了，久久地站在窗前流泪，接着便给你写信，我要整夜地写。你似乎就在这里，我在和你谈天，这使我感到好多了。

这女人真是魔鬼！她竟然那样操纵我！以为我是她的玩偶，她的物品！你想一想！让我去郊区演戏！给我出主意吧，雅克，我很烦，也很痛苦……她伤害了我，你明白。我不再相信自己，我怀疑，我害怕。该怎么办呢？工作？唉！她说得对，我不是诗人。我的书没有卖出去……你怎样付贷款呢？

我的生活全毁了。我眼前发黑,不知怎么办。天黑了……有些命中注定的名字。她叫伊尔玛·博雷尔。在我们那里,博雷尔的意思是刽子手……伊尔玛·刽子手!这名字对她多么合适!我想搬家。我讨厌这个房间……再说,我时时可能在楼梯上遇见她……不过,你放心,要是她敢上来……不过她不会上来的。她忘了我,有艺术家们在那里安慰她……

呵,老天爷!我听见什么声音了?雅克,哥哥,这是她。我说这是她。她来了,我听出了她的脚步声……她就在那里,就在近旁。我听见她的呼吸声……她的眼睛正贴在锁眼里看我,使我燃烧,使我……

这封信没有发出去。

十二　托洛科托蒂尼昂

现在是我生活中最阴暗的时期,达尼埃尔·埃塞特在巴黎郊区当了演员,与那个女人一同过着贫困和可耻的生活。多么古怪的事!我生活中的这段日子充满了变化、嘈乱、旋涡,却没有给我留下回忆,留下的只是悔恨。

这段回忆十分混乱,我想不起任何事,任何事……

不过,等一等……我只要闭上眼睛,哼两三遍那古怪而忧郁的叠句:"托洛科托蒂尼昂!托洛科托蒂尼昂!"沉睡的回忆便立刻魔术般地苏醒,逝去的时刻会从坟墓中出来,于是小东西又回到蒙巴纳斯大街那座新的大房子里,一边是排练角色的伊尔玛·博雷尔,另一边是白咕咕,她在不停地哼唱:

托洛科托蒂尼昂!托洛科托蒂尼昂!

呸!可怕的房子!我现在看见了它,上千扇窗户,黏手的绿色楼梯扶手,张开大口的污水槽,标上号码的门,发出新漆气味的长长的白走道……房屋很新但已经很脏了!那里有一百零八个房间,每个房间住一家人。那是怎么样的家庭呀!整天是争吵、叫喊、喧哗、杀戮;晚上,孩子们哇哇叫,有人赤脚在地上走,接着是摇篮在沉重而有规律地摇摆。唯一的变化是警察时不时地上门拜访。

伊尔玛·博雷尔和小东西正是在这里,在这座带家具的七层楼房里筑起了他们爱情的巢穴……凄惨的住所,但对他们这样的主人来说倒很合适！他们挑了这个地方，因为这里离剧院很近，另外，新房子一般都不贵。他们花了四十法郎——擦墙工的价钱——租下三楼两间房子，还带着朝向大街的阳台，这是这座房子里最好的房间了……每天晚上，他们演完了戏，午夜时分回家。穿过这些荒凉的大街真有几分阴森可怖，街上有些穿罩衫的人，不戴帽子的女人、穿着灰色长衣的巡逻队在转悠。

他们在街心快步走。到家时，等待他们的是桌子一角上的冷肉和黑女人白咕咕……因为伊尔玛·博雷尔仍然留着白咕咕。八点到十点先生收回了他的车夫、家具、餐具和马车。伊尔玛只留下了黑女仆、白鹦、几件珠宝和全部衣服。当然，这些衣服只能在登台时用，丝绒和波纹轧光拖裙是不能穿来扫外面的马路的……这些衣服就占用了一间房。它们被挂在四周的钢制衣帽架上，光滑柔软的褶子和鲜艳的色彩与红色减退的方砖地和褪色的家具形成奇异的对比。黑女人就睡这间房。

她将自己的草垫、马蹄铁、烧酒瓶都安置在这里，不过人家没有给她灯，怕着火。因此，他们晚上回家时，白咕咕在月光下蹲在草垫上，周围是神秘的衣服，活像蓝胡子①派来看守七个女吊死鬼的老巫婆……另一间房很小，是他们和白鹦住的。里面只放得下一张床、三把椅子、一张桌子和那个大金杠鹦鹉架。

住所虽然如此狭小简陋，他们从不出门。除了去剧场，其他的时间他们都在家排练角色，我敢说真是一片嘈杂。房屋上上下下都能听见他们富于戏剧性的咆哮：“我的女儿，还我的女儿！”“在这里，加斯帕尔多！”“他的名字，他的名字，你这——无耻——的人！”在这以外，还有白鹦刺耳的叫声以及白咕咕不断的、尖厉的哼唱声：

---

① 法国十七世纪作家佩罗的故事中的人物，蓝胡子先后将七位妻子杀死。

托洛科托蒂尼昂！托洛科托蒂尼昂！

伊尔玛很快活。她喜欢这种生活，觉得扮演一对穷艺术家很有趣。她常常说："我不后悔。"她有什么可后悔的呢？等她厌倦了穷困，等她厌倦了按公升买来的葡萄酒，厌倦了从低级饭馆端来的可怕的、带棕色酱汁的食物，厌倦了郊区的戏剧艺术，那时，她将恢复从前的生活，这一点她很清楚。她只要动动指头就能重新获得已失去的一切。

正是这种不愁没有后路的思想使她充满勇气地说："我不后悔。"是的，她不后悔，可是他呢，他呢？

他们两人最初都演《罪人加斯帕尔多》，这是低级情节剧中最好的一出戏。她大受欢迎，显然不是因为她的演技——嗓子不好、姿势可笑——而是因为她那洁白如雪的手臂和丝绒衣裙。那里的观众没有见过如此展示的、令人眩目的肉体和四十法郎一米的华丽的衣裙。剧场里的人喊道："这是位公爵夫人！"赞叹不已的顽童们拼命鼓掌，耳朵都要震聋了……

他没有如此受欢迎。人们觉得他太矮小，此外他很害怕，不好意思。他的声音很低，仿佛在忏悔。观众喊道："大声点！大声点！"但是他喉头发紧，台词哽在那里。有人喝倒彩……有什么办法呢？不管伊尔玛怎么说，他没有演戏的才能。总之，蹩脚诗人并不一定是好演员呀。

这位克里奥尔女人尽力安慰他，常常说："他们不懂你模样的特点……"但是经理，他可了解他模样的特点。在两次不顺利的演出以后，经理把他叫到办公室，对他说："小伙子，正剧不是你所长。我们走错了路。你试试滑稽戏吧。我想你演滑稽戏一定很好。"于是，从第二天起，他就试演滑稽戏，演的是可笑的小生：把罗杰牌汽水当香槟酒喝下去的滑稽青年，他惊恐地捧着肚子满台乱跑；戴着橙红色假发的傻瓜，他"呵！呵！呵！"地号啕大哭；傻乎乎地瞪着眼睛的乡村恋人，他在说:“小……小姐,我爱你,十分!嗯啊!十分,我爱你,完完全全!”

他扮演可怜又可笑的人,胆小鬼,一切丑陋的、令人发笑的角色,我不得不承认他演得不坏。这个不幸的人获得了成功,他引人发笑!

你们要是能够解释就解释一下吧。小东西化好装,涂上厚厚的白粉,穿上华丽而俗气的服装上台时,总要想到雅克,想到黑眼睛。当他扮着鬼脸,愚蠢地插科打诨时,突然他眼前出现了那些亲爱的人的形象,他多么可耻地背叛了他们!

当地的顽童们可以证实,几乎每天晚上,他在一大段台词中间突然停住,站在那里张着嘴不说话,瞧着剧场……此刻他的灵魂已经逃走,跃过台前的脚灯,张开翅膀划破剧场的天花板,飞到遥远的地方向雅克问好,亲吻埃塞特太太,请求黑眼睛宽恕,一面痛苦地抱怨别人让他干的这个可悲的职业……

“嗯啊!十分,我爱你,完完全全。”突然传来提台词人的声音,于是可怜的小东西从梦中惊醒,从空中落下,瞪着惊奇的大眼四处看,惊慌失措又如此自然,如此滑稽,于是整个剧场大笑起来。用戏剧的术语说,这叫作效果。他在无意之中找到了好效果。

他们参加的这个剧团为好几个市镇演出,可以说是流动剧团,有时去格雷内尔、蒙巴纳斯、塞夫勒、索镇、圣克卢演出。他们往往挤在剧团的马车里从一个地方去到另一个地方,这辆牛奶咖啡色的马车很旧,由一匹患肺结核的马拉着。一路上人们唱歌、玩牌。还不熟悉角色的人便坐在最里面复习台词。他的位置就在那里。

他待在那里,像滑稽大师一样沉默而忧愁,充耳不闻在他身边喧哗的那些粗俗玩笑。他虽然已堕落到这个地步,但这个流动剧团比他还低下。他不屑于与它为伍。女人们向来自命不凡,虽已憔悴,仍涂脂抹粉,装腔作势,爱好说教。男人们则是平庸之辈,既无理想,也无文化,他们是理发师或炸土豆小贩的子弟,当演员是由于闲散无事、游手好闲，或是喜欢装饰和服装，喜欢穿上淡色紧身裤和苏瓦罗夫式的长礼服登台亮相；这是些洛夫莱克式①的人物，他们关注的是服饰，薪水用来卷发，还信心十足地对你说："今天我可干得不少。"其实他们花了五个小时用两米光纸做了一套路易十五式的靴子……说实话，当初我还嘲笑皮埃罗特的八音盒，谁知现在竟落到这辆破车里。

小东西总是沉着脸，傲慢地不苟言笑，因此同伴们不喜欢他，说他"奸诈"。相反，那位克里奥尔女人却赢得了所有人的心。她像一位家财万贯的公主一样威严地坐在车中，张嘴大笑，仰起头显示她那细嫩的脖子，对大家都亲亲热热，管男人叫"老兄"，管女人叫"宝贝"，连那些不好惹的人都说："她是位好姑娘。"好姑娘，真是天大的讽刺！……

马车在前进，车厢里又笑又闹，粗俗的玩笑满天飞，终于到达演出地点。演完以后，他们赶紧换装，赶紧坐上马车回巴黎。这时天已经黑了。他们低声说话，在黑暗中用膝盖相互碰撞。时不时地有人在不出声地笑……车到梅因郊区的市政税征收处时，马车停下，不再往前走。于是大家下车，簇拥着伊尔玛·博雷尔，将她送到那座简陋的大房子门前，白咕咕正在那里等着，醉醺醺地哼着那凄凉的歌：

托洛科托蒂尼昂！……托洛科托蒂尼昂！……

他和她形影不离，人们还以为他们相爱呢。不！他们并不相爱。他们相互太了解了，不可能相爱。他知道她好撒谎，冷漠，没有心肝。她知道他软弱，意志薄弱，甚至懦弱。她心里想："有一天他哥哥会来把他夺走，将他还给那位卖瓷器的女人。"他呢，他心里想："有一天她会厌烦现在的生活，会和一位八时到十时先生远走高飞，于是我将独自留在污泥中……"这种唯恐失去对方的永恒恐惧成了他们爱情的主要部分。他们并不相爱，但他们相互嫉妒。

---

① 英国十八世纪作家理查逊笔下的人物，无耻的引诱者。

这是怪事，对吧？没有爱情怎么会有嫉妒呢？然而，事实就是这样！……当她与剧团的某个人亲切交谈时，他脸色苍白。当他收到信时，她抢过来，用发抖的手拆开它……一般总是雅克的来信。她冷笑着将信看一遍，然后将它扔到家具上，鄙夷地说："总是老一套。"唉，是的，总是老一套，总是忠诚、慷慨和自我牺牲。她正是因为这一点而憎恶那位兄长的……

善良的雅克没有料到。他哪里能料到呢？小东西在信中说一切顺利，《田园喜剧》已售出四分之三，等借款到期时，可以从书商那里领到全部用来还债的钱。雅克仍然像往常一样老实和深信不疑，每月继续向波拿巴街寄一百法郎，这由白咕咕去取回。

靠着雅克的一百法郎和剧团的工资，他们不用为生活发愁，何况这是个穷人区。但是他们谁都不知道——用普通的说法——钱是什么东西。他之所以这样是因为他从未有过钱，而她呢，因为她有过太多的钱。因此他们大手大脚！每月从五号起，他们的钱柜——一个用玉米秆编成的小爪哇拖鞋——就空了。首先是白鹦，光养它就像养一个大人一样。然后是戏剧化装的全部行头：白粉、眉墨、香粉、软膏和颊髯。此外，剧院的小册子褪了色，太旧了，夫人要添置新的，还要花，许多的花。她宁可不吃饭也不愿看见她的花坛空空的。

在两个月的时间里，他们债台高筑，欠房钱，欠饭钱，欠剧场看门人的钱。时不时地有一位供货商不耐烦了，清早上门来闹。于是，别无他法，他赶紧跑去找《田园喜剧》的印刷商，以雅克的名义向他借几个路易。印刷商手头正有那部著名回忆录的第二卷，知道雅克仍然是达克维尔侯爵的秘书，因此毫无疑虑地打开了钱袋。路易渐渐地堆积起来，借款到达四百法郎，加上《田园喜剧》的九百法郎，雅克的债务高达一千三百法郎。

可怜的母亲雅克！多大的灾难在家里等着他呀！达尼埃尔失踪

了，黑眼睛泪流满面，一本书也没有卖出去，一千三百法郎的债要还。他怎样解脱这种困境呢？……那女人可不在乎。但是他，小东西，可时时想到这些。它成了顽念，成了挥之不去的焦虑。他尽力使自己麻醉，拼命工作（老天爷，这是怎样的工作呀），学习新的滑稽动作，对着镜子扮新的鬼脸，但这都无济于事，镜中出现的不是他的形象，而是雅克的形象。在他的角色的台词中，他看见的不是朗格吕莫、若齐阿斯及滑稽剧中的其他名字，而是雅克；雅克，雅克，总是雅克！

每天早晨，他都恐惧地看着日历，计算着还有多久第一张票据到期。他战战兢兢地想："只剩下一个月了……只剩下三个星期了！"他很清楚，一旦第一张票据被拒付，一切就会暴露出来，从此他哥哥就会备受折磨了。这个思想对他紧追不舍，连做梦也不放过。有时他猛然惊醒，心中难过，满脸是泪，恍恍惚惚地做了一个可怕而古怪的梦。

几乎每天夜里他都做这个梦，一模一样的梦。这是一个陌生的房间，里面有一个佩有攀缘式旧铁饰物的大衣橱。雅克在那里，躺在长沙发上，面色苍白，可怕地苍白。他刚刚死去。卡米耶·皮埃罗特也在那里，她站在衣橱前，想打开衣橱取一张裹尸布。但是她打不开，她用钥匙在锁眼周围摸索，用令人难受的声音说："我打不开……我流了太多的泪……我看不清了。"

不论他想怎样为自己辩解，这个梦给他留下了强烈的印象，无法用理性来解释。他一闭上眼就又看见雅克躺在长沙发上，卡米耶在衣橱前，两眼昏花……所有这些悔恨，所有这些恐怖，使他一天天地更阴沉，更容易生气。她也模糊感到他在从她手中逃走——虽然不清楚从哪里逃走，这使她气急败坏，因此时时都发生可怕的争吵，叫喊声、咒骂声不绝于耳，真像是洗衣妇们在争吵。

她对他说："你滚到你的皮埃罗特那里去，向她讨糖心吧。"

他立即回答："回到你的帕切科那里让他砍破你的嘴唇吧。"

她称呼他:“小市民!”

他回答她:“淫妇!”

接着他们泪如雨下,慷慨地相互原谅,第二天又重新争吵。

他们就是这样生活,啊不！这样在一起腐烂,被拴在同一个铁环上,躺在同一条阴沟里……今天当我哼着黑女人的叠句,那古怪而忧伤的托洛科托蒂尼昂、托洛科托蒂尼昂时,我眼前出现的就是那种堕落的生活,那些可耻的时刻。

十三　劫持

这是晚上将近九点钟，蒙巴纳斯剧院。小东西刚演完第一出戏，回到他的化妆室。上楼时他与上场的伊尔玛·博雷尔相遇。她容光焕发，一身上下是丝绒和镂空花边，像塞莉梅恩①一样摇着扇子。

“你到剧场里来，”她经过时说，“我正在……我会很美的。”

他急忙向化妆室走去，迅速脱下戏装。他与两位同伴合用的这个化妆室是个天花板很低的小间，没有窗户，靠油灯照明。全部家具就是两三把草垫椅。墙上挂着碎镜子、变直了的假发、缀有闪光片的破衣衫、褪了色的丝绒、失去光彩的镀金饰物。在地上，在一个角落里是几个没有盖子的胭脂罐，还有几个香粉扑，但绒毛已完全脱落……

小东西在这里换装，突然听见一位布景工在下面喊：“达尼埃尔先生！达尼埃尔先生！”小东西走出化妆室，俯在潮湿的木楼梯扶手上，问道：“什么事？”没有人回答，他便走下楼梯，他没有换完装，所以衣冠不整，脸上红一块白一块，大束黄色的假发垂在眼睛上……

他来到楼梯下，与一个人相撞。

“雅克！”他惊呼道，一面后退。

这是雅克……他们相视片刻，没有说话。终于，雅克双手合十，用

① 法国十七世纪喜剧作家莫里哀笔下的人物，风趣而卖弄风情的女人。

充满眼泪的温柔声音轻轻说:“呵,达尼埃尔!”这就够了。小东西内心深处受到感动,他像胆怯的孩子一样环顾四周,然后用低低的声音,他哥哥勉强能听见的低低的声音说:“带我离开这里,雅克。”

雅克一惊,立刻牵起他的手,将他领到外面。一辆马车正等在门口,他们上了车。“去巴蒂尼奥尔区女士街。”母亲雅克喊道。“这正是我那一区。”车夫快活地回答说,于是马车跑了起来……

……雅克回到巴黎已经两天了。他从巴勒莫来。皮埃罗特的一封信追逐了他三个月,终于在巴勒莫找到了他。这封直截了当的短信告诉他达尼埃尔失踪了。

雅克读着信,猜到了一切。他想:“这孩子在干蠢事……我得回去。”他立刻向侯爵请假。

“请假?”那家伙跳了起来,“你疯了? 那我的回忆录呢?”

“只要一星期,侯爵先生,去去就回。这牵涉到我弟弟的生死。”

“我才不管你弟弟哩……你应聘时不是都讲好了吗? 你忘了我们的协议?”

“没有,侯爵先生,可是……”

“没有什么可是。你和别人一样。如果你放下工作一个星期,你就永远别回来了。请你想想吧……在你考虑的时候,你先坐下,我要开始口授了。”

“我全考虑过了,侯爵先生。我要走。”

“你滚吧!”

于是这位暴躁的老头便拿起帽子,去法国领事处找一位新秘书。

雅克当晚就动身了。

一到巴黎,他就去波拿巴街。看门人正骑坐在院子里的小池上抽烟斗,雅克大声问道:“我弟弟在上面吗?”看门人笑了起来,奸诈地说:“他可早就跑了。”

他不想多言多语,但是十个苏的硬币让他开了口。于是他说六楼的小伙子和二楼的女士早就失踪了,不知去向,藏在巴黎某个角落里,但肯定在一起,因为那个黑女人白咕咕每月来探听有没有他们的东西。他还说达尼埃尔先生走前没有来退房,因此欠这四个月的房租,还有其他的小债务。

“好的,”雅克说,“都会付清的。”他一分钟也不浪费,甚至来不及抖掉旅途的灰尘,就开始寻找他的孩子。

他首先去找印刷商,明智地想既然《田园喜剧》都存放在那里,达尼埃尔一定经常去。

“我正要跟你写信呢。”印刷商见他进来说道,“你知道再过四天第一张票据就到期了。”

雅克平静地回答说:“我想到这件事了……明天我就去各个书店转转。他们得给我钱。书卖得很好。”

印刷商那双阿尔萨斯人的蓝眼睛瞪得大大的。

“怎么?书卖得很好!谁告诉你的?”

雅克预感到一场灾难,脸色苍白。

“你瞧瞧这边,”阿尔萨斯人说,“堆起来的这些书,都是《田园喜剧》,它投放市场已经五个月了,只卖出了一本。最后书商们都厌烦了,将存放在他们那里的书退还了我。眼前只能将它们按斤两出售了。真可惜,印得多么好。”

这个人的每句话像包铅的拐杖一样敲击着雅克的头,但是使他致命的一击还是达尼埃尔以他的名义向印刷商借的钱。

“就在昨天,”冷酷无情的阿尔萨斯人说,“他还派了一个丑陋的黑女人来借两个路易,我断然拒绝了。首先,我不信任这个像烟囱工一样的、不知来历的代理人,其次呢,你知道,埃塞特先生,我也不富有,我已经借给你弟弟四百多法郎了。”

“我知道，”母亲雅克骄傲地说，“你别担心，很快会还你钱的。”他唯恐对方看出自己的懊丧，便急忙走了出来，两腿发软，便在街上一块界石上坐了下来。他的孩子离家出走，他失去了工作，要还印刷商的钱，还有房租、看门人、三天后到期的票据，这一切都在他脑子里旋转，嗡嗡直响……他突然站了起来，自言自语道：“首先是债款，这是最紧急的。”于是他毫不犹豫地去找皮埃罗特，尽管弟弟对不起他们父女俩。

雅克走进拉卢埃特老屋的店铺，看见柜台后面有一张肿胀发黄的大脸，他最初没有认出是谁。那张大脸听见响声便抬了起来，当他看清来人时便大声呼道“怎么说呢”，这句话再清楚不过了……可怜的皮埃罗特！女儿的悲伤使他变成了另一个人。昔日满脸红光、开朗乐观的皮埃罗特不再存在了。女儿五个月来的眼泪使他的眼睛发红、两颊下陷。他那苍白的唇上已没有从前那爽朗的笑容，现在有的只是一种冷冷的、默默的浅笑，是寡妇和被遗弃情人的那种笑。这不是皮埃罗特，这是阿里阿德涅①，这是尼娜②。

然而，只有他在拉卢埃特老屋里愁眉不展。那些彩色牧羊女和挺着紫色大肚的中国人仍在高高的货架上怡然自得地微笑，周围是波希米亚的玻璃杯和大花瓷盘。圆鼓鼓的大汤碗和彩瓷油灯仍旧在原来的橱窗里闪亮，从店铺后厅仍旧隐隐传出原先的笛声。

“是我，皮埃罗特，”母亲雅克说，尽力使声音显得镇静，“我来请你帮个大忙。请你借我一千五百法郎。”

皮埃罗特没有回答，拉开钱柜，翻翻那些零钱，又关上抽屉，平静地站了起来。

---

① 希腊神话中被忒修斯遗弃的女人。

② 疑为《痴情女子》中的女主人公，她以为情人已死而发疯；该剧原为独幕音乐剧，后改编为三幕舞剧，大获成功。

“我这里没有这么多钱，雅克先生。你等等，我上去拿。”出去以前，他又用无可奈何的语气说，“我不让你上楼了，那会使她难受的。”

雅克叹了口气：“你说得对，皮埃罗特。我最好不上楼。”

五分钟后，塞文人拿着两张一千法郎的票子回来了，将钞票放到雅克手上。雅克不要，说道：“我只需要一千五百法郎。”但那塞文人一再坚持：

“请你都收下，雅克先生。我一定要两千法郎这个数。当初小姐正是借给我两千法郎来找替身的。你要是不肯收下……怎么说呢，我会怨你一辈子。”

雅克不敢拒绝，他把钱放进口袋，向塞文人伸出手，简简单单地说：“再见，皮埃罗特，谢谢你。”皮埃罗特握住他的手不放。

他们就这样待了一刻，四目相视，激动万分却默默无语。两人都想说出达尼埃尔的名字，但出于同样的体谅，都没有说出来。这位父亲和这位母亲相互是多么了解！雅克最先轻轻地抽出手。眼泪涌了上来，他得赶快走。塞文人将他一直送到巷子里。这时，可怜的人再也克制不住心头的悲伤，用责备的口吻说：“呵！雅克先生……雅克先生……怎么说呢……”他太激动，说不下去，只能重复了两次，“怎么说呢……怎么说呢……”

呵！是的，怎么说呢！……

雅克离开皮埃罗特后，便又去找印刷商。尽管这位阿尔萨斯人一再辩解，雅克还是立即还清了达尼埃尔借的四百法郎。此外，他把将到期的三张票据的钱也留给了印刷商，免得他担心。做完这事以后，雅克觉得轻松多了，自言自语说：“现在去找孩子吧。”可惜，天色已晚，当天是不可能去寻找了。何况旅途的劳累、波动的情绪，再加上长期以来不断的干咳使可怜的母亲雅克精疲力竭，他不得不回到波拿巴街稍事休息。

呵！他走进那间小屋，在十月的苍白阳光的余晖中，又见到他孩子的那一切物品：窗前写诗的桌子，他的玻璃杯、墨水瓶，像热尔曼神父的短管烟斗一样的烟斗。他听见圣日耳曼教堂响亮的钟声，钟声在雾中稍稍显得嘶哑，这个晚祷钟声——达尼埃尔很喜欢的忧郁的晚祷钟声——在湿湿的玻璃窗上扑打翅膀，此刻，雅克的痛苦，只有母亲能够理解。

他在房间里转了两三个圈，四处看看，打开所有的柜子，希望能找到有关逃亡者的什么痕迹。但是，唉！衣柜是空的，里面只有旧内衣、破衣服。整个房间给人一种灾祸和乱糟糟的感觉。主人不是出门，而是逃走了。在墙角的地上有一个烛台，壁炉里有一堆烧焦的纸，下面是一个带细金线的白匣子。他认出了这个匣子，这是放黑眼睛的来信的。现在它却在冷灰中。真是亵渎！

他继续寻找，在一个抽屉里找出了几张纸，上面的字迹很不规则，显得急躁不安，这是达尼埃尔有灵感时的字体。“大概是一首诗吧。”母亲雅克心里想，一面走近窗口好读一读。这的确是诗，凄惨的诗，开头是这样的：

雅克，我对你撒了谎。两个月来我一直对你撒谎……

后面是一封长信，读者大概还记得，信中叙述楼下的女人曾经使小东西多么痛苦。这封信没有寄出，不过，我们看到它总算到了收信人手中。这一天，上天起到了邮局的作用。

雅克从头到尾看了一遍。信中谈到那女人一再要求而他坚决拒绝的与蒙巴纳斯剧团签约的事，雅克读到这里高兴地跳了起来，叫道：

“我知道他在哪里了。”他将信放进衣袋，安心地躺下，然而，尽管精疲力竭，却无法入睡。总是这倒霉的咳嗽……曙光来临，这是懒洋洋的、寒冷的秋日曙光，他急忙起身，已经胸有成竹了。

他将衣橱底的那些旧衣服收集起来，装进自己的箱子，连那个金线匣子也没有忘记，然后向古老的圣日耳曼钟楼告别便走了，门窗和衣橱都大开着，为了使他们在这里的美好生活在别的住户进来以前销声匿迹。他来到楼下，交还了房子，付清了拖欠的房租，没有回答看门人的狡诈问题就叫住过路的一辆马车，叫它去巴蒂尼奥尔区女士街的比洛伊旅馆。

这家旅馆是侯爵的厨师老比洛伊的兄弟开的。房间按季度出租，而且只接受经人介绍来的客人，因此这家旅馆在本区名声极好。住比洛伊旅馆就好比得到一张品德高尚的证明。雅克是达克维尔府上膳食总管所信任的人，因此替总管带来一筐马尔萨拉酒给开旅馆的兄弟。

这份推荐就足够了，因此，当雅克腼腆地提出租房时，对方毫不犹豫地给他一间一楼的房间，房间的两扇窗开向旅馆——可以说是修道院——的花园。这个花园面积不大，三四株洋槐树、一小块绿地——巴蒂尼奥尔的绿地、一株没结果的无花果树、病歪歪的葡萄藤、几株菊花，这就是一切，但这毕竟使那个稍稍潮湿和阴暗的房间显得欢快……

雅克立刻安置下来，钉钉子，放好衣服，摆好达尼埃尔的烟斗架，将埃塞特太太的画像挂在床头，总之尽量将带家具出租的房屋里那种平庸的气氛驱散掉，然后，一切妥当，他马马虎虎吃过饭就匆匆走了。从比洛伊先生面前走过时，他说自己今晚会例外地回来晚一点，并请旅馆主人在他房间里摆上两人用的精美晚餐，还有陈年葡萄酒。老实的比洛伊先生并不为这额外的收入感到高兴，相反，他像新上任的本堂神父一样连耳朵根都红了，十分为难地说：

“这事，我不知道……旅馆的规矩是不允许的……我们这里有教士……”

雅克微笑了：“呵！很好，我明白……是两副餐具把您吓坏了吧……您放心，亲爱的比洛伊先生，我带来的不是女人。”然而，在去蒙巴纳斯的路上，他心中暗暗想："不过这是女人，一个胆怯的女人，一个随时得看住的糊涂孩子。"

告诉我为什么母亲雅克确信能在蒙巴纳斯找到我呢？自从我给他写了那封可怕的、未寄出的信以后，我很可能离开了剧团，或者根本就没有进剧团……为什么？不知道！是母性的本能在指引他。他确信能在那里找到我并且当晚将我带回来，不过他在明智地盘算："要劫持他，必须趁他独自一人的时候，而且不让那女人有所觉察。"因此他没有直接去剧院打听。后台可是个饶舌的地方，一句话就可能引起注意……他宁可老老实实地依靠广告，所以马上就去看广告了。

郊区戏院的广告贴在本区的酒商门前，在铁栅栏后面，有点像阿尔萨斯村庄里的结婚布告。雅克看到广告，高兴地惊呼起来。

蒙巴纳斯剧院今晚上演五幕正剧《玛丽-让娜》，演员有伊尔玛·博雷尔夫人、戴齐雷·勒弗罗夫人、吉尼厄夫人等等。

在正剧以前是一幕滑稽剧《爱情与黑女人》，演员是达尼埃尔先生、安托南先生和莱翁丁小姐。

"一切顺利。"雅克自言自语道，"他们演的不是同一出戏，我一定能成功。"

于是他走进卢森堡的一家咖啡馆，等待劫持的时刻。

黄昏来临，他去到剧场。戏已经开演。他在门前的长廊下，和保安警察一起来回踱了一个小时。

时不时地从场内传出掌声，像是远方的冰雹，他想到这大概是他孩子的鬼脸引起的掌声，十分难过……将近九时，一大群人吵吵嚷嚷地从剧场拥到街上。滑稽戏演完了，有人还在大笑，吹口哨，相互喊着："啊嘿！皮卢蒂！拉拉伊图！……"总之，巴黎动物园的各种喊声……天哪！意大利剧院散场时可不这样。

他被淹没在这杂乱的人群中，又等了一会儿。场间休息结束了，大家都回到场内,他悄悄走上剧场旁边一条又黑又滑的小路——那是演员们的进口处——他要求见伊尔玛·博雷尔夫人。

“不可能,她正在台上……”对方回答说。

母亲雅克可狡猾得出奇!他用十分平静的口吻又说:“既然见不到伊尔玛·博雷尔夫人,那请你找找达尼埃尔先生吧,他会带话给她。”

一分钟后,母亲雅克夺回了他的孩子,迅速将他带往巴黎的另一头。

十四　梦

“你瞧瞧，达尼埃尔，”我们走进比洛伊旅馆的房间时雅克说，“这就像你刚来巴黎的那个晚上一样。”

的确像那天晚上，白白的桌布上摆着美味的夜餐：猪肉糜香味扑鼻，葡萄酒是陈年佳酿，蜡烛明亮的火光在玻璃瓶里微笑……然而，然而，这已不是从前了！有些幸福是无法再从头开始的。夜餐依旧如前，但是当初那两位用餐人的抖擞精神、刚抵达时的兴奋、工作打算、光荣的梦想，以及令他们大笑和大吃的健康信心却没有了。唉，当初的用餐人中没有一位，没有一位肯来到比洛伊旅馆，他们都留在了圣日耳曼钟楼。就连答应前来助兴的坦诚之神也在最后一刻说不来了。

呵！不，已不是从前了。这我很清楚，因此，雅克的话没有使我高兴，反而使我感到热泪涌了上来。我确信雅克内心深处也很想哭，但他勇敢地克制住，用轻快的口吻说：“好了，达尼埃尔，哭够了。一个小时以来你就一直在哭（在马车里，他说话时，我就一直靠在他肩上呜咽）。这可是古怪的见面礼！你让我想起我生活中最倒霉的日子，糨糊罐和‘雅克，你是头蠢驴！’的日子。来吧，回头的浪子，擦擦眼泪，用镜子照一照，你会笑出来的。”

我照了镜子，但是没有笑……黄色假发平搭在我前额上，脸上红一块白一块，还有汗水和眼泪……真是难看！我厌恶地一把扯下假发，要把它扔掉，但回头一想，便将它挂在墙中央的一颗钉子上。

雅克十分惊奇地看着我:“为什么挂在那里,达尼埃尔？这种不光彩的战利品,太丑了……好像是剥下丑角的头皮。”

我沉重地说:“不,雅克,不是战利品,这是我的悔恨,摸得着、看得见的悔恨,我愿意它时时在我眼前。”

雅克唇上露出一丝苦涩的笑容,但他又立刻恢复欢快的神气:“算了！让它去吧,现在你擦净了脸,我又看见你可爱的脸蛋了,我们吃饭吧,漂亮的鬈毛,我快饿死了。”

这不是真的。他并不饿,我也不饿,老天爷！餐桌上我装出快乐的样子,但是我吃的一切都卡在喉咙里,尽管我极力保持平静,吃猪肉糜时仍在默默流泪。雅克斜眼窥伺我,不一会儿说:“你为什么哭呢？你后悔到这里来？你怨我劫持了你？……”

我忧愁地说:“你这话可不对,雅克,不过你对我说什么都行。”

我们继续吃,或者说装样子吃了一会儿。最后,雅克对我们相互演的这场戏感到不耐烦了,推开盘子站起身说:“显然,这顿饭很糟,我们还是睡觉吧……”

我们家乡有句谚语:“苦恼和睡意不能同床。”那天晚上我对此很有感受。我的苦恼在于我想到母亲雅克为我做的种种好事和我带给他的种种不幸,我将自己的生活与他的生活做比较,我自私而他忠诚,我是懦弱的孩子而他是高尚的英雄,他的座右铭是:世上只有一种幸福,即他人的幸福。我还在想:“现在我的生活已经毁了。我失去了雅克的信任、黑眼睛的爱情和我的自尊……我该怎么办?”

这可怕的苦恼使我无法入眠,直到天明……雅克也睡不着。我听见他在枕头上翻来覆去和轻轻地干咳,咳声刺着我的眼睛。有一次我低声问他:“你在咳嗽,雅克。你病了吧?”他回答说:“没事……你睡吧……”从他的口气上,我明白他在生我的气,虽然表面上不想流露。这个想法使我更伤心,我又躲在被褥里独自哭了起来,哭了很久,很久,最后睡着了。如果说苦恼妨碍睡眠,那么眼泪却是麻醉剂。

我醒来时天已大亮。雅克不在我身边。我以为他出门了,但我拉开床幔时却看见他躺在房间另一头的长沙发上,面色苍白,呵!十分苍白……我不知道脑子里闪过什么可怕的念头。“雅克!”我呼叫着朝他扑过去……他睡着了,我的呼声没有惊醒他。怪事!他的面孔在睡眠中有一种凄惨而痛苦的表情,我从未见过他这种表情,但又似曾相识。他的脸很瘦,显得狭长,两颊苍白,两手呈病态的白色,这一切使我很难过,但我似乎曾经感受过这种难过。

然而雅克却从未生过病。他的眼睛下面从未有过这种发青的半圈,他的面孔也从未如此瘦削……那么我是在前世见过这些?突然我想起了那个梦……对,就是它,就是梦中的雅克,他脸色苍白,可怕地苍白,躺在一张长沙发上,他刚死去……雅克刚死去,达尼埃尔·埃塞特,是你杀了他……此时,一缕灰色的阳光悄悄地从窗口射进来,像蜥蜴一样在这张没有生气的苍白面孔上移动……呵多么快乐!这个死人醒过来了,揉揉眼睛,见我站在他面前便露出快乐的微笑说:

“早上好,达尼埃尔。你睡得好吗?我咳得厉害,所以睡到长沙发上,免得吵醒你。”他安详地这样说。而我却因为刚才可怕的幻觉而仍然两腿颤抖,我在心中暗暗地说:“永恒的天主,请为我保佑母亲雅克吧!”

尽管我醒来时心情沮丧,早上还是相当快活的。我穿衣时发现我只有一条绒短裤和一件大垂尾红背心,这是被劫持时我身上的戏装,我们两人不禁像从前一样开心地笑了起来。

“是呀,亲爱的,”雅克说,“不可能什么都想到。只有粗鲁的唐璜们在劫持美人时才想到带去一套衣服……不过,你不用害怕。我们这就让你穿一身新衣……就和你初到巴黎时一样。”

他这样说是为了使我高兴,因为他像我一样感到现在和以前不同了。呵,是的,和以前不同了。

“好了，达尼埃尔，”好心的雅克见我又若有所思，说道，“不要再想过去的事了。我们面前是新的生活，我们要走进去，抛掉悔恨，抛掉疑虑，努力别让它像旧生活一样欺骗我们……你今后想做什么，弟弟，我不管，不过你可能想再写诗，那么这里是再好不过了。这房间很安静，花园里有小鸟在唱歌。你把书桌放到窗前……”

我急忙打断他：“不，雅克，我不再写诗，不再去想韵律了。幻想已经让你付出了昂贵的代价。我现在想做的是和你一样去工作，挣钱谋生，竭尽全力来重建家业。”

他呢，平静地微笑着说：“这是美好的计划，蓝蝴蝶先生，不过这不是我所要求的。问题不在于你挣钱谋生，而是你保证……算了，我们以后再谈吧。现在去买衣服。”

出门时我不得不披上雅克的一件长礼服，礼服一直垂到脚跟，使我像一位皮埃蒙特的乐师，只差没有竖琴了。要是几个月前我这副打扮在街上跑，我肯定羞愧得无地自容，然而，此刻使我羞愧的事太多了，女人们从我身边走过时尽可露出嘲笑的目光，我已不是当初穿胶鞋的人了……呵，不，和从前不一样了。

“你现在很像样了，”母亲雅克走出旧货商店时说，“我送你回比洛伊旅馆，然后我去看看我从前为他记账的那位铁器商，看看他还有没有工作给我……皮埃罗特的钱不是用不完的，我得考虑我们的生活！”

我很想对他说：“好的！雅克，你去找铁器商吧。我能一个人待在家里。”但我明白，他这样做是为了保证我不回到蒙巴纳斯去。呵！如果他能看穿我的心。

……为了使他安心，我让他送我回旅馆，但他前脚走，我后脚就奔上了街。我也有事要办。

我回去时已经很晚了。一个大黑影在雾蒙蒙的花园里激动地来回踱步，这是母亲雅克。“你回来得正是时候，”他打着冷战说，“我正要去蒙巴纳斯……”

我生气了：“你总是怀疑我，雅克，这可是小心眼……难道我们将永远这样？难道你永远不再信任我？我以世上我最珍惜的东西起誓，我没有去你想象的地方，那个女人对我来说已经死了，我永远不再见她，你完全夺回了我，你的爱使我摆脱了那可怕的过去，对这个过去我只有悔恨，没有一丝留恋……还要怎么说才能使你相信呢？呵！你这个坏家伙，我真想为你剖开胸膛，让你看看我没有撒谎。”

他的回答我已经记不清了，只记得他在黑暗里忧愁地摇头，仿佛在说：“唉！我真愿意相信你……”然而，我那番话是肺腑之言。靠我一个人大概永远也没有勇气摆脱那个女人，好在现在锁链已被斩断，我感到说不出的轻松，就像那些试图自杀又获救的人一样。他们用煤气自杀，到了最后一刻又反悔，然而已经来不及了，他们感到窒息，四肢瘫痪，突然间邻居们赶来撞破大门，于是救命的空气流入室内，可怜的自杀者快乐地吮吸它，高兴自己尚在人世，并允诺不再这样干了。我也一样，我的精神窒息了五个月，现在我大口大口地吮吸正直生活的纯净而强劲的空气，让它充满我的肺部，我向上天起誓决不走回头路……但雅克不愿意相信，世上所有的誓言都无法使他相信我这是真心话……可怜的小伙子！我对他的伤害太大了。

这头一个晚上我们是在家里度过的，我们像在冬天一样坐在壁炉旁，因为房间潮湿，花园散发出彻骨的雾气。再说，你们知道，心情不佳时看看火光是很好的……雅克在工作，在计算数字。他不在巴黎时，那位铁器商自己记账，因此涂画得乱七八糟，贷方和借方混乱不清，得用足足一个月才能整理清楚。你们可以想象，我多么愿意帮助母亲雅克算账，然而蓝蝴蝶对算术一窍不通。那些大账本上布满了红道道和古怪晦涩的字，我看了一个小时，终于无可奈何地抛下了笔。

这种枯燥无味的工作,雅克可干得很出色。他埋头钻进大量的数字,对一长串一长串的数字毫无惧色。有时他停住工作,向我转过身来,因为我在静静地冥想,他有点担心。他问道:

“我们挺好的吧?你不感到烦闷吧?”

我不感到烦闷,我见他如此辛苦而感到忧愁。我痛苦地想道:“我为什么活在世上?我什么也不会干……我在生命阳光下的位置不是靠我自己挣来的。我只会折磨人,使爱我的眼睛流泪……”我想到了黑眼睛,痛苦地瞧着那个金线小匣,雅克把它放在了——也许是有意地——座钟的方顶上。这个匣子使我想起了多少事呀!它在铜底座的高高的上方对我说了多么动人的话呀!“黑眼睛把心给了你,”它说,“你把它放在哪里了?把它扔给了野兽……让白咕咕吃掉了……”

而我,我内心深处还有希望的嫩芽,我想使被我亲手毁灭的幸福死而复生,用我的热气温暖它们。我想:“也许还来得及……如果黑眼睛看见我跪在她脚前,也许她会宽恕我……”然而那个见鬼的小匣子却不依不饶地反复说:“白咕咕吃掉了它!白咕咕吃掉了它!”

……我们在炉火前工作和遐想的这个漫长而忧郁的黄昏代表了我们从此以后的生活。后来的每一天都和这个晚上相似……遐想的人当然不是雅克,他每天十个小时俯在大账本上,连脖子都陷进了那些见鬼的数字里。我呢,此刻我拨拨炉火,一面拨火一面对镀金小匣子说:“我们谈谈黑眼睛吧,好吗?”因为和雅克谈黑眼睛是不可能的事。出于这种或那种原因,他小心谨慎地避免这个话题,甚至从来不提皮埃罗特,只字不提……因此我只能转向小匣子,我们的谈话没完没了。

将近中午时,母亲雅克俯身在账簿上,这时我蹑手蹑脚地走到门边,轻轻溜走,一面说:“回头见,雅克。”雅克从来不问我去哪里,只是说:“你走了?”但他那副发愁的神气,那焦虑不安的口吻使我明白他不大信任我。那个女人的事一直在困扰他。他在想:“要是他再见到她,我们就完了!”

谁知道呢？也许他是对的。如果我再见到那个受诅咒的巫婆，她那淡黄色的浓发和唇角的白疤也许会迷惑可怜的我……不过，感谢天主，我没有再见到她。某位八时到十时先生大概使她忘记了她的达尼丹，从此以后，从此以后，我再没有听人谈起她，或是她的白鹦，或是她的黑女仆白咕咕。

一天傍晚，我结束神秘的奔波归来，走进房间时快乐地叫道：“雅克！雅克！好消息。我找到工作了……我没有告诉你，十天以来我一直在街上奔波找工作……总算成了。我有工作了……从明天起我要去乌利学校当总学监，学校就在蒙马特，离这里很近……早上七时去，晚上七时回……很长时间不和你在一起，但是至少我能养活自己，也可以让你稍稍轻松一点。”

雅克从数字上抬起头，相当冷静地说：“确实，亲爱的，你能帮我是太好了……要我一个人负担是太沉重了……我不知道是怎么回事，最近我身体很不舒服。”一阵急促的咳嗽使他无法说下去，他忧愁地放下笔，躺倒在沙发上……我见他躺在那里，脸色苍白，可怕地苍白，梦中的可怕景象再一次显现在我眼前，但只是一闪而过……因为母亲雅克几乎立刻坐了起来，看见我那惊慌失措的模样笑了起来：

“没事，傻瓜。只是有点疲乏……最近工作太累……现在你有了工作，我可以不那么赶了。一个星期以后我就会好的。”

他说得如此自然，面带笑容，因此我那不祥的预感一下子就消失了，在整整一个月里，这个预感的黑色翅膀再也没有在我脑中扑打……

第二天我就去了乌利学校上班。

乌利学校的名称很堂皇，其实只是一个可笑的小学校，主持人是一位忏悔赎罪的老太太，孩子们称她为“亲爱的朋友”。学校里有二十几名孩子，你们知道，很小很小的孩子，他们来上课时筐里还带着点心，衬衣也有一角露在外面。这就是我们的学生。乌利太太教他们圣歌，我呢，我教他们认识字母的奥秘。此外我还负责在课间休息时看管他们，因为休息的院子里有母鸡和一只印度公鸡叫这些先生异常害怕。

有时，“亲爱的朋友”痛风发作，于是由我来打扫院子，这个差事可不该由总学监来做，但我欣然接受，因为我很高兴能养活自己……晚上回到比洛伊旅馆时，晚饭已经摆好，母亲雅克在等我……晚饭以后，我们大步在花园里走几圈，然后就在炉火边坐下……这就是我们的生活……时不时地我们收到埃塞特先生或埃塞特太太的来信，那就是生活中的大事了。埃塞特太太仍然住在巴蒂斯特舅舅家。埃塞特先生仍然为酿酒公司到处出差。生意还不坏。里昂的债务已经还了四分之三。再过一两年就还清了，那时我们可以重新团聚……

在团聚以前，我想让埃塞特太太来比洛伊旅馆与我们同住，但雅克不同意。

“不！还不到时候，”他用奇怪的口吻说，“还不行……等等吧。”他总是这样回答，我感到寒心。我心里想：“他不相信我……他怕当埃塞特太太来这里时我又会做什么蠢事……所以他老要等等……”我想错了，雅克并不是因为这个原因才说：“等等吧！”

十五　……

读者，如果你们不信鬼神，对梦境嗤之以鼻，如果你们的心从未被对将来事物的预感所咬啮——痛得你们直叫，如果你们是讲求实际者，是只承认现实，头脑里没有一丝迷信的顽固派，如果在任何情况下你们都不相信超自然，不承认无法解释的事，那你们就别读完我这篇回忆录，因为这最后几章要讲的是如永恒真理一般的真实，但是你们不会相信。

那是十二月四日……

我比往常更早地从乌利学校回家。我早上出门时，雅克说他很疲乏，因此我急于知道他现在如何。我穿过花园，正好撞上比洛伊先生，他站在那株无花果树旁和一个胖胖的人低声说话，那人很矮，两手粗大，似乎正在费劲地扣他的手套。

我想说声对不起就走开，但是旅馆主人留住了我：

“我有话对你说，达尼埃尔先生。”

接着他转向那个人，又说：

“这就是那位年轻人。我看您最好告诉他……”

我困惑不解地站住了。这个胖子要告诉我什么？说他那双大手塞不进手套？我早就看出来了，当然！

片刻的沉默和局促。比洛伊先生仰着头看无花果树，仿佛在树上寻找莫须有的无花果。戴手套的人一直在拉纽扣孔……终于他下决心开口了，当然仍旧扯着纽扣不放。

"先生，"他说，"我当比洛伊旅馆的医生已经二十年了，我敢说……"

我没有让他说完。医生这个词使我明白了一切，我战战兢兢地问："您是来看我哥哥的吧？他病得很重，是吗？"

我不认为这位医生是坏人，但当时他只想到手套，没有想到在和雅克的孩子说话，他没有用缓和的口吻，而是突如其来地说：

"我看他病得不轻……过不了今夜。"

这个打击如晴天霹雳，我敢说。房屋、花园、比洛伊先生、医生，一切都在我眼前旋转。我不得不靠在树上……比洛伊旅馆的医生可真生硬……而且，他毫不觉察，一面扣纽扣，一面平静自如地继续说："这是奔马性肺痨的急性发作……没法治，至少没有有效的办法……再说，总是这样，通知我时已经太晚了。"

"这不能怪我，大夫。"好心的比洛伊先生说。他继续专注地在无花果树上找果实，以掩饰他的眼泪："这不能怪我。这位可怜的埃塞特先生，我早就知道他病了，我总是劝他请人来看看，可他不肯，他怕吓坏了他弟弟……这些孩子相处得很好，您知道！"

从我肺腑中迸发出一声绝望的呜咽。

"好了，小伙子，勇敢点！"戴手套的人和气地说，"……谁知道呢？科学做出了判决，但是天意如何还不知道……我明天早上再来。"

说完他踮起脚转过身去，走开了，一面舒了一口气，因为他刚扣上一个纽扣！

我在外面待了一会儿，好擦干眼泪，稍稍平静下来，然后鼓起全部勇气，装出若无其事的样子走进我们的房间。

我的第一个想法就是扑向他，抱住他，将他抱到他的床上，抱到哪里都行，就是将他从那里抱走，老天爷，从沙发上抱走，但是我立刻想：

“你办不到,他个子太大了。”看到母亲雅克无可挽回地躺在这个梦中预示他要死去的地方,我失去了一切勇气。为了宽慰垂死者而戴上的那副勉强欢快的面具,在我脸上戴不住了,我在长沙发旁跪了下来,泪如雨下。

雅克艰难地向我转过头来:

“是你呀,达尼埃尔……你遇见大夫了,是吧?我可一再嘱咐这个胖子别吓坏了你。看来他没有这样做,你什么都知道了……把手给我,弟弟……谁会想到这种事呢?有人去尼斯治肺病,我却在那里染上了肺病,真是奇怪……呵!你知道,你要是悲伤,就会使我失去勇气的,我现在已经不太坚强了……今天早上,你走了以后,我明白情况不妙,就派人请来了圣彼埃尔的本堂神父,他来看望了我,一会儿还要来行临终圣事……这会使母亲高兴的,你明白……这位神父是好人……他的名字和你的朋友,你在萨尔朗德学校的朋友一样。”

他说不下去了,闭上眼,仰躺在枕头上。我以为他要死了,大声喊道:“雅克!雅克!我的朋友!”他不说话,好几次摆摆手,意思是“嘘!嘘!”

这时房门开了。比洛伊先生走了进来,后面跟着一个胖子,胖子像圆球一样滚到长沙发边上,一面喊道:“这是怎么回事呀,雅克先生?怎么说呀……”

“你好,皮埃罗特,”雅克睁开眼睛说,“你好,我的老朋友。我知道,一叫你你就会来的……让他坐在那里,达尼埃尔,我们两人有话要说。”

皮埃罗特低下他的大头,凑到垂死者苍白的唇前,他们就这样低声说了很久。我呢,我在房间中央一动不动地瞧着他们。我腋下还挟着书。比洛伊先生轻轻将书拿走,同时对我说了几句话,但我没有听懂,然后他去点蜡烛,往桌上铺一张大白桌布。我暗自想:“他为什么摆桌子？难道我们要吃饭？我可一点不饿！”

黑夜降临。在外面的花园里，旅馆的人瞧着我们的窗户相互示意。雅克和皮埃罗特还在谈话。时不时地我听见塞文人用满含眼泪的粗嗓门说：“好的，雅克先生……好的，雅克先生……”但我不敢走近……最后，雅克叫我去到他枕边，挨着皮埃罗特。

“达尼埃尔，亲爱的，”他说，长长地歇了一会儿，“我很难过不得不离开你，但有件事使我放心：你在生活中将不会孤苦伶仃……你还有皮埃罗特，善良的皮埃罗特，他宽恕你并且保证代我照看你……”

“呵！是的，雅克先生，我保证……怎么说哩……我保证……”

“你瞧，可怜的孩子，”母亲雅克继续说，“你一个人是无法重建家业的……这话不是要让你难过，可是重建家业，你不在行……但是，在皮埃罗特的帮助下，我想你可以实现我们的美梦……我不要求你成为大人，我像热尔曼神父一样认为你一辈子都将是孩子，但我恳求你永远当一个好孩子，忠实的孩子，特别是……你凑近一点，我好靠在你耳边说……千万别让黑眼睛流泪。”

说到这里，我可怜的亲爱的哥哥又休息了一会儿，然后接着说：

“等一切结束以后，你就给爸爸和妈妈写信，不过要一点一点地告诉他们……不能一下子全说，他们会受不了的……现在你明白为什么我没有接埃塞特太太来了吧？我不愿意她在场。这种时候对母亲来说太痛苦了……”

他停住，瞧着房门。

“仁慈的天主来了！”他微笑着说，并且示意我们让开。

临终圣体被捧进来了，圣体饼和圣油被放在白桌布上，在蜡烛中央。然后神父走近病榻，仪式开始了……

等仪式结束——呵！我觉得过了很久很久！——等仪式结束时，雅克轻声唤我去到他身边。

“亲吻我吧。”他说。他的声音如此微弱，仿佛来自远方……他也确实很远了，将近十二个小时以来，可怕的奔马性肺痨将他扔到瘦削的马背上，载着他朝死亡急驰！

因此，我走近去吻抱他，我的手碰到了他的手，他那只垂死的满是冷汗的、亲爱的手。我抓住它不再放松……我们这样待了不知多久，也许是一小时，也许是永恒，我不知道……他再也看不见我，不再对我说话。然而，他的手在我手中动了好几次，仿佛对我说：“我感觉到你在这里。”突然，他可怜的整个身体从头到脚在久久地颤抖。我看见他睁开眼睛向四周瞧瞧，仿佛在找什么人。我朝他俯下身，听见他微弱地说了两次：“雅克，你是头蠢驴……雅克，你是头蠢驴！”接着便没有了声音……他死了……

……呵！那个梦！……

那一夜刮着大风。十二月的小冰粒一阵阵地敲着玻璃窗。在房间另一端的桌子上，银制的基督受难像在两支蜡烛中间闪光。一位我不认识的神父跪在基督像前，在风声中高声祈祷……但我，我没有祈祷，我也不哭泣……我只有一个念头，一个固执的念头，就是使被我双手紧紧握住的那只手，亲爱的哥哥的手，暖和过来。唉！随着清晨的来临，这只手变得更沉重，更冰凉……

突然，在基督像前念拉丁文祷词的神父站了起来，走过来拍拍我的肩。

“你试试祈祷吧，”他说，“你会好过一点。”

这时我才认出了他……他就是我在萨尔朗德学校的老朋友，长着受毁的漂亮面孔，健壮的身体上披着道袍的热尔曼神父……痛苦使我变得麻木，以致我见他在这里也不感到惊奇。这似乎很简单……不过读者大概不像我一样认为他的出现很正常吧，因此我应该解释一下这位萨尔朗德的教师是如何来到死人房间的。

你们可能还记得，小东西离开学校的那天，热尔曼神父对他说："我有一位兄弟在巴黎，一位好神父……不过算了！何必把他的地址给你呢？你肯定不会去的。"瞧这就是天意。热尔曼神父的这位兄弟是蒙马特圣彼埃尔教堂的本堂神父，可怜的母亲雅克临终时请来的就是他。此时热尔曼神父正巧路过巴黎，住在本堂神父那里……十二月四日晚，本堂神父回家时对他说：

"我刚为一个可怜的孩子行过临终涂油礼，他就住在附近。我们该为他祈祷，神父。"

神父回答说："明天我做弥撒时，会为他祈祷的。他叫什么名字？"

"等等……是一个南方人的名字，不大好记……雅克·埃塞……对，对，雅克·埃塞特…雅各布……埃塞塔……①"

埃塞特这个名字使神父想起他认识的一个小学监，于是他一分钟也不耽搁，赶到了比洛伊旅馆……进门时，他看见我站在那里抓住雅克的手。他不愿妨碍我的痛苦，将所有的人都打发走，说他将和我一同守夜，接着他便跪了下来，只是到了很久以后，我的沉默无语和静止不动才使他害怕，于是他拍拍我的肩，让我认出了他……

从此刻起，我不知发生了什么事。这个可怕的夜晚的结束，第二天，第三天以及以后的许多天，给我留下的只是模模糊糊、杂乱不清的记忆。我的记忆中有一个大空洞。但我记得——隐隐约约地，仿佛是几个世纪以前发生的事——我们跟在一辆黑车后面，在巴黎泥泞的道路上没完没了地走了很久。我看见自己光着头走在皮埃罗特和热尔曼神父中间。夹着小冰粒的冷雨鞭打着我们的脸。皮埃罗特有一把大伞，但他拿不正，雨点很密，神父的道袍上直往下淌水，道袍亮光光的……雨！雨！呵！多大的雨呀！

---

① 南方口音。

离我们不远，在马车旁边是一位举着乌木棒，穿一身黑衣的、瘦长的先生，他就是丧礼的指挥，也可以说是死神的侍从。和一切侍从一样，他也有丝绸外衣、剑、短裤和高礼帽……莫非这是我头脑中的幻觉？我觉得这个怪人很像萨尔朗德学校的总学监维奥先生。他也像维奥先生一样瘦长，也同样地斜偏着头，他每次看我时，也像那位可怕的狱卒一样露出虚伪和冰冷的微笑。他不是维奥先生，但可能是他的幽灵……

黑车始终在行驶，但很慢，很慢……我觉得永远也到不了……我们终于来到一座凄惨的园子，那里到处是发黄的泥，我们一直陷到脚踝。我们在一个大洞旁站住。几位穿短外套的人抬来一个很重的大匣子，要把它放下去。事情很不容易。绳子被雨淋湿，变得僵硬，无法滑动。我听见其中一个人在喊："先下脚！先下脚！"在我对面，在洞穴的另一侧，是维奥先生的幽灵，他斜偏着头，仍然在轻轻对我微笑。他又高又瘦，紧紧地裹在丧服里，在灰色天空的衬托下活像一个湿漉漉的大黑蚱蜢……

现在只剩下我和皮埃罗特……我们走在蒙马特郊区……皮埃罗特找马车，但是找不着……我拿着帽子走在他身边，仿佛仍然跟在灵车后面……

一路上，人们回头看我们：这个胖子一面哭一面喊车，这个孩子在倾盆大雨下光着头……

我们一直走，走。我很累，头脑发沉……终于到了鲑鱼巷，拉卢埃特老屋，上过漆的外板窗上不断往下流绿水……我们没有进店铺，直接上楼去皮埃罗特家……到二楼时，我没有力气了，在楼梯上坐了下来，没法再往前走，头脑沉甸甸的……于是皮埃罗特抱起了我。他把我抱去他家时，我已经是半死的人了，烧得全身发抖，这时我却听见小冰子敲着玻璃窗噼啪响，檐槽里的水哗哗地泻到院子里……雨！雨！呵！多大的雨呀！

十六　梦的结束

小东西病倒了；小东西要死了……在鲑鱼巷前有一大堆马厩的垫草，每两天换一次，因此街上的人说："楼上有位阔老头正在咽气……"要咽气的不是阔老头，而是小东西……所有的医生都说他治不好。两年里染上两次伤寒，对于这个小蜂鸟的小脑子来说是过分了！来吧，快点！套上黑马车！让那只大蚱蜢准备好他的黑木棒和愁苦的笑容！小东西病倒了；小东西要死了。

拉卢埃特老屋里一片沮丧！皮埃罗特彻夜不眠，黑眼睛悲痛欲绝。品德高尚的太太狂热地翻阅拉斯帕伊①的书，祈求神圣的樟脑油为亲爱的病人再显神迹……淡黄色客厅成了禁地，钢琴死去，笛子噤若寒蝉，然而最令人难受的，呵，最令人难受的是一个矮小的黑衣妇人，她坐在房角里从早到晚织毛线，一声不响，大滴大滴的泪珠不断地往下流。

拉卢埃特老屋就这样没日没夜地哀叹，此时小东西正安安稳稳地躺在羽毛床垫的大床上，没有想到他在使周围的人流泪。他睁着眼睛，但什么也看不见，物体无法到达他的内心。他什么也听不见，除了低沉的嗡嗡声和含糊的隆隆声以外，仿佛他的耳朵成了两个海螺，发出海涛声的、粉色的大海螺。他不说话，也不思想，像朵病蔫蔫的花……只要他头上敷着清水毛巾，嘴里含一块冰，他就够了。等冰块融化，敷巾被

① 十九世纪法国化学家与政治家，曾极力推荐民间的治疗偏方。

发烫的头烤干时,他就发出一声呼噜,这是他的全部语言……

好几天就这样过去了——这是些没有钟点的、混沌的几天,接着,突然有一天早上,小东西有种异样的感觉,仿佛有人刚把他从海底拉上来。他的眼睛看见了,耳朵听见了,他在呼吸,他又站稳了……思想机器原先沉睡在他脑子的角落里,齿轮细得像仙女的发丝,但此刻它苏醒了,开始运转,先是很慢,接着稍快,然后是疯狂的速度——隆!隆!隆!——简直要粉碎一切。可以感觉到这部漂亮的机器生来不是为沉睡的,它要追回失去的时间……隆!隆!隆!思想开始交叉,像丝线一样交织起来:“我这是在哪里?老天爷!这张大床是怎么回事?还有这三位女人,她们在窗户旁边干什么?那位穿黑衣的矮女人背对着我,难道我不认识她?好像是……”

小东西仿佛认出了这身黑衣,便撑起上身,俯向床外,好仔细看看,但立刻惊恐万分地仰面倒下……那里,在他面前,在房间中央,他看见了一个胡桃木的大衣橱,上面有攀缘式的旧铁饰物。他认出了这个衣橱,他在梦中,在可怕的梦中见过……隆!隆!隆!思想机器像风一样迅速……呵,小东西现在想起来了。比洛伊旅馆,雅克的去世,下葬,在雨中来到皮埃罗特家,这一切他又看到了,又想起来了。唉!可怜的孩子死而复生,但也同时恢复了痛苦,他的第一句话就是呻吟……

这声呻吟使在窗旁干活的三个女人吓了一跳。其中最年轻的站了起来,喊道:“冰块!冰块!”并急忙跑到壁炉旁取一块冰拿给小东西,但小东西不要……他轻轻推开凑近他唇边的那只手,这只手很纤细,不可能是看护的手!小东西用颤抖的声音轻轻说:

“你好,卡米耶……”

卡米耶·皮埃罗特听见垂死者在说话大吃一惊,以致伸着手臂、张着手愣在那里,明亮的冰块在她粉红色的指尖颤抖。

“你好,卡米耶。”小东西又说,“呵,我认出你了,是的……我现在完全清醒了……你呢？你看得见我吗？你能看见我吗？”

卡米耶·皮埃罗特睁着大眼说：

“我看见你了，达尼埃尔！我想我当然看见你了！”

那个衣橱撒了谎，卡米耶·皮埃罗特没有瞎，那个梦、可怕的梦不会全部成为事实，小东西这样一想又恢复了勇气，大胆地提出别的问题：

“我病得很重吧，卡米耶？”

“呵！是的，达尼埃尔，很重……”

“我躺了很久？”

“到明天就三个星期了……”

“天哪！三个星期！我母亲雅克……已经三个星期……”

他没有说完，将头埋到枕头里哭泣。

……这时皮埃罗特进来了，领来一位新医生（只要他继续病下去，整个医学科学院都会光临）。他是著名的布鲁姆-布鲁姆医生，干活很利索，不在病人床头扣手套纽扣玩。他走近小东西，号脉，又看看他的眼睛和舌头，转身对皮埃罗特说：

“您胡说些什么？这小伙子已经痊愈了！”

“痊愈了！”好心的皮埃罗特双手合十地说。

“已经痊愈，您赶紧把冰块扔到窗外去，让您的病人吃一只浇上圣埃米利翁红酒的鸡翅膀……好了！别难过了，亲爱的小姐，再过一星期，这位大难不死的青年就该复原了，我向您担保……从现在到那时候，让他安安静静地卧床，避免激动，避免打击，这是最重要的……至于其他，听其自然吧，它比您和我都更会照料他……”

著名的布鲁姆-布鲁姆医生说完以后，用手指碰碰大难不死的青年，对卡米耶小姐微微一笑便轻快地走了，好心的皮埃罗特陪着他，一面高兴地流泪，一面不停地说：“呵！大夫先生，怎么说呢……怎么说呢……”

他们走后,卡米耶想让病人睡觉,但他坚决不肯:

“你别走,卡米耶,求求你了……别扔下我一个人……我这么伤心怎么睡得着呢?”

“你要睡,达尼埃尔,必须睡……你必须睡……你需要休息,这是大夫说的……瞧你,你得理智一点,闭上眼睛,什么都别想……一会儿我还来看你,你要是睡了,我就会待很久。”

“我睡……我睡……”小东西闭上眼睛说,但突然又改变主意,“再说一句话,卡米耶……我刚才看见的那位矮小的黑衣女人是谁?”

“黑衣女人!”

“是的,你很清楚,刚才和你一同在窗前干活的那位矮小的黑衣女人……现在她不在了……可刚才我见过她,确确实实……”

“呵!不,达尼埃尔,你弄错了……我一上午都和特里布太太在一起,就是你的老朋友特里布太太,你知道,你总叫她品德高尚的太太,可是特里布太太穿的不是黑衣服……她总是穿绿衣服……不!家里肯定没有黑衣女人……你大概在做梦……好了!我走了……好好睡吧……”

卡米耶·皮埃罗特说完后就赶紧跑开了,她局促不安,两颊通红,仿佛刚撒过谎。

小东西独自待着,但仍然睡不着。纤细齿轮的机器在他的头脑里折腾。丝线在交叉、交织……他想到在蒙马特的草丛中沉睡的亲爱的哥哥,想到黑眼睛,想到上天似乎专门为他点燃的美丽的黑色光芒,它现在……

这时,房门轻轻地,轻轻地开了一条缝,仿佛有人想进来,但立刻传来卡米耶·皮埃罗特低低的声音:

“别去……要是他醒过来,激动会让他送命的。”

于是房门又轻轻地，轻轻地关上，就和刚才打开时一样。不巧，黑袍的一角被门缝夹住，小东西从床上看见了这露在外面的黑袍一角……

他的心突然怦怦跳，两眼发光，他撑起上半身，大声喊道："母亲！母亲！你为什么不来吻抱我？"

房门立刻开了。黑衣妇人——她忍不住了——跑了进来，但是她没有朝床跑过来，而是张着双臂，直朝房间另一侧跑去，一面喊道：

"达尼埃尔！达尼埃尔！"

"在这里，母亲……"小东西伸出双臂，笑着大声说，"……在这里，你看不见我！"

于是埃塞特太太朝床半转过身来，用颤抖的手在周围摸索，一面用令人悲伤的声音说：

"唉！对，亲爱的宝贝，我看不见你……再也看不见你……我瞎了！"

小东西听见这句话大叫一声，仰面倒在枕头上……

当然，二十年的穷困和痛苦，两个孩子的去世，家庭破产，丈夫远走他乡，这一切使得可怜的埃塞特母亲以泪洗面，好好的眼睛哭瞎了，其实这并不奇怪……然而对小东西来说，这与他的噩梦是多么可怕地相似！命运留给他多么可怖的最后一击！他会不会因此送命呢？

不！小东西不会死，也不能死。如果他死了，可怜的瞎眼母亲怎么办呢？她哪里还有眼泪来哭第三个儿子呢？埃塞特父亲怎么办呢？他这位商业信誉的牺牲品，这位葡萄种植业的流浪犹太人，甚至没有时间来吻抱生病的孩子，甚至没有时间给死去的儿子献上一朵花！谁来重建家业呢？重建美好的家业，让两位老人将来在炉边烤烤可怜的冰凉的手……不！不！小东西不想死。相反，他抓住生命，而且竭尽全力……人家对他说,要想快快痊愈就不能思考,于是他不思考;不能说话,于是他不说话;不能流泪,于是他不流泪……他睁着眼睛,平静地躺在床上,玩弄压脚被的流苏解闷,那样子叫人看了高兴,这是安详的康复期……

整个拉卢埃特老屋都在默默地热心照料他。埃塞特太太每天都坐在他床脚织毛线,这位亲爱的盲人对摆弄长针十分熟悉,因此能像不失明时一样织毛线。品德高尚的太太也在那里。皮埃罗特那张和善的面孔也时不时地出现在门口。就连笛子手每天也上来四五次问问他的情况。不过说实话,他不是来看病人,而是来看品德高尚的太太的,她吸引着他……自从卡米耶·皮埃罗特正式宣布既不要他也不要他的笛子以后,这位狂热的笛子手便转向了特里布寡妇,她虽然不如塞文人的女儿那么漂亮和富有,但也并不缺乏魅力和积蓄。笛子手和这位浪漫的已婚女人在一起时,可没有白白浪费时间,第三次约会时就论及婚嫁了,含糊地说要用这位太太的积蓄在龙巴街开一家草药店。年轻的笛子能手是唯恐美梦落空才来得这么勤的。

皮埃罗特小姐呢?谁也不提她!难道她离开了这座房子?不,她始终在这里,只是自从病人脱离危险以后,她几乎从来不来,要来也是顺路领瞎眼老人去吃饭,但是不和小东西说话……呵!红玫瑰的时期已多么遥远了,那时黑眼睛像两朵丝绒花一样绽开,说“我爱你”!病人在床上想到那些已逝去的幸福,连声叹息。他看出来她已不爱他,她在躲避他,她厌恶他,但这是他造成的,他没有权利抱怨。然而,在如此沉重的悲哀和痛苦中,要是有一丝爱来温暖自己的心,那该多么好!要是能靠在一个亲爱的肩膀上哭泣,那该多好!“总之……错已铸成,”可怜的孩子心里想,“别再想了,结束梦想吧。对我来说,问题不再是使生活幸福,而是尽我的责任……明天我和皮埃罗特谈谈。”

果然,第二天,当塞文人蹑手蹑脚地穿过房间下楼去店铺时,从清晨起就在床帏后面窥伺的小东西轻轻唤道:“皮埃罗特先生!皮埃罗特先生!”

皮埃罗特走到床前,于是病人头也不抬,十分激动地说:

“我这就快好了,亲爱的皮埃罗特先生,我需要认真地和你谈谈,不是为了感谢你为我母亲和我所做的一切……”

塞文人打断了他:“别这么说,达尼埃尔,我做的一切都是我应该做的,这是和雅克先生讲好的。”

“是的,我知道,皮埃罗特,我知道只要谈到这些事,你总是这样回答……因此我要谈的不是这个。相反,我叫住你是想请你帮忙。你的伙计很快就走了,你能不能让我接替他?呵,求求你,皮埃罗特,请听我说完,在听我说完以前别说不……我知道我对不住你们,没有权利生活在你们中间。这座房子里有人因我的在场而痛苦,不愿意看到我,这是我自找的!不过,我可以永远不让人看见,永远不上楼到这里来,永远待在店铺里,既属于这座房子又不参与进来,就像家禽场的大狗一样永远不进到室内,在这种条件下你能接受我吧?”

皮埃罗特真想用两只大手抱起小东西鬈发的头,紧紧吻抱他,但他克制住了,平静地说:

“好的!听我说,达尼埃尔先生,我得征求女儿的意见才能回答你……至于我呢,你的建议对我倒很合适,不过,不知道女儿……我们看看吧。她该起床了……卡米耶!卡米耶!”

卡米耶·皮埃罗特像蜜蜂一样起得很早,正在给客厅壁炉架上的红玫瑰浇水。她穿着晨衣进来了,头发挽成中国髻,鲜艳而愉快,身上散发着花的芬芳。

“来,亲爱的,”塞文人对她说,“达尼埃尔先生要求来我们家接替那位伙计……不过,他认为他在这里会使你很不痛快……”

"很不痛快!"卡米耶·皮埃罗特的脸色变了,她打断说。

她没有往下说,但是黑眼睛说完了她的话。是的,黑眼睛又出现在小东西面前,像夜一样深邃,像星星一样明亮,它在喊:"爱情!爱情!"那种炽热的爱情使可怜病人的心燃烧了起来。

这时皮埃罗特偷偷笑着说:

"好吧!你们相互解释解释……这里面有点误会。"

于是他走开,用手指在玻璃窗上敲塞文山区的舞曲,等他认为孩子们解释清楚——呵!天哪!他们刚来得及说两句话!——以后,他走了过去,瞧着他们:

"怎么样?"

"呵,皮埃罗特,"小东西向他伸出双手,说道,"她和你一样好……完全宽恕了我!"

从此刻起,病人的康复像穿上了一日千里的鞋,进展神速……一点不假!黑眼睛再也不出房门一步。他们整天谈论将来的打算,谈论婚姻,有待重建的家业。他们也谈到亲爱的母亲雅克,这个名字又使他们泪如雨下,不过没有关系,拉卢埃特老屋里充满了爱,这能感觉出来。如果有人怀疑爱情能够在悲痛和眼泪中开花,那么我请他去墓园看看吧,在坟墓的隙缝中长出了那么多美丽的小花!

此外,别以为爱情使小东西忘记了自己的责任。他在大床上,在埃塞特太太和黑眼睛之间很舒服,但他急于痊愈,想赶快起来,下楼去店铺,并不是瓷器对他有很大的诱惑力,而是他急于像母亲雅克一样开始一种忠诚与勤劳的生活。毕竟,在小巷里卖盘子——这是演员伊尔玛的说法——总比打扫乌利学校或在蒙巴纳斯被人喝倒彩要强。至于缪斯,再别提了。达尼埃尔·埃塞特仍然喜欢诗,但不再喜欢自己的诗。一天,印刷商不愿再保存那九百九十九本《田园喜剧》,将它们送到鲑鱼巷,于是我们蹩脚的前诗人勇敢地说:

“把它们统统烧掉。”

皮埃罗特考虑得比较周到，回答说：

“统统烧掉！哦不！我宁可把它们留在商店里，会有用处的……怎么说呢……我正巧要往马达加斯加发一批蛋杯。据说那边的人见到一位英国传教士的妻子用蛋杯吃带壳溏心蛋，便都要用这种吃法……对不起了，达尼埃尔先生，你的书可以用来包蛋杯。”

果然，半个月以后，《田园喜剧》便启程去著名的拉娜-沃洛①之乡。但愿它在那里比在巴黎运气好！

……读者，在结束这篇故事以前，我现在要再一次将你们引进淡黄色客厅。这是一个星期天下午，干冷而阳光灿烂的冬季星期天下午。整个拉卢埃特老屋都在发光。小东西痊愈了，头一次起床。为了庆祝这件大事，早上给医神献了好几打牡蛎，还配上都兰的上等白葡萄酒。现在大家都聚在客厅里。壁炉里烧着火，很舒服。阳光在满是霜的窗玻璃上勾画出银色的美景……

在壁炉前，小东西坐在一张小凳子上，靠在昏昏欲睡的可怜的瞎母亲膝旁，一面低声和皮埃罗特小姐说话，小姐的面孔比她头发上的小红玫瑰还红。这不奇怪，她离火那么近！时不时地响起老鼠的啃食声——这是那个鸟头先生在房角里啄东西——或一声悲叹——这是品德高尚的太太在牌桌上输了草药店的本钱。我请你们注意赢家拉卢埃特太太那得意扬扬的神气和笛子手那不安的笑容——他输了。

皮埃罗特先生呢？呵！皮埃罗特先生在不远的地方……就在那里，在窗口，半身被淡黄色的窗帘遮住，正在专心致志、十分吃力地默默工作。在他面前的独脚小圆桌上摆着圆规、铅笔、直尺、角规、墨汁、毛笔，最后还有用绘画纸做的长牌子，他正在往上面涂写奇怪的符号……

---

① 应为马达加斯加女王拉娜瓦洛-马尔雅卡一世。

这工作似乎使他很高兴。每隔五分钟他就抬起脑袋，稍稍偏着头，得意地看着自己涂画的作品微笑。

这神秘的工作是什么？……

等一等，我们这就知道了……皮埃罗特画完了，从隐蔽的地方出来，轻轻走到卡米耶和小东西身后，接着，将他那张大牌子在他们面前展开，说道："瞧，你们这对情人，你们认为如何？"

回答他的是两声惊呼："啊，爸爸……""啊，皮埃罗特先生！"

"什么事？怎么回事？"可怜的瞎子突然惊醒，问道。

于是皮埃罗特高兴地说：

"您问怎么回事，埃塞特小姐？这……怎么说呢……我们在设计一个新招牌，过几个月挂到铺子前面……来吧！达尼埃尔先生，高声给我们念念，看看效果如何。"

小东西在内心深处最后和蓝蝴蝶挥泪告别，接着他双手捧起牌子——来吧，当男子汉，小东西！——用坚定的口吻高声念这个店铺招牌，那上面用斗大的字体写着他的未来：

瓷器与水晶

拉卢埃特老店

继承人

埃塞特与皮埃罗特

“插图本名著名译丛书”书目

（按著者生年排序）

第 一 辑

书 名	著 者	译 者
荷马史诗·伊利亚特	[古希腊]荷马	罗念生 王焕生
荷马史诗·奥德赛	[古希腊]荷马	王焕生
一千零一夜		纳 训
神曲(地狱篇、炼狱篇、天国篇)	[意大利]但丁	田德望
十日谈	[意大利]薄伽丘	王永年
堂吉诃德(上下)	[西班牙]塞万提斯	杨 绛
培根随笔集	[英]培根	曹明伦
罗密欧与朱丽叶——莎士比亚悲剧选	[英]威廉·莎士比亚	朱生豪
威尼斯商人——莎士比亚喜剧选	[英]威廉·莎士比亚	朱生豪
鲁滨孙飘流记	[英]丹尼尔·笛福	徐霞村
格列佛游记	[英]斯威夫特	张 健
忏悔录(上下)	[法]卢梭	范希衡 等
少年维特的烦恼	[德]歌德	杨武能
浮士德	[德]歌德	绿 原
傲慢与偏见	[英]简·奥斯丁	张 玲 张 扬
红与黑	[法]司汤达	张冠尧

希腊神话和传说(上下)	[德]古斯塔夫·施瓦布	楚图南
高老头　欧也妮·葛朗台	[法]巴尔扎克	傅雷
普希金诗选	[俄]普希金	高莽 等
巴黎圣母院	[法]雨果	陈敬容
悲惨世界(一二三四五)	[法]雨果	李丹 方于
基督山伯爵(一二三四)	[法]大仲马	李玉民
三个火枪手(上下)	[法]大仲马	李玉民
安徒生童话故事集	[丹麦]安徒生	叶君健
死魂灵	[俄]果戈理	满涛 许庆道
汤姆叔叔的小屋	[美]斯陀夫人	王家湘
雾都孤儿	[英]查尔斯·狄更斯	黄雨石
双城记	[英]查尔斯·狄更斯	石永礼 赵文娟
简·爱	[英]夏洛蒂·勃朗特	吴钧燮
呼啸山庄	[英]爱米丽·勃朗特	张玲 张扬
猎人笔记	[俄]屠格涅夫	丰子恺
罪与罚	[俄]陀思妥耶夫斯基	朱海观 王汶
包法利夫人	[法]福楼拜	李健吾
海底两万里	[法]儒勒·凡尔纳	赵克非
八十天环游地球	[法]儒勒·凡尔纳	赵克非
复活	[俄]列夫·托尔斯泰	汝龙
战争与和平(一二三四)	[俄]列夫·托尔斯泰	刘辽逸
安娜·卡列宁娜(上下)	[俄]列夫·托尔斯泰	周扬 谢素台
小妇人	[美]路易莎·梅·奥尔科特	贾辉丰
百万英镑——马克·吐温中短篇小说选	[美]马克·吐温	叶冬心
汤姆·索亚历险记	[美]马克·吐温	成时
最后一课——都德中短篇小说选	[法]都德	刘方 陆秉慧
羊脂球——莫泊桑短篇小说选	[法]莫泊桑	张英伦
一生	[法]莫泊桑	盛澄华
变色龙——契诃夫短篇小说选	[俄]契诃夫	汝龙

书名	作者	译者
泰戈尔诗选	[印度]泰戈尔	冰　心 等
麦琪的礼物——欧·亨利短篇小说选	[美]欧·亨利	王永年
名人传	[法]罗曼·罗兰	傅　雷
约翰-克利斯朵夫(一二三四)	[法]罗曼·罗兰	傅　雷
童年	[苏联]高尔基	刘辽逸
在人间	[苏联]高尔基	楼适夷
我的大学	[苏联]高尔基	陆　风
绿山墙的安妮	[加拿大]露西·蒙哥马利	马爱农
热爱生命——杰克·伦敦小说选	[美]杰克·伦敦	万　紫 等
一个陌生女人的来信 ——斯·茨威格中短篇小说选	[奥地利]斯·茨威格	张玉书
变形记——卡夫卡中短篇小说全集	[奥地利]卡夫卡	叶廷芳 等
了不起的盖茨比	[美]菲茨杰拉德	姚乃强
老人与海	[美]欧内斯特·海明威	陈良廷 等
钢铁是怎样炼成的	[苏联]尼·奥斯特洛夫斯基	梅　益
静静的顿河(一二三四)	[苏联]米·肖洛霍夫	金　人

第二辑

书名	作者	译者
费加罗的婚礼	[法]博马舍	吴达元 龙　佳
约婚夫妇	[意大利]曼佐尼	王永年
邦斯舅舅	[法]巴尔扎克	傅　雷
贝姨	[法]巴尔扎克	傅　雷
一个世纪儿的忏悔	[法]阿·德·缪塞	梁　均
奥勃洛莫夫	[俄]伊万·冈察洛夫	陈　馥
白鲸	[美]赫尔曼·梅尔维尔	成　时
被欺凌与被侮辱的	[俄]陀思妥耶夫斯基	冯南江
小东西	[法]都德	桂裕芳
吉姆爷	[英]约瑟夫·康拉德	熊　蕾
苦难历程(上下)	[苏联]阿·托尔斯泰	王士燮
好兵帅克历险记	[捷克]雅·哈谢克	星　灿